ELLEN SUSSMAN

Die vergessenen Träume

Buch

Die junge Amerikanerin Jamie Hyde ist unterwegs nach Bali, doch nicht, um dort Urlaub zu machen. Jamie kehrt zurück, um an einer Gedenkfeier für die Opfer der Bombenanschläge auf zwei Nachtclubs, die die Insel ein Jahr zuvor erschütterten, teilzunehmen. Denn Jamie erlebte in der Feuerhölle selbst die schrecklichste Nacht ihres Lebens. Nun hofft sie, Frieden zu schließen mit der Vergangenheit und mit den Schuldgefühlen, die sie noch immer verfolgen. Vor allem aber ist sie auf der Suche nach sich selbst und nach etwas, das sie in jener Nacht verlor. Darf sie es trotz allem wagen, zu träumen? Gibt es für sie das große Glück?

Autorin

Ellen Sussman hat bereits einige Romane veröffentlicht, die in mehrere Sprachen übersetzt wurden. Darüber hinaus ist sie auch Autorin von Drehbüchern und Kurzgeschichten, für die sie mehrfach ausgezeichnet wurde. Ellen Sussman unterrichtet Fiction Writing in Berkeley. Nach einem fünfjährigen Paris-Aufenthalt lebt die Autorin zusammen mit ihrer Familie wieder in Kalifornien.

Von Ellen Sussman außerdem erschienen

An einem Tag in Paris (38406)

Blaue Nächte in Cassis (gebunden, im Limes Verlag; 2651)

Ellen Sussman

Die vergessenen Träume

Roman

Aus dem Amerikanischen von
Veronika Dünninger

blanvalet

Die Originalausgabe erschien 2013 unter dem Titel
»The Paradise Guest House« bei Ballantine Books, New York.

FSC
www.fsc.org
MIX
Papier aus verantwortungsvollen Quellen
FSC® C014496

Verlagsgruppe Random House FSC® N001967

1. Auflage
Taschenbuchausgabe Mai 2016 bei Blanvalet,
einem Unternehmen der Verlagsgruppe Random House GmbH,
Neumarkter Str. 28, 81673 München.

Umschlaggestaltung und -motiv: www.buerosued.de
Redaktion: Eva Seifert
JB · Herstellung: wag
Satz: Vornehm Mediengestaltung GmbH, München
Druck und Einband: GGP Media GmbH, Pößneck
Printed in Germany
ISBN 978-3-7341-0305-6

www.blanvalet.de

Gewidmet dem Andenken meiner Eltern,
Gil und Shirley Sussman,
die nicht die Chance bekamen,
die Welt zu bereisen.

Erster Teil

2003

»Und Sie?«, fragt der Mann. »Was führt Sie nach Bali?«

Das Flugzeug bricht durch die Wolken, und da ist sie: eine Insel voller dichter Dschungel, in Terrassen angelegter Reisfelder und herrlicher Strände. Jamie zuckt zusammen, als hätte ihr jemand eine Faust ins Herz gerammt.

»Urlaub?«, fragt ihr Sitznachbar, als sie nicht sofort antwortet.

»Ja«, lügt sie. »Urlaub.«

Er hat ihr bereits von seinem Meditationszentrum erzählt, in dem nur geschwiegen wird, wie er es kaum noch erwarten kann, wie er unbedingt ausspannen muss, und sie denkt: Fang jetzt damit an. Sie verflucht sich dafür, dass sie überhaupt mit ihm geredet hat. Es war der zweite Scotch, der ihre Zunge gelöst hat, sodass sie gegen ihre Regel verstoßen hat: Kein Smalltalk in Flugzeugen. Man kann nicht entkommen.

»Ganz allein?«, fragt er.

Jamie wendet sich zu ihm um. »Es findet dort eine Veranstaltung statt«, sagt sie. »Ich wurde eingeladen, daran teilzunehmen.« Sie gleitet geistesabwesend mit einem Finger über die lange, dünne Narbe seitlich an ihrem Gesicht und vergräbt dann die Hand im Schoß.

»Eine Hochzeit?«, fragt er wissbegierig. Er hat ihr bereits von seiner hinreißenden australischen Verlobten erzählt, die ihn in dem Meditationszentrum in Ubud treffen wird.

»Nein«, sagt Jamie. Jetzt herrscht in ihrem Kopf ein Wirrwarr von Gedanken. Es gibt keinen Grund, ihm irgendetwas zu erzählen. Und doch hat sie der ganzen Welt erzählt: Ich fahre zurück nach Bali. Sie hat es genossen, die verblüfften Gesichter ihrer Freunde zu sehen. Wie mutig, haben sie gesagt. Wie tapfer.

Das Flugzeug ruckelt, als es durch eine Wolke bricht, und Jamie umklammert die Armlehnen ihres Sitzes.

»Was zeichnen Sie da?«, fragt ihr Sitznachbar. »Sie sind gut.«

Jamie sieht auf den Block in ihrem Schoß. Sie hat ein Luftbild der Insel skizziert. Sie arbeitet mit leichter Hand und ein paar Strichen – sie hat es sich selbst beigebracht, und das sieht man. Manchmal bekommt sie es richtig hin, und manchmal – so wie diesmal – fügen sich die Linien nicht zusammen.

»Gekritzel«, sagt sie und legt eine Hand über das Papier. Das Flugzeug neigt sich zur Seite, und die Südküste von Bali kommt in Sicht. »Da ist der Strand von Kuta.«

Der weiße Sandstrand erstreckt sich meilenweit. Die Mitte der Insel besteht nur aus Gebirge und Dschungel. Die Farbe ist faszinierend – ein schillerndes Eidechsengrün. Dann ist sie verschwunden, und sie sind in eine dichte Wolke gehüllt.

»Sie waren schon einmal hier?«, fragt er.

»Vor einem Jahr«, sagt sie. Ihre Hände sind glitschig vom Schweiß.

»Als meine Verlobte meinte, ich solle sie hier treffen, habe ich mir gesagt: Ausgeschlossen, José. Letztes Jahr wurden hier Hunderte von Leuten bei den Terroranschlägen getötet, richtig? Bomben in Nachtclubs? Aber sie verspricht mir immer wieder, dass es ein Paradies ist.«

Wie zum Teufel will dieser Typ in einem Meditationszentrum überleben, in dem die ganze Zeit geschwiegen wird?, denkt Jamie.

Und wie ein Mann, der nicht weiß, was er mit einem Augenblick der Stille anfangen soll, redet er prompt weiter: »Warum sollten Terroristen überhaupt Bali angreifen? Das mit dem World Trade Center verstehe ich ja noch – es war schließlich das Zentrum der Wirtschaftswelt. Aber junge Leute, die auf irgendeiner abgelegenen indonesischen Insel in einem Club tanzen?«

Das Flugzeug setzt mit einem Ruck auf die Landebahn auf. Jamie atmet aus.

»Du musst da nicht hinfahren«, hatte Larson, ihr Chef und bester Freund, gestern zu ihr gesagt, als er sie von Berkeley zum Flughafen fuhr. »Du hast genug durchgemacht.«

»Ich muss das tun«, sagte Jamie zu ihm.

»Ich persönlich vermeide Schmerz lieber.«

Sie sah ein verschlagenes Lächeln über sein zerfurchtes siebenundfünfzigjähriges Gesicht huschen. Drei Monate zuvor war bei ihm Bauchspeicheldrüsenkrebs festgestellt worden. Sein Leben war Schmerz.

»Wirst du ohne mich zurechtkommen?«, fragte Jamie.

»Wer braucht dich denn schon? Ich habe dieses Wochenende zwei Verabredungen.«

Jamie legte ihm eine Hand auf seinen kahlen Schädel. Sie

nennt ihn ihre Wunschkugel. Wenn sie sie reibt, wünscht sie sich drei Dinge. Lebe länger. Lebe besser. Lebe.

»Ruf mich zwischendurch mal an, während ich verreist bin, auf Kosten der Firma«, hatte Jamie gesagt. »Sag dem Chef nichts davon.«

»Dem Chef entgeht nie etwas«, sagte Larson zu ihr. »Ich weiß, was du auf Bali vorhast. Und dass es nicht nur um die Zeremonie geht.«

»Es geht nur um die Zeremonie«, beharrte sie.

»Du wirst versuchen, diesen Typen zu finden«, sagte Larson. »Gabe.«

»Falsch«, sagte Jamie zu ihm. Aber ihre Stimme bebte, und sie wandte sich von ihm ab.

Jetzt erfüllt ein lautes Knistern die Luft, und der Pilot sagt irgendetwas Unverständliches über den Lautsprecher. Der Mann neben ihr tätschelt ihre Hand. Sie reißt den Kopf wieder zu ihm herum.

»Passen Sie auf sich auf«, sagt er. Er ist bereits aufgestanden und sammelt seine Sachen ein. Die Gänge füllen sich mit Passagieren. Wann ist das Flugzeug zum Stehen gekommen?

Jamie nickt. Sie rührt sich nicht. Der Mann verschwindet den Gang hinunter.

Sie sieht auf die Zeichnung in ihrem Schoß. Ein paar der Linien – Palmen, obwohl sie sich nicht erinnern kann, ob es auf Bali überhaupt Palmen gibt – sehen aus wie Monster, die über die Insel wachen. Ich bin wieder da, sagt sie zu ihnen. Legt euch nicht mit mir an.

Schließlich stemmt sie sich von ihrem Platz hoch. Sie ist die einzige noch verbliebene Passagierin im Flugzeug. Sie nimmt ihren Koffer aus dem Gepäckfach über sich und geht dann den Gang hinunter, den Koffer hinter sich herrollend. Eine Flugbegleiterin, mit bereits aufgeknöpfter Weste, murmelt leise: »*Sayonara*, ich glaube, ich spinne.« Als sie hört, wie Jamies Koffer gegen das Bein eines Sitzes knallt, sieht sie zurück.

»Oh, Entschuldigung«, sagt die junge Frau. »Ich dachte, es wäre niemand mehr hier.«

»Ich bin eingeschlafen«, lügt Jamie.

Die Flugbegleiterin tritt zur Seite und findet ihr fröhliches Lächeln wieder. »Ihr erstes Mal auf Bali?«, fragt sie zuckersüß.

Jamie zögert, dann nickt sie.

»Spirituelle Reise?«, fragt die Frau.

»Gott, nein.«

Die Frau lacht. »Gut«, sagt sie. »Dann werden Sie nicht enttäuscht sein. Ich kann Ihnen gar nicht sagen, wie viele von diesen Leuten sich bei ihrem Rückflug wundern, dass sie noch immer dieselben erbärmlichen Probleme haben, mit denen sie gekommen sind. Ich weiß nicht, wonach sie suchen.«

»Die Sonne«, sagt Jamie. »Das ist alles, was ich suche.«

»Die werden Sie finden«, versichert ihr die Frau. »Viel Spaß beim Braunwerden.«

Jamie tritt durch die Tür des Flugzeugs und hält einen Augenblick inne, bevor sie die Metalltreppe zum Rollfeld hinuntersteigt. Die Hitze umfängt sie, raubt ihr den Atem. Sie wird von der Sonne geblendet, und sie muss an den Moment denken, nachdem der Club in heißes weißes Nichts getaucht war, als wäre er ausgelöscht worden – auch jedes Geräusch hatte aufgehört –, und wie dann alles auf einmal auf sie einstürzte: Farbe, Lärm, Schmerz.

»Kann ich Ihnen behilflich sein?«, fragt die Flugbegleiterin Jamie.

»Nein«, sagt Jamie und geht einen Schritt vor, nach Bali hinein.

Als das Taxi mit einem Ruck zum Stehen kommt, schlägt Jamie die Augen auf, und für eine Sekunde erhascht sie erschrocken einen Blick auf Gabe in ihrem Traum – nein, es ist eher greifbar als sichtbar. Seine Finger, die Kreise auf ihrer Hüfte zeichnen. Der Geruch des Meeres in seinem Haar. Sie schüttelt den Kopf, um den Gedanken zu verscheuchen.

»Das ist die Straße«, sagt der Taxifahrer, während er geduldig auf sie wartet.

Zu Beginn der einstündigen Taxifahrt nach Ubud war Jamie hellwach gewesen. Sie sah die Horden von Motorrädern, die die Straßen verstopften, kurbelte die Fenster herunter, um die schwere Tropenluft hereinzulassen. Und dann wurde sie vom Schlaf übermannt. Stunden auf internationalen Flügen, und sie konnte nicht eine Minute dösen. Zehn Minuten in einer verbeulten Klapperkiste ohne Klimaanlage, und sie lag wie im Koma.

»Lady«, sagt der Taxifahrer. Er ist jung und riecht nach Ingwer. Am Armaturenbrett hängen Gebetsgaben, vermutlich an die Götter der Straßen mit Schlaglöchern und zu vielen Motorrädern.

»Danke.« Jamie bezahlt den Mann und zerrt ihren Koffer aus dem Wagen.

Sie bleibt auf dem Gehsteig stehen und sieht sich um. Vor

einem Jahr hatte sie Ubud nicht besucht. Sie war die ersten paar Tage in Seminyak geblieben. Und dann hatte sie drei Tage irgendwo in einem Strandcottage verbracht, bis sie aus dem Land fliehen konnte.

Aber Ubud ist das Zuhause von Nyoman, ihrem Gastgeber auf dieser Reise in die Vergangenheit. Die Stiftung, die die Gedenkfeier anlässlich des ersten Jahrestages organisiert hat, hat ihr ein Päckchen mit seinem Namen und seiner Anschrift und einem Wegweiser zu den Veranstaltungen im Vorfeld der Zeremonie am Sonntag geschickt. Außerdem hatte sie ein Flugticket bekommen, ein Geschenk der Regierung von Bali. Ihr war ein neues Bali versprochen worden.

Jamie sieht sich um. Leute schwärmen durch die Straßen, und sie verspürt die plötzliche Begeisterung, die sie an ihrem ersten Tag in einem neuen Land jedes Mal überkommt. Aber diesmal mischt sich noch etwas anderes darunter, etwas, das sie frösteln lässt trotz der feuchten Hitze. Ich schaffe das, sagt sie sich, auf dieselbe Art, auf die sie sich wochenlang mit ihrer Mutter gestritten hat. Ich muss das tun.

Sie liest den Namen des Gästehauses auf dem Blatt Papier in ihrer Hand: *The Paradise Guest House*. Sie geht an einer Reihe bescheidener Cottages vorbei, ein paar mit steinernen Toreinfassungen und kunstvoll gestalteten Eingängen, keines mit einem Namen versehen.

Sie spürt jemandes Blick auf sich und sieht über die Straße. Ein kleiner Junge mit einem Hund sitzt auf der staubigen Bordsteinkante. Der Junge ist räudig, der Hund noch räudiger. Der Junge hält den Blick keck auf sie geheftet, und einen Augenblick später verzieht er die Lippen zu einem Grinsen.

Jamie erwidert sein Grinsen mit einem matten Lächeln, aber sie denkt: Lass mich in Ruhe.

Der Junge erhebt sich, und im nächsten Augenblick springt der Hund ebenfalls auf. Der Junge ist vielleicht zwölf, schätzt Jamie, und verschlagen. Er sieht schlau und wachsam aus, und sie nimmt an, dass er ein Straßenkind ist. Oder vielleicht sehen alle balinesischen Kinder so aus – sie hat keine Ahnung. Sie kennt dieses Land nicht. Sie will dieses Land nicht kennen.

Aber ist das nicht der Grund, weshalb sie hier ist?

»Ich Ihnen helfen!«, ruft er über die Straße.

»Nein danke!«, ruft Jamie zurück. Sie eilt die Straße hinunter, wobei sie ihren kleinen Koffer hinter sich herzerrt.

Aber im nächsten Moment ist er schon neben ihr, bietet an, ihren Koffer zu nehmen, legt eine Hand auf ihre. Sie zieht ihre Hand zurück.

»Ich komme schon zurecht«, beharrt Jamie.

»Sie wollen schönes Hotel?«, fragt er.

Sprechen die Kinder hier Englisch? Kann es sein, dass sie letztes Mal, in einer ganzen Woche, nie ein Kind auf Bali gesehen hat? Sie hat das Innere ihres Hotelzimmers gesehen, Strandbars, einen Bergpfad. Sie hat Gabe gesehen, wie er in einem Garten stand, während die Füße in einem Meer aus Orchideen und Gardenien verloren schienen.

»Ich brauche keine Hilfe«, erklärt Jamie in einem etwas schärferen Ton.

»Jeder brauchen Hilfe«, sagt der Junge lächelnd. Um genau zu sein, hat er nie aufgehört zu lächeln. Er ist groß, und er riecht nach Erde und Regen. Sein Hund geht wie ein Schatten an seiner Seite. Es ist ein mageres Hündchen, irgendeine hübsche Mischung aus einem schwarzen Labrador und einem Border Collie.

Vor einer Pforte sieht Jamie ein Schild: THE PARADISE GUEST HOUSE. Das Schild ist golden gestrichen mit schwarzen Buchstaben. Sie biegt unvermittelt auf den Fußweg ein, in der Hoffnung, den Jungen abzuschütteln. Aber er ist schnell und greift wieder nach ihrem Koffer. Er muss es auf ein Trinkgeld abgesehen haben.

»Ich hab's schon gefunden«, sagt sie gereizt. »Wiedersehen.«

»Sie sind müde«, sagt der Junge. »Morgen Sie werden netter sein.«

Sie nickt, nicht sicher, was sie ihm antworten soll. Er öffnet ihr die Pforte und lässt sie durch.

»Bis morgen, Miss«, sagt er.

Als er die Pforte schließt, holt sie einmal tief Luft. Jasmin. Die Pforte hält den Lärm der Straße fern, den Jungen und seinen Hund, die heiße Sonne, den Staub. Ihre Augen gewöhnen sich an die kühle Dunkelheit, und ein Tropengarten taucht vor ihr auf, überwuchert von Bananenbäumen, Farnen und Hibiskus. Sie folgt einem Pfad durch das dichte Laub bis zu einem kleinen Steincottage mit einer geschnitzten Holztür, wo sie einen Türklopfer in Gestalt eines Affen hebt und wieder fallen lässt. Ein hohles, donnerndes Geräusch durchbricht die Stille. Sie wartet. Einen Augenblick später klopft sie noch einmal, lauter diesmal.

Schließlich, wie in Zeitlupe, öffnet sich knarrend die Tür. Ein Mann steht da, mit zerzaustem Haar, in zerknitterten Kleidern. Hat sie ihn geweckt? Er sieht sie blinzelnd an, während er sich mit einer Hand über die Vorderseite seines Hemds streicht.

»Kann ich Ihnen helfen?«, fragt er. Sein Akzent ist besser als der des Jungen. Er rückt seine schiefe Brille zurecht und beäugt Jamie.

»Ich suche Nyoman.«

»Sie haben ihn gefunden.«

»Ich bin Jamie Hyde.«

Er starrt sie an.

»Ich habe ein Schreiben von der Organisation erhalten, die …« Jamie öffnet ihren kleinen Rucksack und wühlt darin nach dem Schreiben.

»Ja«, sagt er, noch bevor sie es findet. Ein Lächeln zeigt sich zwischen den Furchen seines Gesichts. »Herzlich willkommen.«

»Haben Sie mich erwartet?«

Der Mann schweigt einen Moment. Er fährt sich mit einer Hand über den Kopf und reibt ihn kräftig. Als er fertig ist, steht sein Haar vom Kopf ab, sodass er ein bisschen verrückt aussieht.

Ich sollte gehen, denkt Jamie. Aber seltsamerweise tritt sie einen Schritt näher auf ihn zu.

»Morgen Sie kommen«, sagt er schließlich.

»Entschuldigung. Ich dachte, es wäre …«

»Sie sind willkommen in meinem Haus. Ich bin oft verwirrt.« Sein Lächeln verwandelt sein Gesicht. Er ist vermutlich um die vierzig, schätzt Jamie, und auch wenn er sich dringend zurechtmachen muss, ist er ein gut aussehender Mann.

»Ich kann mir für heute Nacht irgendeine andere Bleibe suchen.« Jamie berührt unbewusst die Narbe in ihrem Gesicht und steckt dann die Hand in die Hosentasche.

Nyoman greift nach ihrem Koffer. »Folgen Sie mir.«

Er geht an ihr vorbei und zur Tür hinaus. Aber anstatt die Pforte zu durchqueren und Jamie wieder auf den unbekannten Straßen von Ubud abzusetzen, geht er mit ihr ums Haus und auf eine Reihe kleiner Cottages hinter seinem eigenen zu. Zwei kleine Jungen stehen vor einem der Cottages, beide mit Spielzeuglastern in den Händen. Sie starren Jamie mit offenem Mund an, dann wenden sie sich ab und laufen weg, verschwinden kreischend zwischen den Bäumen.

»Neffen«, sagt Nyoman. »Einer ist laut, und der andere ist noch lauter.«

Er geht noch immer, vorbei an einem Cottage und dann an noch einem. Eine sehr alte Frau mit brauner runzeliger Haut sitzt vor einer Tür auf dem Boden. Sie schenkt Jamie ein zahnloses Lächeln.

»Großmutter«, erklärt Nyoman Jamie. Er sagt rasch ein paar Worte auf Balinesisch zu der alten Frau, und sie kichert wie ein junges Mädchen.

Vor dem vierten Cottage bleibt er stehen. Glyzinien ranken sich um die Fassade des kleinen Hauses, und ihre hellvioletten Blüten erfüllen die Luft mit einem stechenden Geruch. Der Boden vor der hölzernen Tür ist mit Blütenblättern übersät, eine Matte aus Farbe als Fußabtreter.

»Ihr Zuhause«, sagt er.

Jamie spürt, wie sich irgendetwas in ihr löst, etwas, das fest verknotet war, seit sie sich zu dieser Reise bereit erklärt hatte. »Danke«, sagt sie zu ihm.

»Jetzt ruhen Sie sich aus. Die Flüge sind sehr lang. Ich komme Sie holen, wenn es Zeit für Ihr Abendessen ist.«

Er drückt die Tür auf, und Licht flutet in das einzige

Zimmer. Jamie kann ein Himmelbett sehen, von dem ein Moskitonetz herunterhängt. Eine hölzerne Kommode mit einem Spiegel darüber steht an der Wand. Das Zimmer ist schlicht und sauber.

Sie geht einen Schritt hinein. Als sie sich umwendet, ist Nyoman verschwunden.

Vom Türrahmen aus starrt sie in den Garten. Licht brennt in jedem Cottage. Seine Familie, nimmt sie an. Sie riecht Weihrauch, und sie hört einen Hahn krähen. Es ist, als wäre sie hinter die Mauern von Ubud getreten und hätte ein anderes Land gefunden.

Mein Zuhause, denkt sie. Ihr richtiges Zuhause in Berkeley ist ein Zimmer in einem baufälligen viktorianischen Haus, welches sie sich mit drei anderen Adventure-Reiseleitern teilt, die im Allgemeinen alle irgendwo anders auf der Welt sind. Und ihre Mutter ist eben erst aus dem Haus in Palo Alto ausgezogen, in dem Jamie aufgewachsen ist. »Ich will nicht diese ganzen Erinnerungen an das Leben mit deinem Vater haben«, sagte Rose, als Jamie sie anflehte, das Haus zu behalten.

»Ich war auch da«, sagte Jamie wie ein schmollendes Kind. Sie ist zweiunddreißig; es sollte ihr egal sein, wo ihre Mutter lebt. Vielleicht liegt es an ihrer Heimatlosigkeit, dass sie so nach diesem Kinderzimmer schmachtet. Oder vielleicht ist es eine Sehnsucht nach all den Träumen, die nur ein Kind haben kann: Eltern, die ein Leben lang zusammenbleiben, Freunde, die nicht sterben, Nachtclubs, die nicht explodieren.

Sie hört jemanden singen. Es ist die Stimme einer Frau, hoch und lieblich. Die Worte müssen balinesisch oder indonesisch sein – Jamie kann die beiden Sprachen nicht unterscheiden. Aber irgendetwas an diesem Lied ist so eindringlich, dass sie sich unwillkürlich von der Tür zurückzieht. Das Herz dieser Frau ist gebrochen, glaubt sie.

Sie schließt die Tür, und das Geräusch verstummt.

»Ich hab's geschafft«, sagt sie, und ihre Mutter seufzt theatralisch auf. »Es geht mir gut, Mom.«

»Ganz bestimmt geht es dir gut.«

»Ich bin in einer Bergstadt. Ich habe noch gar nichts gesehen. Ich habe die ganze Taxifahrt geschlafen.«

»Und wo wohnst du?«

»Bei einer Familie. Ich habe mein eigenes kleines Cottage. Es ist entzückend.«

»Ist es sicher?«

»Solange die Hühner nicht zu den Waffen greifen.«

»Jamie.«

»Schlechter Scherz.«

»Wie geht es jetzt weiter?«

»Ich werde schlafen.«

»Wann ist die Gedenkfeier? Musst du *dort* hinfahren?«

Dort ist, wo die Bombenanschläge stattgefunden haben. Jamies Mutter spricht in Euphemismen. *Seit Bali* heißt: seit den Bombenanschlägen. *Hast du gut geschlafen?* heißt: Bist du den Albträumen entkommen, die dich verfolgen?

»Erst am Sonntag. Und nein, ich muss nicht zum Schauplatz der Anschläge fahren.«

»Gut. Lou denkt, es wäre gut für dich, aber ich glaube nicht, dass das etwas ist, was du durchmachen solltest.«

Lou ist Moms künftiger Ehemann, ein Psychologe und

offenbar ein Experte für Jamie, obwohl er sie kaum kennt. Jamie ignoriert die meisten klugen Ratschläge ihrer Mutter, die von Lou kommen. Sie ist nicht begeistert von der Heirat – Lou ist zwölf Jahre älter als ihre Mom, und er kommt Jamie vor wie eine alte Ruine, von der Tag für Tag Teile abbröckeln und abblättern. Alle anderen Moms haben sich zu Vamps entwickelt und sich einen heißen jungen Typen geangelt. Konnte Rose denn nie einem Trend folgen?

Als Jamie sie fragte, warum sie heiraten wollten, sagte Rose: »Er ist sehr gut zu mir.« Was heißt: *Dein Vater war nicht gut zu mir.* Was heißt: *Er wird mich niemals betrügen. Ich werde es nie wieder riskieren, so verletzt zu werden, selbst wenn das bedeutet, dass ich ein Fossil heirate.*

»Versprichst du mir, dass du auf dich aufpassen wirst?«, sagt Rose.

»Ich schaffe das schon.«

»Das war schon immer dein Talent und dein Fluch.«

»Was?«, fragt Jamie, auf einmal ungeduldig.

»Du bist unbesiegbar«, erklärt Rose. Jamie hat das alles schon einmal gehört. Sie weiß, was als Nächstes kommt. »Niemand ist unbesiegbar.«

»Gute Nacht, Mom.«

»Ich liebe dich.«

»Ich dich auch.«

Jamie legt auf, überwältigt von dem komplizierten Strudel von Emotionen, den sie jedes Mal verspürt, wenn sie mit ihrer Mutter spricht. Sie klettert auf das Bett in ihrem Cottage, steckt das Moskitonetz fest und lehnt sich gegen das hölzerne Kopfbrett. Wenn sie den Kopf hinlegt, wird sie binnen Sekunden eingeschlafen sein. Ihr Arm tut weh, ein tiefer Schmerz an dem Ellenbogen, der gebrochen war. Die Ärzte haben ihr gesagt, dass er vollständig geheilt ist. Der Schmerz kommt, wenn sie müde ist.

Sie greift nach dem Skizzenblock neben ihrem Bett, dann blättert sie die Seite um und sieht aus dem Fenster. Ein Behang aus Glyzinien fällt über das Cottage nebenan. Sie versucht ihn mit raschen Strichen zu skizzieren, die Blüten ein Wirbel aus verschmiertem Bleistift; und als sie aufhört, wirft sie einen Blick auf ihr Werk. Nicht schlecht. Sie hat etwas Urwüchsiges in der Zeichnung eingefangen – die Blüten verzehren das Cottage.

Für Larson, schreibt sie oben auf die Seite. Sie gibt der Zeichnung einen Titel: *Die Natur siegt.*

Sie nimmt ihr Handy und klickt seinen Namen an.

»Bin auf Bergtour«, sagt ihr seine Bandansage. »Bitte hinterlassen Sie eine Nachricht.«

Sie lächelt. Er hat diese Ansage an dem Tag aufgesprochen, an dem er mit der Chemo angefangen hat. Es war Larson, der sie ursprünglich nach Bali geschickt hatte, um eine neue Tour zu erkunden. »Du hast mir nicht gesagt, dass ich den verdammten Nachtclub erkunden soll«, sagte Jamie zu ihm, als er sich die Schuld an ihrem Trauma gab.

Jetzt hinterlässt sie ihm eine Nachricht. »Ich bin gesund und munter auf Bali angekommen. Warum habe ich eigentlich gedacht, das hier wäre eine tolle Idee? Ruf mich zurück.«

Larson will niemandem sonst sagen, dass er Bauchspeicheldrüsenkrebs und vermutlich nur noch ungefähr ein Jahr zu leben hat. Sein Bruder an der Ostküste weiß es, aber der Typ ist zu nichts zu gebrauchen außer zu einem weinerlichen Telefonanruf alle paar Tage. Jamie ist Larsons beste

Freundin, seit er sie vor zehn Jahren eingestellt hat. Sie liebt ihn von ganzem Herzen, aber sie macht sich Sorgen darum, was es heißt, seine einzige Freundin zu sein.

Jamie rutscht in ihrem Bett nach unten und starrt an die Decke. Ein Gecko bahnt sich seinen Weg über das Moskitonetz.

»Hallo, du«, sagt Jamie zu ihm.

Er hält inne, als hätte er sie gehört.

»Lass dich nicht aufhalten«, sagt sie zu ihm.

Der Gecko huscht weiter.

Sie greift noch einmal nach ihrem Handy. Sie wählt die Nummer, die sie von Gabe auf Bali hat, eine Nummer, die sie nie angerufen hat. Nach dem ersten Klingeln bricht die Verbindung ab, und eine Ansage auf Indonesisch folgt.

Sie lässt das Telefon neben sich aufs Bett fallen und rollt sich auf die Seite. Sie legt eine Hand auf ihren Arm, presst sie auf ihren Ellenbogen, um den Schmerz zu vertreiben. Und dann schläft sie ein.

Jamie ist die Einzige an dem Tisch in der Mitte des Gartens. Es ist ein kleiner schmiedeeiserner Tisch mit einer gefliesten Mosaikoberfläche, groß genug für mehrere Personen. Sie hat ein Abendessen mit der Familie erwartet, aber das scheint nicht vorgesehen zu sein. In der Nähe lässt ein steinerner Elefant aus seinem Rüssel Wasser in ein Becken sprudeln. Lotusblüten schweben zu seinen Füßen.

Ein junges Mädchen kommt auf Jamie zu, einen Teller mit Essen in der Hand. Sie trägt einen schwarzen Minirock und ein zerschlissenes T-Shirt mit der Aufschrift CAN'T GET NO LOVE. Sie hat lange, zottelige, blond gefärbte

Haare, und sie hat einen dicken schwarzen Eyeliner aufgetragen; sie würde gut nach San Francisco passen. Jamie ist sich ziemlich sicher, dass das nicht der balinesische Stil ist.

Das Mädchen stellt einen Teller mit Reis und Gemüse auf den Tisch und wendet sich ab.

»Danke«, sagt Jamie. »Bist du eine Verwandte von Nyoman?«

»Nichte«, sagt das Mädchen. Sie bleibt einen Moment stehen mit argwöhnischer Miene.

»Ich bin Jamie.«

»Dewi.«

»Hübscher Name.«

»Wo Sie her?«

»Aus den USA.«

Die Augen des Mädchens weiten sich. Ihre Unlust und Langeweile verfliegen. »Ich liebe Amerika-Musik!«, sagt sie mit mädchenhafter Begeisterung.

»Ach ja, welche denn?«

»Heavy Metal. Amerika sehr cool.«

»Wie alt bist du?«

Die Frage scheint dem Mädchen zu missfallen. »Sechzehn«, haucht sie und verschwindet dann in Richtung Küche.

Nyoman kommt von seinem Cottage auf Jamie zu. Er hat sich gekämmt und umgezogen, aber seine Brille sitzt noch immer schief auf seiner Nase.

»Meine Nichte ist rebellisches Mädchen«, murmelt Nyoman.

»Ich mag sie.«

»In Bali«, sagt er, »wenn ein Kind geboren wird, dann wird die Nabelschnur im Hof der Familie in der Erde vergraben. Wenn das Kind aufwächst, schlendert es vielleicht weit fort von zu Hause. Aber letztendlich zieht die Nabelschnur es wieder nach Hause. Dewi schlendert vielleicht fort, aber sie wird nach Hause kommen.«

Jamie verspürt eine Sehnsucht nach einem solchen Ort.

»Sie mögen Essen?«, fragt er lächelnd.

»Ich hatte gehofft, mit der Familie zu essen«, sagt sie.

Nyoman lacht herzlich, als hätte sie einen Witz gemacht. »Familie in Bali isst nicht so zu Abend wie in amerikanischem Fernsehen. Wir nehmen Essen und essen für uns allein. Keine so große Sache wie in Ihrem Land.«

»Gibt es hier noch andere Gästezimmer?«

»Nur eines. Wir vermieten an Touristen. Meistens leer jetzt.«

»Lebt Dewi hier?«

»Dewi ist die Tochter meiner Schwester. Sie lebt auf dem Familiensitz ihres Vaters, nicht weit von hier. Hier leben meine Großmutter, meine Mutter und mein Vater, mein Bruder und seine Frau und meine Neffen.«

»Und so leben balinesische Familien? Alle zusammen?«

»Sie leben nicht mit Ihrer Familie zusammen?«, fragt Nyoman.

Jamie schüttelt den Kopf. »Ich teile mir ein Haus mit ein paar Freunden. Meine Mutter lebt etwa eine Stunde von mir entfernt.«

»Ganz allein?«

»Die letzten achtzehn Jahre, ja«, sagt Jamie. »Aber jetzt hat sie einen Freund. Sie werden bald heiraten.«

»Sie haben keinen Vater?«, fragt Nyoman. Er blickt verwirrt.

»Doch, natürlich habe ich einen Vater. Er hat meine Mom und mich sitzen lassen und ist mit einem hübschen jungen Ding auf die andere Seite des Landes gezogen. Jetzt hat er eine neue Familie mit lauter kleinen Kindern, die über seine Farm laufen.« Das Zuhause ihres Dads in Connecticut ist eher ein Landhaus als eine Farm, und die kleinen Kinder sind inzwischen Teenager. Aber Jamie hat die Geschichte ihres Vaters so lange auf diese Weise erzählt, dass sie nicht weiß, wie sie die neue Version erzählen soll.

Schwer, all diese Leute in einem gemeinsamen Heim unterzubringen, denkt sie.

»Sie müssen das nicht essen«, sagt Dewi. Sie steht wieder am Tisch, und Jamie greift nach der Gabel.

»Es schmeckt mir«, sagt Jamie zu ihr.

»Miss Jamie«, sagt Nyoman mit lauter Stimme.

Sie sieht zu ihm hoch. Er blinzelt sie an, als könnte er sie nicht deutlich sehen. »Sie kommen allein nach Bali. Haben Sie Ehemann?«

Dewi kichert.

»Nein«, sagt Jamie. »Ich bin Single.«

Nyoman reibt sich den Nasenrücken, verschiebt die Brille noch mehr. Er blickt verdutzt.

»In den USA ist es nicht so ungewöhnlich für eine Zweiunddreißigjährige, Single zu sein.«

»Aber Sie werden Kinder haben?«

»Ich denke schon. Hat meine Mutter Ihnen gesagt, Sie sollen mir das Leben schwer machen?« Sie lächelt, aber Nyoman starrt sie nur an. »War nur ein Witz«, sagt sie.

»Ich habe viele Kunden aus dem Westen. Ich weiß, dass die Lebensweisen auf der Welt sehr unterschiedlich sind.«

»Was machen Sie beruflich?«, fragt Jamie.

»Ich bin Reiseleiter. Ich bringe die Touristen zu allen Gegenden von Bali und zeige ihnen unser Land. Die letzte Zeit war sehr schlecht für mein Geschäft. Seit den Bombenanschlägen. Aber bald kommen die Touristen wieder.«

»Onkel hat seit einem Jahr keine Arbeit«, sagt Dewi.

»Aber jetzt beginnt mein Geschäft zu wachsen«, beharrt er.

»Ich bin auch in der Tourismusbranche. Ich arbeite für ein Adventure-Reiseunternehmen«, sagt Jamie. »Seit dem elften September mussten wir viele Reisen in den Vereinigten Staaten und Kanada anbieten. Die Leute wollen das Land nicht mehr verlassen.«

»Was heißt das – Adventure-Reise?«, fragt er.

»Unsere Kunden wollen auf ihren Reisen aktiv sein. Daher organisieren wir Wanderungen und Fahrradtouren und Floßfahrten. So lernen sie das Land genauer kennen, als wenn sie es mit einem Reisebus durchqueren.«

»Ist das Grund, weshalb Sie vor einem Jahr hier waren?«, fragt Nyoman. »Mit Adventure-Reisetour?«

»Ich war dabei, eine neue Tour auszuarbeiten. Ich war erst ein paar Tage hier gewesen.«

»In welchem Club waren Sie?«, fragt er.

»Ich war auf dem Weg in Paddy's Pub.«

»Meine Frau, sie war im Sari Club.«

Jamie legt ihre Gabel hin. Das Geräusch davon auf ihrem Teller hallt in dem stillen Garten wider.

Dewi weicht ein paar Schritte zurück, dann wendet sie sich ab und entfernt sich.

Eine Amsel hockt am Rand des Tischs, und Nyoman schlägt nach ihr. Sie fliegt kreischend davon.

»Es tut mir so leid«, sagt Jamie schließlich. Natürlich, das ist der Grund, weshalb er einer der Gastgeber ist. Es gibt so viele von ihnen. Witwen. Witwer. Überlebende.

Sie schließt die Augen und sieht das Gesicht eines blonden australischen Mädchens vor sich, das den Mund zu einem endlosen Schrei geöffnet hat, der Jamie noch immer im Schlaf verfolgt. Das Kleid des Mädchens fing an einer brennenden Wand Feuer, und binnen Sekunden wurde sie von wütenden Flammen verzehrt. Jamie verscheucht das Bild aus ihren Gedanken.

»Meine Frau wird ein andermal zu mir zurückkommen«, sagt Nyoman mit fröhlicher Stimme. »Vielleicht als mein Kind.«

»Die Balinesen glauben an Reinkarnation?«, fragt Jamie. Sie sollte es wissen. Sie hätte etwas über Bali lernen sollen. Aber sie hat sich anderweitig beschäftigt, ist durch Chile, Marokko, Bhutan gewandert.

Und dann erinnert sie sich an einen Abend am Strand, als Gabe ihr den balinesischen Glauben an Reinkarnation erklärte. Seine Stimme war sanft in ihrem Ohr, und rings um sie herum flackerten Kerzen in der dunklen Nacht. Der Augenblick verflüchtigt sich so rasch, wie er gekommen ist. Vielleicht ist das der Grund, weshalb sie ihrer Erinnerung an Gabe nicht trauen kann. Sie ist so schwer zu fassen wie ein Glühwürmchen. Und doch spürt sie das Gewicht dieser Erinnerung, das auf ihr lastet.

Nyoman räuspert sich. »Ja. Kinder sind die Reinkarnation ihrer Vorfahren«, erklärt er ihr.

»Und das hilft Ihnen bei Ihrem Verlust?«, fragt Jamie.

»Ja«, sagt er. »Aber ich habe noch immer ein kleines Loch in mir, das mich erinnert, dass ich allein bin, während ich einmal ein Mann mit einer wunderschönen Ehefrau war.«

Jamie steht lange Zeit unter der Dusche. Der Schlaf will sich nicht einstellen, obwohl es schon zwei Uhr morgens ist. Als das heiße Wasser verbraucht ist, lässt sie das kalte Wasser auf ihrer Haut brennen. Dann trocknet sie sich ab und legt sich nackt aufs Bett.

An der Decke hängt ein Ventilator, und er klappert, während er sich dreht, als wäre er irgendwo hängen geblieben. Auch Jamies Verstand bleibt immer wieder irgendwo hängen. Wie konnte sie der Erinnerung nur so lange entkommen? Sie beherrscht ihren Job gut, die Frau, die ständig in Bewegung ist. Ihre Tourgäste bitten sie um immer längere Wanderungen, höhere Berge, schwierigere Flüsse, und sie sagt: *ja, ja, ja.* Sie sind Adrenalinjunkies, und sobald der Rausch nachlässt, winkt schon das nächste Abenteuer.

Jetzt liegt sie reglos auf dem Bett wie eine Tote. Nein, wenn sie tot wäre, dann würde ihr Verstand nicht so rasen. Ihr Herz würde nicht in ihrer Brust hämmern.

Ihre Haut ist glitschig von Schweiß. Warum erzeugt der verdammte Ventilator keine frische Brise in diesem Raum?

Miguel drängt sich in ihr Bewusstsein. Sie kann diese mürrische, finstere Miene auf seinem Gesicht fast vor sich sehen. *Erinnere dich an mich.*

Sie war vor einem Jahr mit ihm nach Bali gekommen, verrückt vor Lust auf den chilenischen Reiseleiter, den sie sechs Monate zuvor in Torres del Paine kennen gelernt hatte. Sie hatte ihn überredet, sie auf ihrer Geschäftsreise zu begleiten – alle Hotelzimmer wurden bezahlt, und sie hatte genug Vielflieger-Meilen, um einen kostenlosen Flug für ihn zu bekommen.

Sie erinnert sich an den Sex in dem großen weißen Bett in der großen weißen Villa in dem Luxushotel in Seminyak. An das Schwimmen in ihrem privaten Pool. Ein Affe sprang auf die Mauer, die ihre Villa von der nebenan trennte. Er sah ihnen zu, wie sie sich auf dem Futon am Rand des Pools liebten. Als sie fertig waren, hüpfte er auf und ab, als würde er ihnen applaudieren. Irgendwo gibt es ein Foto von diesem Affen, tief verstaut in einem Karton, den Jamie nie öffnet.

An ihrem zweiten Tag auf Bali stiegen sie und Miguel auf den Batur. Ein einheimischer Führer holte sie um ein Uhr morgens für die lange Fahrt zu dem Vulkan ab. Der Führer sprach kaum Englisch, und die drei stiegen schweigend den Pfad hoch, in einer kühlen Finsternis, die Jamie faszinierte. Unsere Tourgäste werden davon begeistert sein, dachte sie. Sie erreichten den Gipfel des Berges um sechs Uhr morgens, als die Sonne eben über dem Horizont aufging. Die leuchtend grüne Landschaft aus Wäldern und Reisfeldern erhellte sich mit den ersten Sonnenstrahlen.

Beim Abstieg entließen Jamie und Miguel ihren Führer. Als sie zu einem Wasserfall kamen, zogen sie ihre Kleider aus und schwammen in dem kalten Becken an seinem unteren Ende. Miguel führte Jamie hinter den Vorhang aus Wasser, und dort fanden sie eine Höhle, geschützt vor der Gischt. Sie schlüpften hinein und sahen zu, wie das Wasser vor ihnen in Sturzbächen hinunterschoss. Das Geräusch war verblüffend laut und eindringlich. Und doch hatte ihr Versteck etwas so Friedliches an sich. Als Miguel sie küsste, dachte sie: Kann ich diesen Mann lieben?

Über ihr surrt und klappert der Ventilator. Surrt und klappert. Ihr Verstand bleibt an Erinnerungen hängen, hält inne, verharrt einen Moment lang und bewegt sich dann weiter.

Ein Geräusch weckt sie. Jemand klopft an ihre Tür, ein leises, beharrliches Geräusch. Sie spürt den heißen Druck beginnender Kopfschmerzen, das dumpfe Pochen in ihrem Arm. Selbst im Schlaf hält sie ihren Arm umklammert, als wäre er noch immer gebrochen.

Es muss spät sein, das Zimmer ist von Licht erfüllt. Sie greift nach ihrem Handy – 9.30 Uhr. Sie hat fünf Stunden geschlafen.

Wieder klopft es an der Tür.

»Ja!«, ruft sie. »Ich komme.«

Sie stolpert aus dem Bett, wickelt sich in einen Baumwollmorgenmantel und öffnet die Tür.

Nyoman steht da, ein Tablett mit Essen in der Hand.

»Frühstück«, sagt er.

Sie sieht chaotisch aus in ihrem Morgenmantel, das Haar zerzaust von verschwitzten Träumen, das Make-up von gestern Abend im Gesicht verschmiert. Sie muss genauso verrückt aussehen wie er gestern. Sie sind spirituelle Zwillinge.

»Danke.« Sie greift nach dem Tablett.

»Im Garten«, sagt er und tritt einen Schritt zurück. Er wendet sich ab und geht auf den Tisch in der Mitte des Gartens zu.

»Ich komme gleich«, ruft sie, während sie die Tür schließt. Sie braucht Kaffee.

Sie duscht rasch und schlüpft in eine Leinenhose und ein T-Shirt. Sie fährt sich mit einem Kamm durch ihr langes rotbraunes Haar, dann putzt sie sich die Zähne und wirft einen Blick in den Spiegel. Ihre Augen sind blutunterlaufen, ihr Gesicht ist blass. Ihre Narbe verläuft von einer Augenbraue bis zum Kiefer, eine schmale weiße Linie, wie ein Komma gebogen. Der Arzt hat ihr gesagt, dass sie die Sonne meiden soll, dass ihre Narbe einen Sonnenbrand bekommen und ihre Farbe verändern wird. Sie ist sich nicht sicher, ob ihr das etwas ausmacht.

Wieder klopft es an ihrer Tür.

Ungeduldig reißt sie sie auf.

»Ich komme schon«, sagt sie, und Nyoman dreht sich um und führt sie in den Garten.

Der Tisch ist mit einem Teller ungewöhnlicher Früchte, einer Schale Joghurt, einem Glas Wassermelonensaft und einem Körbchen mit Reiskeksen gedeckt.

»Das sieht ja toll aus«, sagt sie. »Kaffee?«

»Tee«, erwidert er und entfernt sich. Wo ist sein Lächeln heute Morgen?

Die Teekanne thront stolz auf dem Tisch.

Jamie setzt sich und holt einmal tief Luft. Jetzt, wo er gegangen ist, ist sie froh, wach zu sein und mitten in ihrem privaten Paradies zu sitzen. Sie nickt dem Elefantengott in dem Brunnen einen Gutenmorgengruß zu. Auf seinem Kopf sitzt ein Vogel, aber er scheint den Gott nicht zu stören.

Vom Rest der Familie ist nichts zu sehen – sie müssen schon in der Schule oder in der Arbeit sein. Die Sonne scheint, aber Jamie sitzt im Schatten eines Banyanbaums, und ausnahmsweise einmal fängt sie nicht an zu schwitzen. Sie hört das Trällern eines Vogels, ein Geräusch, das sie nicht erkennt, und sie sieht zu dem Baum hoch. Sie kann den Vogel nicht finden, aber sein Ruf wird von einem anderen Vogel erwidert, auf dem nächsten Baum, und mit einem Mal erklingt dort oben eine Symphonie. Ihre Schultern entspannen sich.

Sie isst ihr Frühstück langsam. Sie will nicht von hier weggehen.

»Barong in drei Stunden.« Nyoman ist wieder neben ihr aufgetaucht. Er greift nach ihrem leeren Frühstücksteller.

Sie hat keine Ahnung, wovon er redet. Muss irgendetwas auf dem Veranstaltungsplan sein.

»Sie möchten noch etwas Tee?«

»Ich hatte genug. Ich werde ein bisschen durch die Stadt gehen«, sagt sie. »Danke fürs Frühstück.«

»Ich begleite Sie«, sagt Nyoman ein bisschen zu entschieden.

»Ich komme allein zurecht«, sagt sie. Es ist ein Satz, den sie oft sagt, aber diesmal ist sie sich nicht sicher, dass es die Wahrheit ist.

Der Junge und sein Hund blicken auf, beide mit entzückter Miene, als sie durch die Pforte tritt. Sie erheben sich gleichzeitig und kommen über die Straße auf sie zu, um sie zu begrüßen. Ein Tag auf Bali, und schon hat sie eine verdammte Familie.

»Guten Morgen, Miss!«

»Morgen«, sagt sie knapp. Sie muss ihn loswerden, und zwar schnell.

»Ich gebe Tour?«

»Ich gehe nur ein bisschen spazieren«, sagt sie. »Ich komme allein zurecht.«

Er folgt ihr bereits wie ein eifriges Hündchen, sein eigenes eifriges Hündchen wie ein beharrliches Echo.

Sie bleibt mitten auf der Straße stehen.

»Ich gehe allein spazieren«, sagt sie.

Er schenkt ihr ein schelmisches Lächeln. »Sie nicht haben gut geschlafen? Sie noch immer ein bisschen nicht nett?«

»Ich bin immer ein bisschen nicht nett«, erklärt sie.

»Aber Bali ist schön! Bali ist Paradies!«

»Arbeitest du für die Tourismuszentrale?«

»Ich arbeite für Sie! Sie mir sagen, was ich tun soll, und ich es tun.«

»Ich will, dass du in die andere Richtung gehst. Ich will, dass du tust, was immer kleine Jungen auf Bali tun. Zur Schule gehen. Auf dem Reisfeld arbeiten.«

»Ich bin vierzehn. Fertig mit Schule!«

Die Straße ist voller balinesischer Männer und Frauen, die meisten auf dem Weg ins Stadtzentrum. Sie verspürt einen Anflug von Angst, aber sie schüttelt ihn ab. Seit einem Jahr hasst sie Menschenmengen. Aber Gabe hat in Ubud an einer Schule unterrichtet. Er könnte noch immer hier sein. Sie wird sich unter das morgendliche Gedränge mischen.

Sie muss den Jungen loswerden, irgendwie, und sich dann ins Zentrum der Stadt stürzen.

In der Ferne blinkt ein Neonlicht: BALI BALI CAFÉ.

Sie denkt: Kaffee.

»Ich habe einen Job für dich«, wendet sie sich an den Jungen. Er reißt die Augen auf – dieses Kind lechzt entweder nach Geld oder nach Aufmerksamkeit. Vielleicht nach beidem.

»Sie wollen Marihuana? Sie wollen einen Mann?«

»Nein!« Und dann lacht sie. »Ist es das, was die meisten Frauen wollen?«

»Westliche Frauen komisch«, sagt er lächelnd. »Westliche Frauen wollen vieles.«

»Ich will …« Auf einmal ist er ihr Flaschengeist. Drei Wünsche. Ich will ohne Albträume schlafen können. Ich will ein medizinisches Wunder, das Larson gesund macht. Ich will die Uhr zurückdrehen, und wenn Larson mir sagt, dass ich nach Bali fliegen soll, sage ich ihm, dass ich allergisch gegen das Paradies bin.

»Ja, Miss?«

»Ich will Kaffee. Kannst du mir löslichen Kaffee besorgen?«

»Kaffee.« Er blickt enttäuscht.

»Gibt es hier irgendwo ein Geschäft? Ich gebe dir Geld.«

»Natürlich, Miss.« Das Lächeln ist aus seinem Gesicht gewichen.

Sie nimmt ihre Brieftasche aus ihrem Rucksack, zückt ein paar Rupiah und reicht sie ihm. Es ist zehn Dollar wert, ihn loszuwerden. Sie ist sich sicher, dass sie ihn nie wiedersehen wird.

»Triff mich um Mittag wieder hier. Okay?«

»Ich bin Bambang«, sagt der Junge.

»Bam-bam?«

»Bam-*bang*! Das ist mein Name. Was Ihr Name, Miss?«

»Jamie.«

Er verneigt sich. »Es ist sehr große Freude, Jamie kennen zu lernen.«

Sie verneigt sich ebenfalls, lächelt über sein einstudiertes Englisch.

Er steckt das Geld ein und läuft die Straße hinunter. Der Hund hält an seiner Seite mit ihm Schritt.

Jamie muss noch immer lächeln, als er verschwunden ist. Bambang.

Sie sieht sich um, auf der Hauptstraße wimmelt es von Menschen. Weiter vor sich sieht sie den Markt, ein buntes Gewimmel aus Farbe und Lärm. Sie holt einmal tief Luft und lässt sich in die Flut von Menschen gleiten, als würde sie auf einer Welle reiten.

Als sie an einem Geschäft vorbeikommt, sieht sie einen Ständer mit Strohhüten, zum Teil mit breiten, weichen Krempen, und ihr wird bewusst, dass sie einen Hut gebrauchen könnte. Die Sonne brennt ihr schon jetzt auf den Kopf, und ihre Kopfschmerzen melden sich rasch zurück. Sie betritt das Geschäft, in dem es nach Weihrauch und Orangen riecht. Eine kleine, stämmige Frau begrüßt sie mit lauter Stimme: »Hallo, hallo. Ich Ihnen helfen.«

»Kann ich einen Hut aufprobieren?«, fragt Jamie.

»Ja, ja«, sagt die Frau eifrig. »Sehr guter Preis. Nur einhunderttausend Rupiah.«

Jamie tritt an den Ständer und wählt einen Hut mit

einem gelben Bandana um die Hutkrone aus. Er passt ihr wie angegossen.

»Ich mache Ihnen besseren Preis«, sagt die Frau, als hätte Jamie mit ihr gefeilscht. »Morgenpreis. Nur fünfundsiebzigtausend.«

»Ja. Das ist gut.«

Jamie greift in ihren Rucksack. Ein Anflug von Panik durchzuckt sie, als sie feststellt, dass ihre Brieftasche verschwunden ist. Sie durchwühlt den Inhalt des Rucksacks, leert schließlich alles auf dem Tresen des Geschäfts aus. Reisepass. Handy. Kamera. Notizbuch. Reiseführer für Bali. Sonnenbrillenetui. Lipgloss.

Keine Brieftasche.

Sie klopft ihre Hosentaschen ab – alle leer.

Dieser verdammte Junge. Wie konnte er an die Brieftasche herankommen? Der Rucksack war die ganze Zeit auf ihren Schultern.

Bis auf den Moment, als sie die Brieftasche herausnahm, um ihm Geld zu geben.

»Sie haben Problem, Miss?«, fragt die Frau, während sie zusieht, wie Jamie alles wieder in ihren Rucksack stopft.

»Ich habe großes Problem«, sagt Jamie.

Sie wendet sich zur Tür.

»Hut!«, ruft die Frau.

Jamie trägt ihn noch immer. Sie nimmt ihn ab und setzt ihn einem riesigen Bronzebuddha auf den Kopf, der fröhlich neben dem Eingang sitzt. Ihm steht der Hut auch.

Es ist Mittag, und sie wartet. Sie hat die Straßen von Ubud bereits durchkämmt, hat überall nach dem Jungen gesucht.

Er wird nicht mit ihrem Kaffee auftauchen, wird es nicht darauf ankommen lassen, erwischt zu werden, aber sie weiß nicht, was sie sonst tun soll. Sie wird noch eine Viertelstunde warten, und dann – na ja, dann weiß sie nicht, was sie als Nächstes tun wird.

Wie dumm von ihr. Ein kluger Reisender versteckt sein Geld an verschiedenen Stellen und verstaut eine Kreditkarte irgendwo getrennt von seinem Bargeld. In der Vergangenheit war sie immer diese kluge Reisende, und sie hat ihren Kunden immer empfohlen, dasselbe zu tun. Sie muss benommener von dieser Reise sein, als ihr bewusst gewesen ist. Als sie gestern am Flughafen Geld umgetauscht hat, hat sie alles in ihre verdammte Brieftasche gestopft, ohne zu überlegen. Wenigstens ihr Pass ist noch da – um genau zu sein, wundert sie sich, dass der Junge ihn nicht auch genommen hat.

»Sie Glück gehabt, Miss«, sagt eine Stimme, und sie schnellt herum.

Bambang steht da, ein breites Grinsen im Gesicht, und hält ihr ein Glas löslichen Kaffee hin.

»Wo ist sie?«, fragt sie mit lauter Stimme.

»Hier«, sagt er, während er mit dem Kaffee durch die Luft fuchtelt. Er liest von dem Glas ab. »Folgers Instantkaffee.«

»Meine Brieftasche«, sagt Jamie.

»Sie mir haben einhunderttausend Rupiah gegeben. Ich habe Wechselgeld.« Er wedelt stolz mit den Scheinen. Er steht zu nah vor ihr, und sie will am liebsten mit den Fäusten auf sein süßes Gesicht eintrommeln.

»Du hast mir die Brieftasche geklaut.«

Der Junge weicht einen Schritt zurück, als wäre er schon jetzt getroffen von ihren Worten.

»Nein.« Sein Lächeln schwindet. »Ich nehme Geld Sie mir geben.«

Der Hund winselt, spürt Bambangs Angst.

Jamie beäugt ihn. Warum sollte der Junge sich wieder blicken lassen? Noch ein Trick?

»Hör zu«, sagt sie etwas sanfter. »Gib sie mir wieder. Ich werde dich gut bezahlen.«

»Ich nicht habe Brieftasche«, sagt er mit flehender Stimme.

»Zwanzig Dollar«, sagt sie zu ihm. »Gib mir die Brieftasche, und ich werde nicht zur Polizei gehen. Ich gebe dir zwanzig Dollar und mein Versprechen. Du kommst ungeschoren davon.«

»Ich nicht habe Brieftasche«, sagt er noch einmal. Seine Miene verdüstert sich vor Traurigkeit.

Der Junge ist ein guter Lügner, denkt sie. Und sie kann seinen Trick nicht durchschauen – warum ist er wieder hier? Was könnte er dabei gewinnen?

Kann es sein, dass er unschuldig ist?

»Ich habe kein Geld«, versucht sie an sein Mitgefühl zu appellieren. »Ich habe keine Möglichkeit, an irgendwelches Geld zu kommen.«

»Nein, Miss. Sie sich täuschen. Ich kaufe Ihren Kaffee. Ich habe Ihr Wechselgeld!« Wieder fuchtelt er hoffnungsvoll mit ihrem Geld durch die Luft wie mit einer Fahne der Kapitulation.

Sie wendet sich ab und entfernt sich ein paar Schritte.

»Bleiben Sie stehen, Miss! Nehmen Sie Kaffee! Nehmen Sie Wechselgeld! Ich nicht habe Brieftasche!«

Sie geht weiter. Das erbärmliche Winseln des Hundes folgt ihr die Straße hinunter.

Jamie ruft ihren Chef an, aber wieder erreicht sie nur seine Voicemail. Sie versucht sich zu erinnern, ob Larson irgendwohin gefahren ist, wo er keinen Handyempfang hat. Letzte Woche war er in Houston, um einen neuen Spezialisten zu konsultieren. Nein, diese Woche hat er wieder Chemo. Er sollte an sein verdammtes Telefon gehen.

Sie ruft ihre Mutter an und hinterlässt ihr ebenfalls eine Nachricht.

Dann legt sie sich in ihrem Cottage aufs Bett, starrt auf den launischen Deckenventilator. Als ein paar Minuten später ihr Handy klingelt, schnappt sie es sich.

»Mom!«

»Geht es dir gut? Ist etwas passiert?«

Jamie setzt sich auf. »Es geht mir gut. Ich bin nicht überfallen worden, aber jemand hat mir mein Geld und meine Kreditkarte gestohlen. Und ich weiß nicht einmal, wie er das geschafft hat.«

»Komm nach Hause, Schatz.«

»Nein«, sagt sie ruhig. »Ich werde bleiben. Du musst mir nur Geld schicken.«

»Du musst nur dein Rückflugticket umbuchen. Ich bezahle die Umbuchungsgebühr.«

Jamie streckt sich wieder auf dem Bett aus, das Telefon ans Ohr gedrückt. Jamie liebt die Liebe ihrer Mutter, und sie flieht vor der Liebe ihrer Mutter. Sie hat bei ihrer Mom in Palo Alto gewohnt, als sie im Jahr zuvor aus Bali zurückkam, war bei Ärzten in Stanford, die ihren gebrochenen Arm wieder gerichtet und ihr die Fäden im Gesicht gezogen haben. Rose hat eine Liste aller Freunde erstellt, die Jamie angerufen haben, all der guten Menschen, die versucht haben, sie zu besuchen und Geschenke zu schicken. Aber Jamie hat sie alle abgewiesen. Sie hat die Liste genommen und in kleine Fetzen zerrissen, und als sie sie in den Mülleimer warf, sah sie Teile der Namen durch die Luft wirbeln, als wären sie ebenfalls in die Luft gesprengt worden und nicht mehr wiederzuerkennen.

Sie verließ Rose' Haus einen Monat nach den Bombenanschlägen, zwang sich, nach Berkeley zurückzukehren, zu ihrer Arbeit, zu der nächsten Global-Adventures-Tour. Ihr graute davor, sich bis an ihr Lebensende jeden Abend auf der blauen Couch im Wohnzimmer ihrer Mutter eine romantische Komödie anzusehen, mit einer Schale Popcorn in der Hand.

Jetzt, am Telefon, schweigen sie beide, atmen einander ins Ohr.

»Sag mir, wohin ich das Geld schicken soll«, sagt Rose erschöpft.

»Egal«, erwidert Jamie. »Ich werde schon eine Lösung finden.«

»Du musst nicht bleiben«, sagt ihre Mutter.

»Doch, das muss ich«, sagt sie zu ihr.

Als Jamie vierzehn war, kam sie einmal von der Schule nach Hause und traf ihre Mutter dabei an, wie sie Dutzende von Brownies backte. Schachteln mit Brownie-Backmischungen stapelten sich auf dem Esstisch, der Mittelinsel, dem Küchentresen. Rauch ringelte sich aus den Rändern des Ofens – eine Portion verbrannte, während Rose wie von Sinnen Eier unter die Brownie-Mischung rührte.

Jamie stürzte an den Herd, um die verkohlten Brownies herauszunehmen. »Mom. Was zum Teufel ist denn los?«

Rose rührte weiter wie wild den Teig an.

»Hör auf damit. Sprich mit mir.«

»Wirf das in den Müll«, sagte Rose mit gesenktem Kopf. »Ich fange eine neue Portion an.«

Jamie legte eine Hand auf die ihrer Mutter und hielt sie fest. Sie wartete, während Rose wieder zu Atem kam.

»Dein Vater«, sagte sie schließlich. »Er verlässt uns.«

»Was?«

»Er hat diese Ehe satt. Er hat mich satt. Ich mache ihn nicht glücklich.«

Ihr Vater liebte Brownies. Jamie schaltete den Herd aus. Der Geruch verbrannter Schokolade stieg ihr in die Lunge. Ihr drehte sich der Magen um.

»Komm mit nach draußen, Mom«, sagte sie.

»Ich kann nicht. Ich muss die nächste Portion in den Ofen schieben.«

»Jetzt.«

Jamie führte ihre Mutter in den Garten. Sie setzten sich im Regen an den Tisch auf der Veranda.

»Werdet ihr euch scheiden lassen?«, fragte sie.

Rose sah sie zum ersten Mal an. »Du denkst, es ist meine Schuld. Du denkst, alles, was dein Vater tut, ist richtig.« Ihre Augen loderten hell, als hätte sie Fieber.

»Das ist doch Unsinn«, sagte Jamie. Aber sie dachte bereits: Er wird mich mitnehmen. Ich werde mit ihm weggehen.

Wie sich herausstellte, nahm ihr Vater sie nicht mit. Als er an jenem Abend nach Hause kam, erklärte er Jamie, er würde nach Connecticut ziehen, er würde ihr ein Flugticket schicken, damit sie ihn in den Schulferien besuchen könne. Er sah schon jetzt irgendwie verändert aus. Er trug einen Pullover, den sie noch nie gesehen hatte, einen dunkelgrünen Pullover mit V-Ausschnitt, ohne ein Hemd darunter. Er sah damit wie ein Filmstar aus.

»Wenn du mich besuchst, werden wir auf dem Appalachian Trail wandern«, versprach ihr Dad. »Man braucht Monate, um den ganzen Weg zu gehen. Was hältst du davon?«

An jenem Abend fuhr Jamie mit dem Fahrrad zum Stanford Park Hotel. Ihr Vater hatte ihr gesagt, er würde für ein paar Wochen dort wohnen, bis sie »dieses Chaos in Ordnung bringen« könnten. Während sie ihr Fahrrad abschloss, warf sie einen Blick durchs Fenster und sah ihn in der Hotellobby. Er durchquerte den Raum, nahm eine Frau in seine Arme und küsste sie. Jamie wurde von Wut übermannt. Als ihr Dad einen Schritt zurücktrat, sah die Frau in Jamies Richtung. Miss Pauline. Ein paar Monate zuvor hatte ihr Vater versucht, Jamie zu überreden, Ballettstunden zu nehmen, obwohl sie alles Mädchenhafte hasste. »Warum sollte ich denn Ballettstunden nehmen?«, hatte sie ihren Vater angefaucht, der daraufhin eine Abmachung mit ihr traf: Sie würde eine Ballettstunde nehmen, und er würde mit ihr am Wochenende zelten gehen.

Miss Pauline, hochgewachsen und hager, das blonde Haar zu einem strengen Knoten gebunden, ließ alle Mädchen durch den Raum schreiten, als würden sie schweben. Sie sagte ihnen, sie sollten sich einen Faden vorstellen, der sie vom Scheitel nach oben zog. »Anmut«, hatte Miss Pauline ihnen versprochen. »Anmut und Schönheit.« Jamie war gegangen, bevor die Stunde vorbei war. »Warum willst du, dass ich das tue?«, fragte sie ihren Vater später, den Tränen nahe, ohne zu verstehen, warum. Er hatte keine Antwort für sie, und letztendlich gingen sie an jenem Wochenende nicht zelten.

Als Miss Pauline zum Fenster zeigte, befahl sich Jamie wegzulaufen, wieder auf ihr Fahrrad zu steigen und so weit wie möglich vom Stanford Park Hotel wegzufahren. Aber sie stand noch immer da, als ihr Vater herauskam und ihr eine Hand auf die Schulter legte. Sie schlug sie weg.

»Wie alt ist sie, zwanzig?«, fragte Jamie. Sie spürte Tränen auf ihrem Gesicht und wischte sie wütend mit dem Ärmel ihres Sweatshirts ab.

»Sie ist sechsundzwanzig«, sagte ihr Vater.

»Du bist ein solcher Lügner«, sagte Jamie.

»Ich habe nicht gelogen. Ich tue das Richtige, indem ich gehe.«

»Du hast bei allem gelogen«, sagte sie zu ihm. Ihr Vater hatte ihre erste Campingtour mit ihr unternommen. Sie stiegen zusammen auf den Mount Shasta. Im Pinnacles-Nationalpark brachte er ihr das Felsklettern bei. Im Sommer zuvor machten sie in Idaho eine Raftingtour über Stromschnellen der Klasse fünf. Wie konnte er sich in eine Ballerina verlieben?

Im Laufe der nächsten Jahre besuchte Jamie ihren Dad und Miss Pauline in den Weihnachtsferien und für ein oder zwei Wochen in jedem Sommer. Pauline bekam ein Baby nach dem anderen und büßte mit jedem Jahr sowohl Anmut als auch Schönheit ein. Und auch wenn Jamie und ihr Dad Tageswanderungen unternahmen, wenn sie entkommen konnten, hatte er doch nie Zeit, mit ihr auf dem Appalachian Trail zu wandern. Im Laufe der letzten zehn Jahre war ihre Beziehung abgekühlt – jetzt sprach Jamie nur noch ein paarmal im Jahr mit ihm. Er wusste nicht einmal, dass sie letztes Jahr auf Bali war, bis er es Wochen nach ihrer Rückkehr erfuhr.

Nyoman klopft an die Tür des Cottages, obwohl sie offen steht.

»Wir fahren jetzt zu dem Barong«, sagt er. Er lächelt wieder, ein Reiseleiter, wie er im Buche steht. Er trägt einen bunten Sarong, den er sich wie einen langen Rock um die Beine gewickelt hat. Er ist mit einer grünen Schärpe an der Taille befestigt. Sein Hemd ist ein schlichtes weißes Polohemd, aber er trägt eine Art Bandana um die Stirn, zu einer kunstvollen Schleife gebunden.

»Brauche ich einen Sarong?«, fragt Jamie.

»Sie sind gut so«, sagt Nyoman zu ihr.

»Aber es geht mir nicht gut. Jemand hat mir die Brieftasche gestohlen.«

Nyomans Miene verdüstert sich, und er senkt den Kopf. »Viele Jahre lang wir haben keine Verbrechen in Bali, und jetzt ändern sich die Dinge. Es tut mir sehr leid.«

»Ich werde schon eine Lösung finden. Das kommt überall vor.«

»Nicht in Bali. Mein Land ist anders.« Er sieht zu ihr hoch. Selbst seine traurige Miene hellt ihre Stimmung auf.

»Was ist der Barong?«, fragt Jamie.

»Tanzaufführung. Sehr wichtig in Bali.«

»Das habe ich auf meinem Veranstaltungsplan gar nicht gesehen«, sagt sie zu ihm.

»Es steht auf meinem Veranstaltungsplan«, sagt er stolz.

»Na dann, fahren wir.« Sie steht seufzend auf, schnappt sich ihre Tasche und ihre Sonnenbrille, steckt sich die Haare mit einer Spange hoch.

Als sie durch die Pforte des Hauses gehen, hält Jamie nach Bambang und seinem Hund Ausschau. Sie sind nirgends zu sehen.

Nyoman führt sie zu einem kleinen Wagen, der am Ende der Straße parkt. Sie steigen beide ein, und er fährt aus der Stadt.

»Der Tanz des Barong«, erklärt er, »ist die Geschichte von Gut und Böse. Der Barong ist ein Zauberlöwe. Er muss gegen Rangda, die Hexe, kämpfen. Wir sehen die Geschichte des Barong viele, viele Male.«

Jamie interessiert sich nicht besonders für den Tanz des Löwen und der Hexe, aber sie ist gern mit Nyoman unterwegs. Sein Wagen ist klimatisiert, und die Aussicht auf die Landschaft ist herrlich. Sie fahren durch lange Abschnitte mit Reisfeldern, die sich auf Hügel hinauf und zum Fluss hinunter über das Land erstrecken. Der strahlend blaue Himmel stößt an die grüne Landschaft, und die Farben prallen aufeinander. Nyoman verfällt in ein langes Schweigen, und Jamie starrt aus dem Fenster.

Vor ein paar Monaten saß sie auf der Veranda von Larsons Haus in Berkeley und blätterte in einem Stapel Kataloge und Broschüren über Bali, viele davon mit verlockenden Fotos von Hügeln mit Terrassen wie diesen.

Larson kam mit zwei Flaschen Bier aus dem Haus und reichte ihr eine davon.

»Leg diesen Quatsch weg«, fuhr er sie an. »Wir fahren nicht nach Bali.«

»Wir?«, fragte sie, als wüsste sie nicht, wovon er redete.

»Global Adventures. Diesen Auftrag hast du nicht mehr, schon vergessen? Im Moment gibt es nicht einen Amerikaner, der sich zu einer Reise nach Bali anmelden wird.«

»Später«, murmelte sie. »In einem Jahr.«

Larson beugte sich vor und fegte alle Kataloge vom Tisch. Sie purzelten zu ihren Füßen auf den Boden.

»Hey!«, brüllte sie.

»Jamie, hör mich an.« Er kauerte sich neben sie. »Ich glaube, hier geht es gar nicht um Bali. Du willst doch gar nicht zurück nach Bali.«

»Es geht nicht um mich«, sagte sie matt. »Es geht um eine Tour.«

»Du hast nicht aufgehört, an Gabe zu denken. Nicht eine Minute, seit du zurück bist.«

»Halt den Mund, Larson.« Sie zog an seinem Pferdeschwanz. Bevor er aufstand, küsste er sie auf den Kopf.

»Lass ihn los«, sagte er leise.

Jetzt wirft sie einen Blick auf Nyoman, der in seine eigenen Gedanken verloren ist.

»Wir sind da«, sagt er schließlich.

Am Rande eines kleinen Dorfes stellt er den Wagen am Straßenrand ab. Sie gehen in einen Park, in dem Stuhlreihen vor einer behelfsmäßigen Bühne stehen. Auf den meisten Stühlen sitzen Kinder. Ein paar alte Männer haben in der letzten Reihe Platz genommen, und eine Gruppe Touristen hat sich um einen balinesischen Reiseleiter versammelt. Nyoman führt sie zu ein paar Plätzen weiter vorn, zwischen den Kindern. Es ist ein heißer Tag, und der einzige Schatten kommt von einem großen Banyanbaum.

Musik erfüllt die Luft. Die Musiker kommen von irgendwo hinter den Zuschauern herein und nehmen ihre Plätze neben der Bühne im Gras ein. Jamie erkennt nicht viele der Instrumente – es muss ein Gamelanorchester sein. Sie sieht eine Reihe Bronzegongs, ein Xylophon, Trommeln, Flöten, Becken. Die Musik perlt und brandet auf.

Jamie würde es genügen, dem hier eine Stunde oder so einfach nur zuzuhören. Sie fühlt sich schon jetzt besser.

Aber bald öffnet sich der Vorhang hinter dem Podium, und ein Löwe kommt auf die Bühne gesprungen. Der Löwe wird von zwei Männern dargestellt, mit einem zotteligen Fell aus etwas, das nach geschredderten Blättern aussieht. Sein Gesicht ist eine spektakuläre Maske, aus Leder gearbeitet und golden bemalt.

Die Menge johlt auf.

»Das ist der Barong«, erklärt Nyoman.

Die vier Beine des Barong, in gestreiften Strumpfhosen und barfuß, tanzen wild umher, und irgendwie bewegt sich der riesige Kopf des Tiers, als wäre er so leicht wie Luft. Jamie bemerkt, dass Nyoman ein Lächeln im Gesicht hat.

»Und das ist Rangda«, flüstert Nyoman ihr ins Ohr.

Rangda platzt auf die Bühne. Sie ist noch wilder als der Barong und üppiger. Sie trägt eine golden bemalte Maske mit hervorquellenden Augen. Eine lange rote Zunge hängt ihr aus dem offenen Mund und reicht ihr fast bis zu den Knien.

Rangda sieht hinaus ins Publikum. Ihr Blick fällt genau auf Jamie. Sie legt den Kopf auf die Seite, als würde sie nachdenken, und dann brüllt sie los. Das Monster starrt Jamie an, und Jamie starrt genau zu ihm zurück. Ich kenne dich, denkt sie.

Im Verlauf der nächsten Stunde versuchen der Barong und seine Anhänger, Rangda zu töten, aber sie ist zu mächtig. Schließlich richten sie die Dolche gegen sich selbst.

Als die Aufführung vorbei ist und der Applaus verebbt, wendet sich Jamie an Nyoman.

»Das Gute siegt nicht über das Böse?«, fragt sie.

»Niemand siegt«, erklärt er ihr. »Es ist immer eine Balance. Das ist der Lauf der Welt.«

»Meine Frau, sie war Kellnerin im Sari Club«, sagt Nyoman in die Stille des Wagens. »Sie hat ihren Job sehr geliebt. Sie ist an jenem Abend zur Arbeit gegangen – am Abend der Bombenanschläge –, und sie war sehr glücklich.«

Sie fahren durch die Reisfelder zurück. Es sind seine ersten Worte, seit sie die Aufführung gesehen haben.

»Es tut mir so leid«, sagt Jamie.

»Lange Zeit war ich sehr wütend«, sagt er zu ihr.

»Auf die Terroristen?«

»Ja. Und ich war wütend auf Sie. Auf die westlichen Leute. Die Bomben waren für Sie bestimmt. Nicht für meine Frau.«

»Und jetzt sind Sie nicht mehr wütend?«

»Nein. Es gibt keinen Grund für meine Wut. Sie bewirkt nichts. Es ist passiert, daher sollte es passieren. Ich akzeptiere meinen Verlust.«

Nyoman blinzelt in die Sonne, und es sieht aus, als ob er sich bemüht zu glauben, was er sagt. Jamie kennt diesen Mann oder diese Religion nicht. Vielleicht ist Akzeptanz die einfachste Sache der Welt.

»Meine Frau, sie war sofort tot«, sagt er.

Seit einem Jahr jetzt wird Jamie von den Toten heimgesucht, die sie in dem Nachtclub gesehen hat, nachdem die Bombe explodierte. Sie schweben wie Schatten in ihrem Verstand; sie flüstern ihr zu, sobald sie aufwacht.

Ihr Körper zittert, als ob ihr eiskalt wäre. Heute Abend wird sie das Gesicht von Rangda zeichnen.

»Meine Frau war die jüngere Schwester meines Freundes«, sagt Nyoman. »Ich kannte sie schon, als wir Kinder waren. Ich war ein ernster Junge, und sie war ein lebhaftes Mädchen, das viel lachte.« Er starrt auf die Straße vor sich. »Wir lebten in demselben Dorf, und unsere Eltern kannten sich gut. Ich habe sie vom ersten Augenblick an geliebt.«

Jamie beobachtet lächelnd, wie Nyomans Miene bei der Erinnerung sanfter wird.

»Wir haben geheiratet, als ich vierundzwanzig war und sie sechzehn. Wir hätten zusammen alt werden sollen, aber das wird nicht passieren.«

Er schweigt eine Weile, und Jamie fragt sich, ob seine Geschichte zu Ende ist. Sie kann sich seinen Verlust nicht vorstellen.

»Sie war mit unserem ersten Kind schwanger«, sagt er.

Jamie presst eine Faust auf ihren Magen. Irgendwie ist das noch schlimmer als alles andere. Sie hatte gedacht, Nyoman wäre viel älter – vielleicht hat die Trauer ihn altern lassen.

»Sie hat meine Hand genommen«, sagt er, »und mich in die Welt geführt. Und jetzt gehe ich allein.«

Den Rest des Heimwegs fahren sie schweigend.

Nyoman parkt den Wagen in der Nähe des Paradise Guest House. Als Jamie aussteigt, sieht sie prompt den Jungen.

Er sitzt da, an seinem Platz auf der Bordsteinkante auf der anderen Straßenseite, der Dieb und sein Hund. Sie funkelt ihn an und stapft auf die Pforte des Cottages zu.

»Ich habe Brieftasche!«, ruft er und fuchtelt damit durch die Luft.

Sie schnellt herum.

Er kommt jubelnd auf sie zugelaufen, mit dem Hund an seinen Fersen.

»Ich sie habe gefunden. Mann sie hat gestohlen. Ich diese Brieftasche habe für Sie zurückgeholt!«

Er brüllt die Worte, während er in die Luft hochspringt, als wäre er getragen von seinem Glück. Als er bei ihr ist, noch immer mit der Brieftasche fuchtelnd, schnappt sie sie sich.

»Zum Teufel mit dir, du kleiner …«

»Nein! Ich sie habe gefunden!«

Sie sieht sich um – Nyoman ist in seinem Cottage verschwunden.

Sie öffnet die Brieftasche und sieht auf das Bündel Geldscheine, die Kreditkarte, ihren Führerschein. Sie wird das Geld später zählen – sie ist sich sicher, dass ein beträchtlicher Teil fehlt. Im Augenblick will sie sich nur beherrschen, um keinen Mord zu begehen. Sie bebt vor Wut.

»Zwanzig Dollar! Zwanzig Dollar!«

Sie funkelt ihn an. »Trickbetrüger. Du stiehlst mir die Brieftasche, dann holst du sie wieder zum Vorschein und erwartest von mir …«

»Sie haben gesagt. Zwanzig Dollar!«

Sie stopft die Brieftasche in ihren Rucksack und stürmt über die Straße, auf das Gästehaus zu.

Natürlich bleibt er an ihrer Seite, so hartnäckig wie ein Moskito.

»Dieb ist Mann, der in Höhle lebt. Er stiehlt Brieftasche schon früher, viele Male, immer Touristen. Vor allem hübsches Mädchen. Ich gehe zu ihm und finde Brieftasche. Ich schwöre, ist Wahrheit.«

Jamie bleibt stehen und starrt ihn an. Kann es sein, dass er die Wahrheit sagt?

»Ich werde dir zwanzig Dollar geben. Und dann will ich dich nie wiedersehen. Ich will aus meinem Gästehaus kommen, ohne dass jemand auf der anderen Straßenseite auf der Bordsteinkante sitzt. Ohne dass auch nur ein Hund dort sitzt. Du wirst nirgends in meiner Nähe sein, wenn ich durch die Stadt gehe. Wenn wir hier fertig sind, existierst du für mich nicht mehr.«

»Versprochen. Zwanzig Dollar.«

Sie holt ihre Brieftasche aus dem Rucksack und entnimmt ihr einen Zwanzigdollarschein. Seine Hand reißt ihn ihr aus den Fingern, und dann ist er verschwunden. Verschwunden. Der Junge und sein Hund sausen die Straße hinunter, aus der Stadt, während der Hund vor Freude kläfft.

Sie ist eine Idiotin.

Aber sie ist eine Idiotin mit einer Brieftasche und etwas

Geld, ihrer Visa-Card, ihrem Führerschein. Ihren Rettungsleinen.

In ihrem Cottage wirft sie alles aufs Bett. Sie wühlt in ihrem Rucksack, nimmt Geldscheine und Karten und steckt einen Teil davon in ihre Hosentasche, einen Teil in ihren Kulturbeutel, einen Teil in ihren Rucksack.

Bevor sie die Brieftasche wieder in ihrem Rucksack verstaut, zückt sie ein Foto. Sie und Miguel auf dem felsigen Gipfel des Fitz Roy in Argentinien, die Arme umeinander geschlungen, ein entschlossenes Lächeln im Gesicht. Sie betrachtet sich selbst, als wäre sie eine Fremde. Die Frau auf dem Foto ist schön. Sie hat eben einen Berg bestiegen, und sie will noch einen bezwingen. Zeigen, was in ihr steckt.

Jamie gleitet mit einem Finger über die Narbe in ihrem Gesicht. Die Ränder der Narbe sind glatt. Jamie ist seltsam taub um die Narbe, und sie mag das Gefühl, nichts zu spüren.

Auf dem Foto sieht Miguel nicht in die Kamera; er starrt Jamie an. Er kümmert sich nicht um Aussichten und Gipfel – er kümmert sich um die Liebe.

Ein paar Monate später sollte sie ihn verlassen und verlieren. An demselben Abend sollte sie in eine Million Teile zerspringen.

Jamie schlendert durch die chaotischen Straßen von Ubud. Sie hatte sich die Stadt als künstlerisches Zentrum vorgestellt – so hatte zumindest ihr Reisehandbuch Ubud angepriesen –, aber sie erscheint ihr genauso kommerziell wie Seminyak. Die Touristen hier sind älter als in den Strandhotels eine Stunde entfernt, und die Läden bieten eher

Heiltränke als Gucci-Sonnenbrillen an. Aber es herrscht Lärm, jede Menge Lärm. Manche Restaurants lassen Musik auf die Straße dröhnen. Fahrer drücken auf die Hupe und jagen den Motor hoch, während sie die Touristenbusse umkurven.

Sie findet ein kleines, bescheidenes Restaurant im Zentrum von Ubud und wirft durchs Fenster einen Blick hinein. Es sieht ruhig dort drinnen aus. Ein hölzerner Buddha sitzt auf dem Tresen der Bar, als hätte er zu viel getrunken und könnte nicht mehr aufstehen. Purpurrote Kissen liegen auf den Bänken neben den Teakholztischen. Jamie tritt durch die offene Tür ein.

Eine hübsche junge Frau führt sie zu einem Tisch am Fenster mit Blick auf die Straße. Sie bestellt sich sofort ein Bintang-Bier.

Die Essensgäste, hauptsächlich ältere Leute, unterhalten sich so laut, dass ihre Stimmen aneinander abprallen. An einem Tisch sitzen zwei Paare, ihre Reiseführer vor sich auf dem Tisch ausgebreitet, mit Kameras um den Hals. An einem anderen Tisch diskutieren drei Männer über die Wahlen in Australien.

Die Bedienung bringt ihr eine eisgekühlte Flasche Bier. »Möchten Sie bestellen?«, fragt sie.

Jamie hat sich die Speisekarte noch gar nicht angesehen. Sie bestellt sich Nasigoreng – der Name des Gerichts, das sie gestern Abend bei Nyoman zu Hause gegessen hat.

Die Bedienung nickt und verschwindet.

Sie sieht einen anderen Tisch in der Ecke des Restaurants. Ein weißer Mann und eine balinesische Frau mit zwei kleinen Kindern, deren hübschen Gesichtern die offensichtliche Mischung der Rassen anzusehen ist. Der Mann muss ein hier lebender Ausländer sein.

Sie denkt an Gabe, einen in Ubud lebenden Ausländer. Könnte er in dieses Restaurant kommen? Sie hat jede Erinnerung an ihn weit von sich geschoben, als wäre sie eine weiß glimmende Glut – wenn sie sie zu lange berührt, wird sie sich verbrennen.

Sie hat kein Recht, ihn wiederzusehen.

Die Bedienung bringt ihr einen dampfenden Teller mit Gemüse und Reis, und Jamie langt kräftig zu.

Ein junges Paar betritt das Restaurant, und Jamie sieht von ihrem Essen auf. Die Frau ist eine Weiße, und der Mann sieht balinesisch aus mit seiner dunklen Haut und den breiten, gut aussehenden Zügen. Die Frau hat lange blonde Haare und einen gertenschlanken Tänzerinnenkörper. Der Mann trägt Jeans und ein gebügeltes weißes Hemd – das Haar fällt ihm in die Stirn, sodass er wie ein balinesischer Elvis Presley aussieht. Sie setzen sich an den Tisch neben Jamies.

Die Frau lächelt sie prompt an. »Ein entzückender Abend, nicht wahr?« Sie hat einen abgehackten britischen Akzent.

»Ja«, sagt Jamie. »Wenn ich den Jetlag überstanden habe, könnte ich sogar lange genug aufbleiben, um den Abend zu genießen.«

»Sie sind eben erst angekommen?«, erkundigt sich die Frau.

Sie ist vermutlich in Jamies Alter, aber der Mann sieht jünger aus.

»Gestern«, sagt Jamie. »Sind Sie schon lange hier?«

»Drei Jahre«, lacht die Frau. »Passen Sie bloß auf. Die balinesischen Männer besitzen eine bemerkenswerte Macht, Sie hierzubehalten.«

Der Mann sieht von seiner Speisekarte auf und starrt die Frau an.

»Ich werde es mir merken«, sagt Jamie.

»Ihr erstes Mal hier?«, fragt die Frau.

»Nein.«

Die Frau streckt eine Hand über die Lücke zwischen den beiden Tischen aus. »Ich bin Isabel.«

Jamie gibt ihr die Hand. »Jamie.«

»Wollen Sie sich zu uns setzen?«

»Bitte«, sagt der Mann mit einem schüchternen Lächeln.

Jamie nimmt ihren Teller und rutscht hinüber auf einen Platz an ihrem Tisch.

»Mein Name ist Made«, sagt der Mann. Er spricht es wie *Ma-dei* aus.

»Kennen Sie viele Amerikaner, die auf Bali leben?«, fragt Jamie. Die Frage rutscht ihr heraus, bevor sie sich bremsen kann.

Die Frau runzelt die Stirn. »Ein paar. Warum?«

»Ich habe hier vor einem Jahr jemanden kennen gelernt. Einen Ausländer, der hier lebt.«

»Klingt romantisch«, sagt Isabel.

»Es ist kompliziert«, sagt Jamie zu ihr.

»Hat er in Ubud gelebt?«

»Er hat hier an einer Schule unterrichtet. Ich nehme an, er hat hier gelebt, aber ich bin mir nicht sicher.«

»Na ja, die meisten Ausländer hier leben in der Stadt«, sagt Isabel. »Ubud zieht die Leute an, die für mehr als eine spirituelle Einkehr oder ein einwöchiges Saufgelage kommen. Wie heißt er denn?«

»Sein Vorname ist Gabe. Seinen Nachnamen weiß ich nicht. Er ist um die vierzig, glaube ich.«

»Ich werde mich umhören«, sagt Isabel.

Die Bedienung bringt zwei Bier, und das Paar bestellt sein Essen. Dann streckt Isabel eine Hand aus und berührt Jamies Arm.

»Waren Sie während der Bombenanschläge hier?«, fragt sie leise. Ihre Augen wandern über die lange Narbe in Jamies Gesicht. Made senkt den Blick.

Jamie nickt.

»Sie sind zurückgekommen.«

»Anlässlich des Jahrestages findet eine Gedenkfeier statt – ich wurde dazu eingeladen. Es ist schwerer, als ich dachte. Wieder auf Bali zu sein.«

»Wurden Sie schwer verletzt?«, fragt Isabel. Ihre Stimme ist jetzt leiser.

»Ein gebrochener Arm. Ein paar Schnittwunden.«

»Made hat einen Cousin verloren«, sagt Isabel.

»Er war Koch im Sari Club«, sagt Made. »Er hat noch ein paar Monate gelebt. Sehr schlimm. Es ist gut, dass er gestorben ist.«

Die Bedienung stellt Teller auf den Tisch.

»Ich habe eine Freundin, die an der internationalen Schule in Denpasar unterrichtet«, sagt Isabel. »Ich werde sie nach Ihrem Lehrer fragen. Geben Sie mir Ihre Handynummer.«

»Was machen Sie hier beruflich?«, fragt Jamie, nachdem sie ihre Telefonnummern ausgetauscht haben.

»Ich unterrichte Yoga«, sagt Isabel. »Ich habe ein Studio in der Stadt. Ich bin hierhergekommen, um an einem Workshop teilzunehmen, und habe mich auf einem Tagesausflug zum Agung-Berg in meinen Reiseleiter verliebt.« Sie beugt sich zur Seite und küsst Made auf die Wange. Er errötet.

»Vielleicht werde ich einmal vorbeikommen und eine Stunde bei Ihnen nehmen«, sagt Jamie. Sie steht auf und wühlt in ihrer Brieftasche nach ein paar Geldscheinen.

»Das geht auf mich.« Isabel schiebt das Geld zu ihr zurück. Jamie bemerkt ein Tattoo, das sich um Isabels schmales Handgelenk ringelt. Es ist eine Ranke aus roten und gelben Blumen.

»Gabe hatte ein Tattoo auf seinem Unterarm«, erinnert sich Jamie auf einmal. »Einen Vogel.«

Sie lag in dem grünen Bett auf der Seite. Als sie die Augen aufschlug, sah sie den Vogel. Er sah aus, als wäre er im Begriff zu fliehen. Sie streckte eine Hand aus und glitt mit einem Finger über seine Flügel. Gabe regte sich, wachte neben ihr auf. Er hielt den Blick auf sie geheftet.

»Das bist du«, sagte er mit einer Stimme, die so sanft wie ein Segen war. »Du wirst bald wegfliegen. Und ich werde hier zurückbleiben.«

Nyoman lächelt. Er lächelt und lächelt, und Jamie jagt seinem Lächeln hinterher. Er geht ein paar Schritte vor ihr, und sie bewegt sich, so schnell sie kann, um mit ihm Schritt zu halten. Aber in der Hitze der Mittagssonne und der schweren Feuchtigkeit fühlt sie sich, als würde sie durch Schlamm waten. Sie kann einfach nicht schnell genug gehen.

»Hier entlang, hier entlang«, sagt er, unentwegt fröhlich.

Als sie um eine Ecke biegt, sieht sie einen riesigen Parkplatz am Rand von Kuta, auf dem sich Hunderte von Leuten versammelt haben.

»Nyoman!«, ruft sie mit krächzender Stimme.

Er schnellt herum und wartet auf sie. Er lächelt noch immer.

»Wir sind da. Kein Laufen mehr. Man hat mir gesagt, pünktlich zu sein. Ich bin nie pünktlich. Daher renne ich zu schnell.«

Jamie kann sich selbst keuchen hören, als wäre sie noch nie durch die Straßen einer Stadt gegangen, geschweige denn in den letzten Wochen auf ein paar Berge gestiegen. »Warum sind dort so viele Leute?«

Nyoman dreht sich um und blickt auf die Menschenmenge auf der anderen Straßenseite.

»Das ist Versammlung für alle Überlebenden und Witwen«, sagt er verwirrt. »Kinder werden wundervolle Aufführung von Tanz und Lied für uns geben.«

»Es gibt Hunderte von uns?«, fragt Jamie.

Sie hat gar nicht erst versucht, sich das hier vorzustellen. Ja, hatte sie gesagt. Ich werde nach Bali fliegen. Sie erinnert sich an die Liste von Gründen, die sie ihrer Mutter genannt hat: Ich werde das Land unterstützen, helfen, den Tourismus wieder aufzubauen, der Welt zeigen, dass der Terrorismus nicht siegt. Aber sie hat nie zugelassen, dass ein Bild klar vor ihrem Auge entsteht: das einer Gedenkfeier für Menschen, die bei den Bombenanschlägen verletzt wurden. Ihren Bombenanschlägen. Menschen, die sie vielleicht unter dem Schutt hervorgezogen hat. Menschen, über die sie auf dem Weg nach draußen vielleicht getreten ist.

»Überlebende. Witwen. Witwer. Es gibt viele von uns«,

sagt Nyoman sanft. »Es gibt eine Organisation, die uns das ganze Jahr über geholfen hat. Die Aktivitäten dieser Woche sind sehr wichtig für uns.«

»Ich habe ein bisschen Probleme mit dem Atmen. Ich weiß nicht, warum«, sagt Jamie zu ihm. Ihr Herz rast, als müsste es aus ihrer Brust entkommen.

»Ich werde bei Ihnen sein«, sagt Nyoman. »An Ihrer Seite.«

Jamie hat das Gefühl, vielleicht gleich weinen zu müssen. Sie schluckt.

Sie überqueren die Straße. Viele junge Leute sind in der Menge – sowohl westliche als auch balinesische. Ein Mann auf Krücken bleibt stehen und klatscht einen anderen Mann ab, und dann umarmen sie sich. Ein rothaariges Mädchen mit entsetzlichen Brandnarben im Gesicht ruft: »Hey, Charlie«, und Charlie hebt sie hoch und wirbelt sie durch die Luft. Überlebende.

Eine kleine Gruppe Balinesen steht auf einer Seite und beobachtet ein Kleinkind mit einem riesigen Strandball. Ihr Lächeln sieht angespannt aus. Witwen. Witwer.

»Wir müssen uns anmelden«, sagt Nyoman, seine Stimme dicht an ihrem Ohr. »Wir suchen Miss Dolly. Sie ist sehr dick.«

Jamie sieht blinzelnd in die Menge, hält nach der dicken Dame Ausschau.

»Dort drüben?«, fragt sie.

»Ja.«

Sie bahnen sich einen Weg zu einer Frau mittleren Alters mit sehr kurzen Haaren und einem eiförmigen Körper.

»Miss Dolly«, sagt Nyoman.

Die Frau reißt die Arme hoch. »Oh, Nyoman. Ich freue mich ja so, Sie zu sehen.«

Sie umarmen sich, und Nyoman blickt ein bisschen verängstigt.

»Das hier ist meine Amerikanerin«, sagt er.

Jamie streckt die Hand aus. »Jamie Hyde.«

»Dolly Thompson. Sie sind unsere einzige Amerikanerin.«

»Es gab keine anderen Amerikaner?«

»Sieben, die gestorben sind. Die Familien konnten nicht kommen.«

Dolly Thompson hört sich australisch an. Die Luft ist erfüllt von lauten australischen Stimmen.

»Danke, dass Sie gekommen sind«, sagt sie. »Viele Leute wollten nicht so bald wiederkommen. Wir haben angeboten, die Angehörigen von Opfern und die Überlebenden mit einem Gastgeber – wie Nyoman – zusammenzubringen, um ihnen den Aufenthalt ein wenig zu erleichtern.«

»Ich freue mich sehr, bei Nyoman zu Gast zu sein«, sagt Jamie zu ihr.

»Wohin sollen wir gehen?«, fragt er.

»Sie sitzen dort drüben, bei den Angehörigen der Opfer.« Dolly zeigt auf die nicht überdachten Tribünen am anderen Ende des Parkplatzes. »Und Miss Hyde sitzt an diesem Ende hier. Bei den Überlebenden.«

Jamie sieht Nyoman an. Sie presst den Mund fest zusammen.

»Ich bleibe bei ihr«, sagt er.

»Das können Sie nicht«, sagt Dolly. Sie ist herrisch, als ob sie es gewohnt ist, Kindergartenkinder herumzukommandieren.

»Ich kann. Es ist Kinderaufführung. Bei Gedenkfeier stehe ich bei Witwen.«

Dolly schüttelt den Kopf. »Jeder muss alles noch komplizierter machen, als es sein sollte.« Sie entfernt sich, schiebt ihren üppigen Körper durch das Gedränge.

»Danke«, sagt Jamie zu Nyoman.

»Ladys und Gentlemen«, dröhnt eine Stimme über einen Lautsprecher. »Herzlich willkommen. Wir möchten Ihnen dafür danken, dass Sie zu diesem äußerst wichtigen Anlass nach Bali gekommen sind.« Jamie schließt die Augen, während dieselbe Stimme in Schnellfeuer-Indonesisch weiterspricht.

Die Show, auf einer Bühne in der Mitte des Parkplatzes aufgeführt, ist chaotisch und lang. Eine Gruppe balinesischer Jugendlicher, in kunstvollen Kostümen, führt einen traditionellen Tanz auf. Ein Chor kleiner australischer Kinder singt ihre Nationalhymne. Jamie versucht sich auf das Unterhaltungsprogramm zu konzentrieren, aber sie ist unruhig und nervös.

Mitten in einer Soloaufführung – ein Junge spielt auf einem Instrument, das wie eine Art Flöte aussieht und Jamies Herz mit seinen traurigen Klängen berührt – dreht sie sich um, und ihr Blick fällt auf ein Mädchen eine Reihe hinter ihr, das sie mit durchdringenden blauen Augen anstarrt.

Und auf einmal riecht Jamie Feuer. Sie hört Schreie. Sie sagt sich: Es ist eine Erinnerung. Es fühlt sich an wie der Beginn eines ihrer Albträume, aber sie ist hellwach. Es ist mitten am Tag. Es gibt kein Feuer. Es gibt keine Bombe. Sie blinzelt, und das Mädchen hinter ihr legt den Kopf schräg, als würde es nach irgendetwas in Jamies Gesicht suchen.

Jamie senkt den Blick. Das Mädchen trägt eine Sporthose; eine Fußprothese ragt aus einem der Hosenbeine hervor.

»Sie …«, sagt das Mädchen, und dann fährt sie sich mit einer Hand an den Mund.

Wieder hört Jamie Schreie. Sie ist wieder in dem Nachtclub, und die Luft ist schwer von Rauch. Ein Holzbalken hat das Bein des Mädchens zerquetscht. Sie versucht den Balken hochzuheben, aber er ist zu schwer. Das Holz ist heiß, als würde es bereits brennen. Aber das Feuer ist auf der anderen Seite des Clubs, zischelnd und knisternd. Jamie kann verbranntes Fleisch riechen.

»Bleib bei uns!«, brüllt sie, und das Mädchen schlägt die Augen auf. Blaue Augen. Nirgends war Farbe, und dann ist da das schockierende Blau der Augen des Mädchens.

Jetzt sieht Jamie von der Fußprothese des Mädchens hoch zu ihren verblüffenden Augen. Das Mädchen nickt zum Zeichen des Erkennens, und Jamie dreht sich wieder um. Sie steht auf und entfernt sich von Nyoman, so rasch, dass er nicht einmal in ihre Richtung sieht. Sie drängelt sich zwischen den Leuten hindurch, rempelt gegen Schultern und Knie, während sie murmelt: *Entschuldigung. Ich muss gehen.* Am Ende der Reihe dreht sie sich um und beginnt zu laufen.

Sie läuft, bis sie die Menge weit hinter sich gelassen hat. Sie läuft, bis ihr Atem stoßweise geht und ihr Körper vor Erschöpfung bebt.

Dann bleibt sie stehen, beugt sich über die Bordsteinkante und übergibt sich.

Sie wischt sich den Mund ab und läuft weiter.

»Heirate mich«, sagte Miguel, während er sich über ihre Teller mit Meeresfrüchte-Curry zu ihr vorbeugte.

Es war ihr letztes Abendessen mit ihm auf Bali, fast auf den Tag genau vor einem Jahr, in einem Restaurant in Kuta. Die Nacht war windig und heiß, und der Lärm so vieler junger Australier erhob sich in der Luft wie ein ständiger Jubel.

»Du bist ja verrückt«, sagte sie zu ihm. »Wir kennen uns doch kaum.«

Er war groß und schlaksig, und seine Hände fühlten sich wundervoll auf ihrer Haut an. Irgendwie waren sie seit sechs Monaten zusammen, länger, als sie mit den meisten Männern in ihrem Leben zusammen gewesen war. Sie hatten mal ein paar Wochen in Patagonien verbracht, als Jamie zwischen zwei Touren war (erst »Wildes Brasilien«, dann »Abenteuerliches Argentinien«); am Fitz Roy hatte er ihr das Eisklettern beigebracht, und sie war ein Naturtalent auf dem Gletscher, so furchtlos, dass ihr fast schwindelig wurde.

»Ich bin nicht verrückt«, sagte er. Er schob ihr eine Schachtel hin. Ihre Gin Tonics rumorten in ihrem Magen, als sie die Hand nach dem Geschenk ausstreckte.

Sie hielt es einen Moment in der Hand, ohne ihn anzusehen. Der Gin verlangsamte ihr Denken, und sie suchte in ihrem Gehirn nach Worten: Nein danke. Ich bin nicht bereit dazu. Nicht ich.

Sie öffnete die unverpackte Schachtel und sah den Diamanten aufblitzen, dann schloss sie die Schachtel rasch, als wäre sie geblendet worden. Sie beäugte ihn mit besorgter Miene.

Sein Gesicht schimmerte im Schein der Petroleumlampe.

Er besaß einen entschlossenen Stolz, dieser gut aussehende Junge aus Santiago.

»Heirate mich«, sagte er noch einmal.

Sie schüttelte den Kopf und schob die Schachtel zu ihm zurück.

»Wir fangen doch eben erst an«, sagte sie matt.

»Ja«, sagte er in einem beharrlichen Ton. »Und sieh nur, was wir begonnen haben.«

»Ich hatte noch nie eine längere Beziehung«, sagte sie zu ihm. Sie sagte nicht: Ich weiß nicht einmal, ob ich verliebt bin. »Ich kann dich nicht heiraten, Miguel. Ich bin nicht bereit dazu. Und ich kann nicht so tun, als ob ich in einer Woche oder einem Monat bereit sein werde. Es ist nicht das, was ich im Augenblick in meinem Leben will.«

Miguel zuckte bei ihren Worten zusammen. Er blickte verblüfft, als hätte er nie mit der Möglichkeit einer Abfuhr gerechnet. Und warum sollte er auch? Seit drei Tagen haben sie jetzt ihr Liebesspiel gespielt wie souveräne Schauspieler vor der absolut romantischen Kulisse Balis. Sie haben sich auf der Rückbank eines Taxis geküsst, sie sind Händchen haltend auf den Berg gestiegen, sie haben ihre Körper unter der Außendusche ihres Hotelzimmers gegenseitig eingeseift und sich dann geliebt, während sich das Wasser über sie ergoss.

Miguel stand auf. Sein Körper schwankte, und Jamie fragte sich, ob er vielleicht zu viel getrunken hatte. Aber er wandte sich wortlos um und ging zur Tür, mit festen Schritten, ohne noch einmal zurückzusehen.

Jamie ließ etwas Geld auf dem Tisch liegen und rannte ihm nach.

Vor dem Restaurant blieb sie einen Moment stehen, suchte panisch in beiden Richtungen, bis sie ihn in der Menge entdeckte – sein königsblaues Hemd blitzte im grellen Licht der Straßenlaterne auf. Sie rannte auf ihn zu, rief seinen Namen.

Er blieb stehen, wandte das Gesicht aber von ihr ab.

»Miguel …«

»Ich will nicht dein Abenteuer sein«, sagte Miguel zu ihr. »Ich will dein Ehemann sein.«

»Geh nicht weg von mir.«

»Ich muss etwas trinken.«

»Ich komme mit.«

»Ich will allein sein, Jamie. Bitte.«

Er sah sie nicht an. Sie ließ seinen Arm los.

»Wollen wir uns im Hotel treffen?«

»Im Moment will ich nur etwas trinken.«

Er wandte sich ab und ging auf eine Bar am Straßenrand zu. Reggaemusik dröhnte durch die offenen Fenster des Gebäudes.

»Miguel.«

Er schüttelte den Kopf und ging weiter. Jamie stand auf dem Gehsteig und sah ihm nach. Er ging durch die Tür von Paddy's Pub, ohne noch einmal zu ihr zurückzusehen.

Jamie stand auf dem Gehsteig, kämpfte gegen den Drang an, ihm nachzulaufen. Sie könnte ihm in den Club folgen, ihn auf die Tanzfläche locken. Denk nicht ans Heiraten, könnte sie ihm ins Ohr flüstern. Denk an das hier. Später könnte sie seine Hand nehmen und ihn zurück zum Hotel führen, wo sie sich bis spät in die Nacht lieben könnten.

Oder sie könnte weggehen. Sie könnte zurück zu ihrem Hotel gehen und ein bisschen Schlaf bekommen.

Sie stand noch immer da.

Sie hätte ihm sagen können, dass sie ihn liebte, auch wenn sie ihn nicht heiraten wollte.

Aber liebte sie ihn denn?

Sie liebte es, seine muskulösen Beine einen Berg hochzujagen; sie liebte den akrobatischen Sex mit ihm. Aber sie brannte auch darauf, jeden Winkel der Welt zu sehen, jedes adrenalinbefeuerte Abenteuer zu erleben. War die Ehe nicht das, was einen davon abhielt?

Ein junger Mann rempelte Jamie an, stieß sie fast um. Benommen sah sie sich um.

»Entschuldigung, Miss«, lallte der Mann. »Kann ich Sie auf einen Drink einladen?«

»Mein Freund ist dort drinnen«, sagte Jamie und ging auf den Club zu.

Das war der Augenblick, als der Himmel weiß aufblitzte. Blendend weiß. Das Geräusch folgte einen Sekundenbruchteil später, eine Reihe kleiner Knalle wie Feuerwerkskörper und dann eine ohrenbetäubende Explosion. Sie spürte, wie sie in die Luft hochgerissen wurde, in den weißen Raum über ihr, und dann, einfach so, flog sie.

Jamie rutscht an der Wand eines Gebäudes nach unten, bis sie auf der Straße sitzt, den Rücken gegen das kalte Holz gedrückt.

Je weiter sie von der Aufführung der Kinder weggelaufen ist, desto heftiger haben die Erinnerungen sie verfolgt. Sie musste stehen bleiben. Sie hat eine Gasse gefunden, die fast verlassen ist – in allen anderen Straßen von Kuta wimmelt es von Leuten.

»Larson?«, sagt sie in ihr Telefon.

»Jamie, wo steckst du?«

»Ich weiß nicht. Irgendwo in Kuta. Warum hast du mich nicht zurückgerufen?«

»Ich habe jemanden kennen gelernt. Wir sind für ein paar Tage nach Point Reyes gefahren. Kein Handyempfang.«

»Gott, Larson.«

»Hier ist es mitten in der Nacht.«

»Ist sie bei dir im Bett?«

»Jamie. Was ist los? Du klingst ja fürchterlich.«

»Ich schaffe das nicht. Ich dachte, das wäre ein Klacks. Aber ich drehe hier durch.«

»Vielleicht *musst* du ein bisschen durchdrehen.«

»Leck mich.«

»Ich lege mich wieder schlafen.«

»Nein. Warte.«

Larson sagt nichts.

»Hilf mir«, sagt sie leise ins Telefon.

»Lass mich ins andere Zimmer gehen«, seufzt Larson. Sie hört, wie er durch die Diele seines Hauses in Berkeley geht. Sie kann ihn vor sich sehen: Er hat sich seinen zerschlissenen Frotteemorgenmantel übergeworfen, der um seinen zu hageren Körper schlenkert. Er wird zu dem Ledersessel am Kamin schlurfen, und wenn er sich setzt, wird Rosalee, seine alte Katze, es sich auf seinem Schoß gemütlich machen.

Jamie hat einmal mitten in der Nacht vor Larsons Haustür gestanden, nach einem fürchterlichen Streit mit einem Freund; sie hat eine Woche in seinem Gästezimmer geschlafen, als sie gerade umzog. Er versteht sie, sie sind so viele Wege in so vielen entlegenen Winkeln der Welt gemeinsam gegangen, dass es ist, als würden sie die Landschaft des Lebens des jeweils anderen kennen.

Einmal hat Jamie zu Larson gesagt, er sei ihr Ersatzvater, eine bessere Version des Mannes, der sich aus ihrem Leben verabschiedet hatte. »Tu mir das nicht an«, warnte er sie. »Eine zu große Belastung.« Aber er hat sie nie enttäuscht. Und jetzt liegt er im Sterben. Ihr verdammter Vater lebt gesund und munter in Connecticut, und dieses Geschenk von einem Mann in Berkeley siecht dahin.

»Sprich mit mir, Legs«, sagt er schließlich. Er nennt sie Legs seit ihrer ersten gemeinsamen Marathonwanderung, als sie zu seiner großen Verblüffung stundenlang an seiner Seite mit ihm Schritt hielt.

»Ich werde morgen nach Hause kommen.«

»Die Gedenkfeier ist erst am Wochenende.«

»Ich kann nicht bleiben.«

»Gib nicht auf.«

»Ich habe ein Mädchen von den Bombenanschlägen gesehen.«

»Und?«

»Ich will nicht dorthin zurück. Ich will einen Schritt nach vorn tun.«

»Das ist ein Schritt nach vorn.«

»Der Typ, bei dem ich wohne, glaubt, dass seine Frau als sein Kind wiedergeboren werden wird.«

»Vielleicht wird sie das ja.«

Jamie beginnt zu weinen. Sie hebt sich ihre Tränen für Larson auf. Ihre Mutter hat einmal gesagt: »Vielleicht wäre es leichter, wenn du nicht so verdammt hart wärst.« Aber Larson weiß, dass sie letztendlich doch nicht so hart ist.

»Ich bin hier«, sagt er leise in ihr Ohr.

»Hör zu. Gib mir die Neuseeland-Tour. Dorthin kann ich von hier aus leicht kommen. Ich liebe diese Tour.«

»Bleib, wo du bist.«

»Ich sitze auf dem Gehsteig wie eine Bettlerin. Vermutlich sitze ich in irgendjemandes Pisse.«

»Dann ist das eben genau der Ort, wo du sein solltest.«

»Du klingst wie Nyoman.«

»Wer ist denn Nyoman?«

»Mein Gastgeber.«

»Seine Frau ist gestorben?«

»Bei den Bombenanschlägen.«

»Vielleicht klappt es ja. Seine Philosophie.«

»Nicht bei mir«, sagt Jamie.

»Gib der Sache eine Chance, Legs«, sagt Larson. Seine Stimme ist leise und ernst.

»Ich habe gar nicht gefragt, wie es dir geht«, sagt sie, während sie sich die Nase an ihrem Ärmel abwischt.

»Es geht mir gut«, sagt er zu schnell. Jamie wird klar, dass er lügt – in seinem Bett liegt keine Frau.

Obwohl sie wusste, dass der Bauchspeicheldrüsenkrebs ein Todesurteil war, sobald Larson ihr von seiner Diagnose erzählte, hat sie sich nicht gestattet, an das Ende zu denken. Sein Ende. Sie ist die Einzige, die sich um ihn kümmern kann. Sie weiß nicht, ob sie stark genug für diese Aufgabe ist.

»Ich will dich nicht verlieren«, sagt Jamie schließlich.

»Oh, ich werde dich für immer heimsuchen. Das ist mein

Plan. Ich werde in deinen Rucksack schlüpfen und dir um die Welt folgen.«

Ein paar balinesische Kinder stürmen die Gasse hinunter, jagen einem Welpen hinterher. Sie laufen an ihr vorbei, als wäre sie unsichtbar.

Jamie steht auf und sieht zum Himmel – die untergehende Sonne malt rote Streifen über das wolkenlose Blau.

»Leg dich wieder schlafen«, sagt Jamie zu Larson.

»Bleib auf Bali, Legs«, sagt er und legt auf.

Jamie steckt ihr Telefon ein und geht wieder los.

Sie braucht lange, um den Parkplatz zu finden. Nyoman sitzt friedlich auf einer Bank am Ende des jetzt leeren Platzes. Alle Tribünen und die Bühne sind abgebaut. Er sieht zu, wie Jamie auf ihn zukommt.

»Entschuldigung«, sagt sie, als sie ihn erreicht.

»In meinem Garten steht eine Skulptur von Ganesha.«

»Der Elefant?«

»Ja. Der Elefant. Er beschützt uns vor den Dämonen. Ich warte auf Sie. Ich werde Ihr Ganesha sein.«

Jamie träumt von Bambang. Er ist auf einem Fahrrad, mit dem Hund an seiner Seite, und Nyoman läuft ihm hinterher und brüllt: »Stehen bleiben! Dieb!« Bambang lacht, der Hund kläfft, und Nyoman stößt einen Dolch in den Jungen.

Jamie setzt sich im Bett auf mit wild hämmerndem Herzen.

»Bambang«, sagt sie laut, und ihr wird bewusst, dass sie seine Hilfe braucht.

Sie schlüpft in ihre Kleidung. Sie sollte duschen, aber sie will keine Zeit verlieren.

Sie öffnet die Tür ihres Zimmers und sieht, wie Nyoman den Gartentisch für ihr Frühstück deckt.

»Ich bin gleich wieder da«, ruft sie ihm zu.

Er sieht verdutzt auf, als sie an ihm vorbeistürmt.

Sie öffnet die Pforte zur Straße, und natürlich, Bambang wartet auf sie wie bestellt. Sein Hund wartet ebenfalls, die Ohren aufgestellt, mit wedelndem Schwanz. Wenn Bambang einen Schwanz hätte, würde er ebenfalls wedeln.

Sie eilt über die Straße. Der Junge blickt besorgt.

»Bambang hat Ärger?«, fragt er.

»Du hast immer Ärger«, sagt sie. »Aber das ist mir egal. Ich brauche deine Hilfe.«

Sein breites Lächeln erhellt sein Gesicht.

»Zwanzig Dollar«, sagt er.

Sie zückt einen Zwanziger aus ihrer Gesäßtasche. Er reißt die Augen auf.

»Finde einen Mann für mich. Du schaffst das. Du kennst vermutlich jeden in diesem Land.«

»Nur in dieser Stadt.«

»Wir werden hier anfangen. In Ubud. Vor einem Jahr hat er in Ubud an einer Schule unterrichtet.«

»Ihr Freund?«, säuselt Bambang neckend.

»Nicht mein Freund.«

»Ihr Toy Boy?«, fragt er mit einem wilden Grinsen.

»Woher zum Teufel kennst du denn diesen Ausdruck?«, fragt sie lachend. »Nein, er ist nicht mein Toy Boy.«

»Yoga-Lady hat mir das beigebracht. Toy Boy.«

»Isabel?«

»Nein. Hier viele Yoga-Ladys. Diese hier Lucy.«

»Die Yoga-Ladys interessieren mich nicht. Du sollst diesen Mann finden.«

»Ich verspreche Ihnen«, sagt Bambang stolz. »Wie ist sein Name?«

»Gabe. Seinen Nachnamen weiß ich nicht. Du musst dir deine zwanzig Dollar schon verdienen. Ich sage dir, was ich weiß. Er ist Amerikaner. Lehrer. Grüne Augen. Dunkle Haare und ein Bart. Ein Vogel-Tattoo auf dem Unterarm.«

»Was ist Unterarm?«

»Du kennst Toy Boy, und Unterarm kennst du nicht?«, fragt Jamie. Sie zeigt ihm ihren Unterarm. »Hier.«

»Er jetzt unterrichtet in Ubud?«

»Ich weiß nicht. Fang hier an.«

»Das kostet mehr als zwanzig.« Der Junge verschränkt seine knochigen Arme vor der Brust.

»Hast du ein Verzeichnis deiner Dienstleistungen? Steht da irgendwo: *vermissten Mann finden* … was – vierzig Dollar?«

»Vierzig Dollar«, sagt er zu ihr.

»Finde ihn, dann kriegst du die anderen zwanzig.« Der Hund reibt sich an ihrem Bein, als würde er ebenfalls um mehr Geld betteln. »Wie heißt denn der Hund?«

»TukTuk.« Bambang läuft die Straße hinunter, während er mit seinem Zwanziger durch die Luft wedelt und TukTuk in einem Freudentaumel hinter ihm herspringt.

»Junge ist nicht gut«, sagt Nyoman, als Jamie sich zum Frühstück setzt.

»Er könnte für etwas gut sein«, sagt sie zu ihm.

»Ubud will keinen Ärger.«

»Ist er ein Waisenkind?« Sie legt ihre Serviette in ihren Schoß und wirft einen Teebeutel in ihre Teetasse. Nyoman gießt heißes Wasser in die Tasse. Wir sind wie ein altes Ehepaar, denkt sie.

»Er ist vor einem Jahr hierhergekommen. Niemand weiß, wo er her ist, wer seine Leute sind. Bambang ist javanischer Name.«

»Vielleicht ist er von zu Hause weggelaufen.«

Jamie isst ihren Joghurt mit Obst, während Nyoman vor ihr steht. Im Allgemeinen wartet sie, bis er in seinem Cottage verschwunden ist, aber heute Morgen ist sie am Verhungern.

»Hier ist nicht Amerika. Wir haben keine Kinder, die weglaufen, die auf der Straße leben, die die Touristen austricksen. Wir haben Gemeinschaft. Junge hat keine Gemeinschaft.«

Jamie fühlt sich diesem ausgestoßenen Jungen seltsam verbunden.

Nyoman geht mit dem leeren Tablett und der Teekanne zurück zu seinem Cottage.

Jamie stellt sich eine Frau in Nyomans Cottage vor, die ihn mit einem Lächeln begrüßt. Nyoman legt seiner Frau eine Hand auf ihren runden Bauch. Sie hebt eine Hand und rückt die Brille auf seiner Nase zurecht.

»Sie wird gleich wieder schief sitzen«, sagt er zu ihr.

»Im Moment bist du perfekt«, sagt sie, während sie das Haar auf seinem Kopf glatt streicht.

Jamie steht vor Isabels Yogastudio im Zentrum von Ubud und sieht dem Kurs durchs Fenster zu. Der Raum ist voller erstaunlich biegsamer Leute, die sich anmutig durch Brezelposen bewegen. Sie hofft, dass der Kurs bald zu Ende ist – sie ist verschwitzt und ungeduldig. Sie ist durch die Stadt gelaufen, während sie versucht hat, sich irgendetwas einfallen zu lassen, um Gabe zu finden oder ihn wie durch ein Wunder auf der Straße zu entdecken. Sie ist eine Versagerin – sie hat keinen Plan, sie hat keine Hoffnung, ihn zu finden. Warum hat sie diese Mission unternommen?

Es ist, als hätte sie diese Glut der Erinnerung jetzt wieder zu einem lodernden Feuer geschürt. Sie kann es nicht löschen. Sie muss ihn finden.

Schließlich legen sich die Yogis für die Totenstellung auf den Rücken. Jamie ist froh, dass sie nicht an dem Kurs teilgenommen hat – ihre Muskeln sind zu verspannt vom Bergsteigen, und ihr Verstand ist zu rastlos, um eineinhalb Stunden lang konzentriert zu atmen.

Die Yogastunde endet mit einer Reihe von Oms. Die Yogis gehen nacheinander hinaus, viele umarmen sich zum Abschied. Isabel verlässt das Studio als Letzte.

»Jamie!«, ruft sie und küsst sie auf beide Wangen.

»Sieht nach einem guten Kurs aus«, sagt Jamie zu ihr.

»Komm nächstes Mal dazu.«

»Hast du das auch schon gemacht, bevor du nach Bali gezogen bist?«

»Nein, ich war Buchhalterin in London.«

»Das gibt's doch nicht.«

»Doch. Ich brauchte Bali im großen Stil.«

Jamie kann sich diese Frau nicht hinter einem Schreibtisch in einem Büro vorstellen, einen Computer vor sich, die

Beine sittsam übereinandergeschlagen, mit seriösen Pumps, die von ihren Füßen baumeln.

»Hör zu. Ich bin noch nicht weitergekommen mit meiner Suche nach diesem Mann, von dem ich dir erzählt habe. Gabe. Ich habe mich gefragt, ob du vielleicht schon mit deiner Freundin an der internationalen Schule gesprochen hast.«

»Das habe ich. Ich wollte dich anrufen.« Isabel schüttelt den Kopf. »Sie kennt niemanden namens Gabe.«

»So ein Mist.«

Isabel legt Jamie eine Hand auf den Arm. »Lass dich nicht entmutigen«, sagt sie zu ihr.

Sie küssen sich zum Abschied, und Jamie eilt die Straße hinunter, als müsste sie irgendwohin.

Sie biegt in eine Gasse zwischen zwei Gebäuden ein, und binnen Minuten steht sie vor einem Reisfeld. Die Stadt verschwindet, und die saftige grüne Landschaft umgibt sie. Sie atmet leichter. Die Sonne brennt auf sie herunter, aber sie trägt einen breitkrempigen Hut, den sie sich an diesem Morgen gekauft hat.

Ein Feldweg verläuft zwischen den Reisfeldern. Ein Meer von Grün erstreckt sich vor ihr. Der Pfad führt sie zu einem Fluss und einem Dickicht aus Bäumen, dem einzigen Schatten weit und breit. Sie setzt sich auf einen Felsen, zieht die Schuhe aus und lässt das kühle Wasser über ihre Füße plätschern, dann zückt sie ihr Handy. Erstaunlich – sie ist mitten auf Bali mitten im Nirgendwo, und sie hat vollen Empfang. Sie ruft ihre Mutter an.

»Jamie!«, ruft Rose, als wäre sie wochenlang verschollen gewesen.

»Ich habe meine Brieftasche wiederbekommen«, sagt Jamie zu ihr.

»Wirklich?«

»Ich wurde vermutlich ausgetrickst, aber das meiste Geld war noch da. Der Dieb ist mein neuer bester Freund.«

»Jamie, lass dich da drüben nicht mit irgendwelchen zwielichtigen Gestalten ein.«

»Er ist nur ein Kind«, sagt sie. »Und ich handle mir keine Schwierigkeiten ein.«

»Wie geht es dir, Schatz?«

»Nicht so gut.« Jamies Stimme bricht. Sie will nicht weinen.

»Oh.« Rose' Stimme stockt ebenfalls.

Jamie steht auf und geht einen Schritt weit in den Fluss. Das kalte Wasser klatscht an ihren Beinen hoch und durchnässt ihre Shorts.

»Ich habe versucht, Gabe zu finden«, sagt sie.

»Das habe ich mir schon gedacht«, sagt Rose.

»Es erschien mir auf einmal wichtig.«

Sie geht noch einen Schritt weiter in den Fluss. Das Wasser bedeckt ihren Bauch, ihre Brüste. Es reicht ihr fast bis zum Kinn. Sie hat das Gefühl, den Halt zu verlieren, und das liegt nicht nur an dem steinigen Boden unter ihren Füßen. Es liegt an der Hitze und der Kälte, der Stille und dem Lärm.

»Du wirst vielleicht enttäuscht sein, wenn du ihn findest«, sagt Rose. »Manchmal macht man Helden aus Männern, die gewöhnliche Sterbliche sind.«

Jamie weiß, dass ihre Mutter von ihrem Dad spricht. Hat sie mit Gabe dasselbe getan?

»Augenblick«, sagt Jamie.

Sie watet aus dem Fluss. Wasser trieft von ihrer Kleidung.

»Wo bist du?«, fragt Rose.

»Ich habe keine Ahnung«, sagt Jamie. Sie tritt wieder zwischen den Bäumen hervor und steht am Rand des Reisfelds. Die Hitze der Sonne umfängt sie.

»Danke, Mom«, sagt Jamie.

»Wofür?«, fragt Rose.

Ich muss ihn finden, um ihn loszulassen, denkt Jamie. Aber sie sagt nichts.

Bambang wartet vor dem Paradise Guest House auf sie. Er springt von der Bordsteinkante hoch und kommt über die Straße auf sie zugelaufen.

Sie verspürt einen Anflug von Panik. Was, wenn er Gabe gefunden hat? Was, wenn sie ihn wiedersieht? Warum hat sie es versäumt, sich den Rest vorzustellen?

»Ich habe Namen! Ich habe Namen!«, brüllt Bambang.

Der Hund springt an Jamie hoch und wirft sie fast um. Er leckt an ihren Beinen, ihren Händen, ihren Füßen.

»Ruhig, TukTuk«, sagt Jamie und tätschelt sein samtiges Fell.

»Mr. Gabe Winters!«

»Gabe Winters«, probiert sie den Namen aus. Die Worte passen in ihren Mund, als wären sie schon dort gewesen, hätten auf sie gewartet. »Wo ist er?«

»Zwanzig Dollar«, sagt Bambang.

»Du hast ihn nicht gefunden«, wendet Jamie ein.

»Ich habe Namen gefunden! Zwanzig Dollar!«

»Wo ist er?«

»Zwanzig Dollar.«

»Zum Teufel mit dir.« Sie wühlt in ihrer Brieftasche und zückt einen Zwanziger. Bambang nimmt ihn und stößt einen Freudenschrei aus.

»Ich gehe zu Tattoomädchen«, sagt Bambang. »Sie malt Vogel auf Mr. Gabe Winters vor drei Jahren. Sie erinnert jedes Tattoo.«

»Hat sie eine Adresse von ihm?«

Er schüttelt den Kopf.

»Wie kann ich ihn finden?«

»Noch zwanzig Dollar.«

»Tust du eigentlich je etwas aus Herzensgüte?«, fragt Jamie.

»Nicht verstehen.«

»Natürlich nicht.«

»Sie nicht glücklich? Haben Namen jetzt.«

»Ja, ich habe seinen Namen. Finde seine Adresse«, sagt sie. Sie zückt noch einen Zwanziger und drückt ihn ihm in die Hand.

Jamie geht zu einem Internetcafé im Stadtzentrum. Fast jeder in dem Café sieht aus wie ein Hippie der ersten Generation – sie hat einen Zeitsprung zurück nach Woodstock gemacht. Der Kellner trägt einen Pferdeschwanz und ein Grateful-Dead-T-Shirt, und er lächelt breit. Sie bestellt sich einen Pfefferminz-Eistee und versteckt sich hinter einem Computer an einem Ecktisch.

Sie googelt *Gabe Winters* und findet nichts, was sich auf den Mann bezieht, den sie auf Bali kennen gelernt hat. Als Nächstes versucht sie *internationale Schulen auf Bali* und überträgt die Liste in ihr Notizbuch. Sie findet Telefonnummern und beginnt anzurufen. »Nein, hier gibt es niemanden mit diesem Namen«, wird ihr immer wieder gesagt. Je schwerer es ist, ihn zu finden, desto getriebener wird sie.

Gabe hatte eine Schwester in Boston, erinnert sie sich, aber als sie *Winters Boston* googelt, bekommt sie Wetterberichte. Sie versucht *Gabe Winters Boston* und findet einen Artikel:

Paar aus Boston gründet Stiftung zum Gedenken an seinen Sohn

Gabe Winters und Heather Duckhorn haben die Ethan-Winters-Stiftung gegründet, um die Forschung zu Meningitis bei Kindern zu unterstützen. Ethan Winters starb im Alter von vier Jahren an Meningitis.

Jamie erinnert sich, wie sie eines Morgens mit Gabe auf der Veranda saß. Der blassrosa Schimmer des Sonnenaufgangs färbte den Nebel über den Seerosenblättern. »Als ich heute Morgen aufgewacht bin«, sagte er, den Blick aufs Wasser geheftet, »wurde mir bewusst, dass ich von Ethan geträumt hatte. Das ist das erste Mal, dass ich ihn im Traum gesehen habe.«

Jamie gibt *Ethan-Winters-Stiftung* in den Computer ein. Sie findet die Webseite der Stiftung und überfliegt die Homepage. Es ist ein einziges Durcheinander – zu viele Informationen, die alle Aufmerksamkeit verlangen. Sie liest über Worte hinweg: *Meningitis, Spenden, Veranstaltungen,*

Geschichten von Überlebenden. Nichts davon führt sie zu Gabe.

»Sind Sie bald fertig?«

Sie blickt auf, völlig benommen. Ein hagerer Jugendlicher steht neben ihr, wippt ungeduldig auf den Zehen. Er ist von irgendetwas aufgeputscht, oder vielleicht ist es auch nur die Musik, die durch seine Kopfhörer dröhnt.

»Nein«, faucht sie. »Vielleicht. Ich weiß nicht.«

»Reg dich ab, Schwester«, sagt der Junge und geht zu dem nächsten besetzten Computer.

Jamie sieht wieder auf den Bildschirm und versucht ihre Gedanken zu zügeln. *Finde ihn. Er ist hier, irgendwo*.

Sie klickt den Link *Vorstand* an. Gabes Name ist der letzte auf der Liste. Seine Kurzbiografie lautet: »Gabe Winters lebt auf Bali und unterrichtet dort an der Ubud-Gemeindeschule.«

Jamie loggt sich aus dem Computer aus und stürzt aus dem Café.

Bambang sitzt auf der Bordsteinkante gegenüber dem Paradise Guest House. Er winkt fröhlich, als Jamie auf ihn zugeht.

»Sie mich brauchen?«, ruft er.

»Weißt du, wo die Ubud-Gemeindeschule ist?«

»Ja«, sagt er stolz.

»Kannst du mich dorthin bringen?«

»Ja, ja«, sagt er vergnügt. »Nur zwei Dollar.«

»Bist du jetzt ein Taxiservice?«

»Bambang Touristenführer.«

Jamie zückt zwei Dollar und drückt sie in seine offene Hand.

»Jetzt gleich?«, fragt er.
»Jetzt gleich.«
Bambang und TukTuk führen sie die Straße hoch, fort vom Stadtzentrum.
Jamie erinnert sich, wie eine Touristin, mit der sie einmal in Chamonix eine Bergtour unternahm, ihre Angst davor beschrieb, einen extrem schmalen Grat hinunterzusteigen, dessen beide Seiten steil abfielen: Durst, kalter Schweiß, ein Kribbeln in den Armen. Das alles fühlt Jamie jetzt. Und sie geht nur durch eine Straße auf Bali.
»Mr. Gabe dort? Er unterrichtet an Schule?«, fragt Bambang.
»Ich glaube schon«, sagt sie.
»Sie in Mr. Gabe verliebt?«
»Ein Touristenführer lernt, keine Fragen zu stellen.«
»Sie Touristenführer?«
»Zu viele Fragen«, sagt Jamie. »Lass dir von der Touristin erzählen, was sie will. Du würdest dich wundern, wie viel sie dir erzählt.«
»Sie zu still. Sie nichts erzählen.«
»Gib mir Zeit«, sagt sie.
Sie gehen die lange Straße hinunter aus der Stadt. Der Tag neigt sich dem Ende – es gibt keinen Grund, weshalb Gabe um diese Zeit noch in der Schule sein sollte. Aber Jamie verspürt einen inneren Zwang, den Ort zu sehen, zu wissen, wo er arbeitet.
»Da ist Schule.« Bambang deutet auf ein kleines Gebäude, etwas zurückgesetzt von der Straße. Anders als die vielen Steinbauten in der Gegend ist dieses hier aus Bambus errichtet – es sieht ein bisschen aus wie ein Baumhaus. Jamie

bleibt stehen, wo sie ist, auf der anderen Straßenseite, und Bambang hält rasch an.

»Wir gehen hinein?«, fragt er.

»Nein. Ich werde hier warten. Dein Job ist erledigt.«

»Ich warte mit Ihnen.«

»Nein. Ich komme schon zurecht. Geh schon, Bambang. Geh und gib irgendwo dein Geld aus.«

Der Junge blickt enttäuscht; selbst TukTuk lässt den Kopf hängen.

Zwei Frauen öffnen die Eingangstür der Schule und gehen hinaus. Als sie auf die Straße treten, hört Jamie eine von ihnen sagen: »Ich würde lieber zu Hause sitzen und Aufsätze korrigieren, als das noch einmal über mich ergehen zu lassen.«

Die andere Frau lacht, und sie küssen sich zum Abschied.

Jamie fischt zwei Dollar aus ihrer Hosentasche. Sie reicht sie Bambang. »Verschwinde«, sagt sie.

Er und TukTuk stürmen die Straße hinunter, zurück in Richtung Stadtzentrum.

Jamie lehnt sich gegen einen Baum. Ein Mann kommt durch die Eingangstür der Schule. Er ist Balinese. Nicht Gabe. Sie holt einmal tief Luft.

Sie erinnert sich an einen Tag vor einem Jahr, in dem Strandcottage. Sie lag im Bett, zwei Tage nach den Bombenanschlägen, und versuchte die hässlichen Bilder der brennenden Nachtclubs aus ihrem Kopf zu verscheuchen. Denk an Miguel, nicht an die Bomben, sagte sie sich. Erinnere dich, wie er dir vom Gipfel des Berges aus spanische Balladen vorgesungen hat. Erinnere dich an seinen wilden Aufschrei, als er von einer Klippe in den Pazifik gesprungen ist. Erinnere dich an seinen süßen Atem auf dir, als er, sein Gesicht an deinem Nacken, mit dir geschlafen hat. All diese Erinnerungen prallten mit dem letzten Bild zusammen, dem seines gebrochenen Körpers in ihren Armen. Sie spürte Panik in sich aufsteigen. Sie zwang sich, aus dem Bett aufzustehen, und ging, benommen und aufgewühlt, aus dem Haus und in den Garten.

Gabe saß auf der Veranda und las in einem Buch. Er blickte auf und sah, dass ihr Gesicht nass von Tränen war. Er stand auf und trat auf sie zu.

»Miguel ist nicht mehr«, sagte sie leise.

Sie kam in seine Arme. Und dann, bevor sie zuließ, dass ihr Körper sich gegen seinen presste, riss sie sich von ihm los.

Selbst jetzt, ein Jahr später, spürt sie die Anziehungskraft dieses Augenblicks. Hin zu Gabe. Fort von Miguel. Sie spürt, wie sie einen Schritt zurücktritt, fort von der Schule, als könnte sie ändern, was sie damals getan hat und was sie jetzt zu tun im Begriff ist.

Dann geht die Tür der Ubud-Gemeindeschule erneut auf, und eine kleine Gruppe von Leuten kommt heraus. Einer der Männer ist alt und humpelt an einem Stock. Nicht Gabe. Eine Frau hält ein Kind an der Hand. Und dann, schließlich, steht ein Mann allein im Türrahmen. Er sieht sich um, und sein Blick fällt auf Jamie.

Gabe.

In diesem Augenblick ist es, als würde ihr hartes Äußeres – Haut und Muskeln und Knochen – von ihr abfallen und nur noch ihr pulsierendes Herz zurückbleiben. Auf einmal erinnert sie sich an jeden komplizierten Tag nach den

Bombenanschlägen. Alles davon war absolut wahr. Genau wie ihre wackeligen Beine und das Hämmern ihres Herzens, das den ganzen Raum in ihr ausfüllt.

Er ist groß mit schwarzem, grau meliertem Haar. Sein Gesicht ist glatt rasiert, der Bart ist verschwunden. Er fährt sich mit einer Hand durchs Haar, und sie erinnert sich an diese Geste genau wie an das, was als Nächstes passiert – eine Locke fällt ihm in die Stirn, ungebändigt. Er trägt ein schwarzes T-Shirt und Jeans und eine Kuriertasche über einer Schulter. Sie sieht ihm zu und wartet: Er lächelt nicht, aber er beginnt auf sie zuzugehen.

Atme, ermahnt sie sich. Und ohne zu überlegen, zählt sie rückwärts, als würde sie die Schritte zwischen ihm und ihr zählen. Zwischen jeder Zahl holt sie einmal tief Luft, während er auf sie zukommt.

Er blinzelt, verzieht das Gesicht vor Konzentration. »Jamie«, sagt er.

Sie bringt kein Wort heraus. Ihr Mund fühlt sich trocken und fremd an.

Er streckt eine Hand aus und berührt die Narbe in ihrem Gesicht. Sie erinnert sich, wie er immer ihren Verband gewechselt hat, seine Finger so zärtlich auf ihrer Wunde. Jetzt, obwohl die Haut taub ist, durchzuckt es sie wie ein Stromstoß. Sie zittert, und er nimmt seine Hand fort.

Sie beobachtet seine grünen Augen. Sie wartet darauf, dass er etwas sagt. Aber er schweigt.

»Ich bin gekommen, um zu sagen, dass es mir leidtut«, sagt sie schließlich. Sie hört die Worte in ihrem Kopf, und sie hallen wider, als hätte sie sie monatelang immer und immer wieder gesagt. In gewisser Weise hat sie das tatsächlich getan.

»Jamie«, sagt er. Dann schüttelt er den Kopf.

Seine Hand nähert sich wieder ihrem Gesicht. Diesmal berührt er ihre Lippen.

»Bitte«, sagt er. »Fahr nach Hause.«

Zweiter Teil

2002

»Meinst du, du wirst nach Hause kommen?«, fragte Molly. Sie hielt einen Moment inne, bevor sie hinzufügte: »Jemals?«

»Ich bin hier zu Hause«, sagte Gabe sanft.

Er drückte auf die Hupe und wartete darauf, dass das Mädchen mit dem Pferdeschwanz auf dem Motorrad zur Seite fuhr, bevor er es überholte. Die entgegenkommende Horde von Motorrädern schoss vorbei, nur wenige Zentimeter neben seinem Fenster.

»Ich verstehe nicht, wie du hier Auto fahren kannst«, murmelte Molly.

Ohne sie anzusehen, konnte sich Gabe das Gesicht seiner Schwester vorstellen, wie vor Schmerz verkrampft, während sie versuchte, ihre Tränen zu unterdrücken. Er kannte Molly besser als irgendjemanden sonst – sogar besser als seine Exfrau.

»Es ist, als ob du ein ganzes Leben weggeworfen hast«, sagte sie mit leiser Stimme.

»Ich habe gar nichts weggeworfen.«

»Ich fühle mich ein bisschen wie abgelegt. Die Familie von gestern. Schade, dass es für so etwas keine Recyclingtonne gibt.«

»Oh, ich bitte dich«, sagte Gabe. Er streckte eine Hand aus und schnippte mit einem Finger gegen ihren Arm.

»Autsch! Was denn? Darf ich nicht sagen, dass ich dich vermisse?«

Er warf von der Seite einen Blick auf sie. Sie beobachtete den Verkehr, und er konnte sehen, wie ihr ausgestreckter Fuß auf eine imaginäre Bremse trat. Er lächelte. Früher zogen sie ihre Mutter immer damit auf, dass sie beim Autofahren ständig auf die Bremse trat.

»Ich vermisse dich auch«, sagte er. »Das weißt du.«

Sie fummelte an den Knöpfen am Armaturenbrett. »Es ist so verdammt heiß hier. Wie hältst du das bloß aus?«

Er streckte eine Hand aus und schaltete die Klimaanlage höher. Der Ventilator drehte sich schneller, dann langsamer, blies ihnen halbwegs kühle Luft entgegen, änderte jedoch kaum etwas an der Temperatur.

»Man geht alles langsamer an«, sagte er zu ihr. »Das habe ich gelernt.«

»Ich sitze nur hier. Das ist doch langsam, oder? Und ich bin patschnass.«

Er lächelte. »Du bist in Bewegung, selbst wenn du still sitzt.«

»Zum Teufel mit dir«, sagte sie, und dann weinte sie mit gesenktem Kopf, das Gesicht in den Händen vergraben.

Er streckte eine Hand aus und rieb ihr den Rücken.

»Manchmal brauche ich dich einfach in meiner Nähe«, sagte sie, ihre Stimme gedämpft hinter ihren Händen. »Und du bist am anderen Ende der Welt.«

»Ich werde öfter anrufen«, sagte er zu ihr.

»Vielleicht weine ich wegen Mom. Ich bin dreiundvierzig

Jahre alt, und ich fühle mich wie ein verdammtes Waisenkind.«

Als Gabe elf war und Molly vierzehn, starb ihre Mutter an einem Herzinfarkt. Ihr Vater, ein Künstler, verkroch sich in seinem Garagenstudio, schuf gequälte Skulpturen aus gefundenen Gegenständen. Er sprach selten mit ihnen; er sprach selten mit irgendjemandem nach dem Tod ihrer Mom. Mollys Mitleid schlug schließlich in Wut um, und eines Abends, nachdem sie Gabe Käsemakkaroni zum Abendessen gemacht hatte, stürmte sie in das Studio ihres Vaters. Gabe trottete hinter ihr her. Ihr Dad saß da und starrte auf die Skulptur einer Frau, die zu irgendeiner unmenschlichen Gestalt verzerrt war. »*Wir* sind hier«, sagte Molly, als er sie endlich ansah. »Du hast immer noch *uns*.«

Jahre später fand Gabe heraus, dass sein Dad Molly gesagt hatte, wo er all seine wichtigen Unterlagen aufbewahrte – nur für den Fall, dass ihm irgendetwas zustoßen sollte. Aber ihm stieß nichts zu. Er goss seine Trauer in seine Kunst und kehrte seinen Kindern den Rücken.

Molly kümmerte sich um Gabe, entschied sich, zu Hause zu wohnen, während sie in Harvard studierte, sodass sie beide zusammen am Esszimmertisch sitzen und ihre Hausaufgaben machen konnten, während das Geräusch der Schweißwerkzeuge ihres Dads durch die Nacht kreischte.

Ihr Vater starb ein Jahr vor Ethans Geburt, und auch wenn Gabe und Molly sich mit ihm versöhnt hatten, war es immer der Tod ihrer Mutter, den sie wie einen Mühlstein mit sich herumschleppten.

»Du bist nicht allein«, sagte Gabe jetzt, während er seine Hand sanft kreisend über Mollys Rücken bewegte.

»Als Ethan starb«, sagte Molly, und Gabe zuckte zusammen. Er legte seine Hand wieder aufs Lenkrad. »Da hatte ich das Gefühl, in deinem Leben wichtig zu sein.«

»Du bist wichtig.«

»Du hast mich gebraucht. Aber was ist, wenn ich dich brauche?«

»Molly, ich kann nicht zurückziehen. Ich will nicht zurückziehen. Ich versuche noch immer, mir ein neues Leben aufzubauen. Und das ist hier.«

»Wirst du für den Rest deines Lebens allein bleiben?«

»Ich weiß nicht, was mit dem Rest meines Lebens ist«, sagte Gabe. »Das hier ist, was ich im Augenblick will.«

»Ich glaube, du quälst dich nur selbst, indem du Kinder unterrichtest. Das kann nicht gut für dich sein.«

»Es *ist* gut für mich«, beharrte er. Er dachte an den ersten Tag, an dem Lena ihn bat, in der Schule in Ubud auszuhelfen, als ein Lehrer erkrankt war. Die Kinder waren sieben – so alt, wie Ethan damals gewesen wäre. Er war durch die Tür des Klassenzimmers gegangen, als würde er in einen Albtraum treten. Wäre Ethan so laut und wild gewesen wie dieses Kind? Nein. Er hätte eine Weile gewartet, bevor er an Gabes Hemd zupfte, so wie es ein Junge namens Christopher tat.

»Was brauchst du?«, hatte Gabe ihn gefragt und sich hingehockt, um auf Augenhöhe mit dem Jungen zu sein, der Augen wie tiefe Wassertümpel hatte. Er sagte kein Wort.

»Soll ich dir helfen, ein Buch auszusuchen?«

Christopher nickte, und sein lockiges Haar wippte auf seinem Kopf. Ethans Haar war heller gewesen, glatter. Seine Augen waren grün gewesen; die Augen dieses Jungen waren blau. Gabe roch irgendetwas Vertrautes – benutzte das Kind dasselbe Shampoo?

»Magst du Bücher über Tiere?«

Der Junge nickte wieder.

Gabe trat an das Regal, als erwartete er, dort aufgereiht alle von Ethans Büchern zu finden. Nein, diese hier waren ihm nicht vertraut. Der Junge zog ein Buch aus dem Regal. Ein roter Löwe, das Maul zum Brüllen aufgerissen, zierte den Umschlag.

Christopher nahm Gabes Hand und führte ihn zu der Leseecke, zog an ihm, bis Gabe auf dem Boden Platz nahm, und dann setzte sich der Junge ebenfalls, lehnte sich mit seiner knochigen Schulter an ihn.

Gabe begann zu lesen, und bald versammelten sich die anderen Kinder um ihn, versuchten so nah wie möglich bei ihm zu sitzen.

Eine Hupe ertönte, und Gabe wich einem Lastwagen aus, der mitten auf der Straße zum Stillstand gekommen war. Er warf einen Blick auf Molly, die die Augen fest zusammengekniffen hatte.

»Es hilft mir, mich an ihn zu erinnern«, sagte er zu ihr. Er sagte ihr nichts von den Tagen, an denen er nicht sprechen konnte, weil irgendjemand irgendetwas gesagt hatte, was dem ähnelte, was Ethan mal gesagt hatte. Oder den Tagen, an denen Eltern kamen, um sich darüber zu beklagen, dass ihre Kinder nicht gut genug lasen oder keine Freunde fanden, und Gabe vor plötzlicher Wut bebte. Was würde er nicht geben, um solche Probleme zu haben.

»Ich kann mich an seine Stimme erinnern«, sagte Molly. »Wenn ich nachts im Bett liege, lausche ich auf ihn. Wenn ich ihn noch einmal Mollipop sagen hören könnte – allein schon das würde mich glücklich machen.«

Gabe dachte an Ethan am Strand am Cape, wie er seiner Tante zurief, ins Wasser zu kommen. *Mollipop! Spring mit mir über die Wellen!* Er war braun gebrannt von einem Sommer in der Sonne, und sein Haar war blond geworden. Er hüpfte am Rand der Brandung umher, ein Junge mit zu viel Energie. Als Molly auf ihn zulief, sprang er in ihre Arme und schlang den Körper um sie wie ein Affe.

Ein Busfahrer hupte hinter ihnen, und Molly zuckte zusammen.

»Und das hier nennen sie das Paradies?«, knurrte sie.

Molly war seit zwei Jahren Single, seit der Mann, den sie liebte, nach Deutschland gezogen war und sie nicht gebeten hatte mitzukommen. Sie wollte ein Kind, sie wollte Liebe in ihrem Leben, sie wollte zu der Familie von jemand anderem gehören, wenn sie schon keine eigene haben konnte. Gabe machte sich Sorgen um sie, aber er wusste, dass er sie nicht retten konnte. Seit Ethans Tod brauchte er seine ganze Kraft, um sich selbst zu retten.

»Sind wir bald da?«, fragte sie, während sie auf den langen, dicht befahrenen Autobahnabschnitt vor ihnen sah. In einer schnellen Sekunde war sie wieder ein Kind, neun Jahre alt, auf der Rückbank des Wagens mit ihm, während ihre Eltern mit ihnen ans Cape fuhren.

»Wir sind bald da«, versicherte er ihr.

Am Flughafen, nachdem er Molly umarmt und ihr versprochen hatte, sie irgendwann nächstes Jahr in Boston zu besuchen, saß Gabe für einen Moment im Wagen und spürte ihre Abwesenheit. Sie wirbelte die Luft um ihn herum auf, und obwohl er sich alle Mühe gab, sein Leben in ruhigen und geordneten Bahnen zu leben, vermisste er die Überschwänglichkeit seiner Schwester schon jetzt. Diese ganze Liebe, die sie ausstrahlte, tat etwas mit ihm: Sie deckte Bedürfnisse und Sehnsüchte auf, die er im Allgemeinen gut an irgendeinem sicheren Ort versteckte.

War er einsam? Das hatte sie ihn mitten bei einer Tanzaufführung gefragt, die sie am letzten Wochenende gesehen hatten. Sie waren von Kollegen von seiner Schule umgeben gewesen, Freunden, mit denen sie eben ein paar ereignisreiche Stunden verbracht hatten. Sie kannte ihn zu gut. All diese Leute, und trotzdem litt er unter Einsamkeit.

Er zückte sein Handy und scrollte seine Kontakte durch. Theo Huntley. Ein Typ, bei dem er sich darauf verlassen konnte, dass er die ganze Leere ausfüllte. Er wählte die Nummer.

»Gabe Winters!«, dröhnte eine tiefe Stimme. »Du bist noch immer auf Bali? Ich habe seit zwei Jahren nichts von dir gehört, Mann.«

»Ich bin in Ubud«, sagte Gabe. »Ein Lehrerjob.«

»Im Ernst?«

»Wie wär's mit Essen?«

»Heute Abend?«

»Ja. Ich bin am Flughafen. Triff mich in einer Stunde in Kuta.«

»Ich denke, das sollte ich mir nicht entgehen lassen. Könnte eine Weile dauern, bis ich wieder von dir höre.«

»Das könnte es.«

»Santo's?«

»Danke, Theo.«

Er warf das Telefon auf den Beifahrersitz und verließ den Flughafen. Theo war sein erster Kontakt auf Bali gewesen, der Freund eines Freundes beim *Boston Globe*. Auch er war Journalist gewesen; auch er hatte es aufgegeben. Theo hatte ein Haus in Strandnähe in Seminyak angemietet, um *den* großen australischen Roman zu schreiben. Nach dem, was Gabe in den zwei Wochen, die er nach seiner Ankunft mit Theo verbrachte, erfuhr, verbrachte der Typ mehr Zeit mit Surfen als mit Schreiben. Bali war ein Mekka für junge Australier – kurzer Flug, billige Zimmer, tolle Wellen. Sie ließen es krachen. Gabe übernachtete in Theos kleinem, chaotischem Arbeitszimmer auf einem Schlafsofa, und Theo hatte ihm versichert: »Ach, mach dir keine Sorgen, dass du mich aus dem Rhythmus bringst, Mann. Ich habe seit einem Monat kein Wort geschrieben.« Der Schreibtisch war mit Surfmagazinen übersät.

Gabe fädelte sich in den Verkehr ein und fuhr in Richtung Kuta, schon jetzt in besserer Stimmung. Er wollte noch nicht zurück nach Ubud fahren. Vielleicht konnte er für einen Abend eine kleine Party in seinem Leben gebrauchen. Ubud war das Anti-Kuta. Eine Stunde entfernt, hoch oben in den Bergen gelegen, zog es die Suchenden an, die Denker, die Flüchtlinge vor dem leichten Leben.

Wenn er zu viel trank, würde er vielleicht auf Theos Schlafsofa pennen, um der alten Zeiten willen, und am nächsten Morgen zurück nach Ubud fahren.

»Es ist ja nicht so, dass du kein Leben hattest, bevor du hierhergezogen bist«, hatte Molly am Flughafen gesagt. »Du warst glücklich in Boston, bevor Ethan gestorben ist.«

»Ich kann mich nicht erinnern«, sagte Gabe zu ihr.

Aber er konnte sich erinnern. Einmal war Ethan mitten in der Nacht von einem Albtraum aufgewacht. Er war zu Gabe und Heather ins Bett gekrabbelt, hatte sich zwischen sie beide gezwängt. Heather sang ihm vor, ein sanftes Schlaflied, das den Jungen binnen Minuten in einen leichten Schlaf wiegte. Aber sie sang weiter, und Gabe strich ihr übers Haar, einen Arm über Ethans Schulter ausgestreckt. »Hör nicht auf«, flüsterte er, als wüsste er, dass ihnen all das – Schlaf, Träume, ein schöner Junge, eine liebevolle Ehe – schon bald entrissen werden würde.

Jetzt schaltete er das Radio ein und drehte die Musik – Bob Marley – laut auf, dann öffnete er die Fenster und ließ die Hitze, das Donnern der Motorräder, das Dröhnen der Hupen durch seinen Körper strömen. So viel zum Thema Stille.

Ein Besuch von seiner Schwester, und alles, was er wollte, war Lärm.

Gabe beobachtete, wie sich Theo durch das voll besetzte Restaurant einen Weg zu seinem Tisch bahnte. Selbst unter westlichen Leuten stach Theo hervor. Er war hochgewachsen und blond und eindrucksvoller als einige der Frauen in der Menge. Einen Moment lang fragte sich Gabe, ob Theo je ein ernsthafter Journalist gewesen war – hatte er nicht über Popkultur geschrieben? Vielleicht ging er nur zu gesellschaftlichen Ereignissen und berichtete über das Leben der Reichen und Berühmt-Berüchtigten.

Gott, dachte Gabe. Zwei Jahre im überernsten Ubud, und ich bin ein Snob geworden.

»Du bist ja ein Bergmensch!«, donnerte Theo, während er Gabe herzlich einen Arm um die Schultern warf.

Mein Bart, dachte Gabe. Er mochte das verblüffende Gefühl, ein unvertrautes Gesicht zu sehen, wenn er zufällig einen Blick in den Spiegel warf.

»Schön, dich zu sehen, Theo.«

Sie setzten sich, und Theo winkte einer Kellnerin und bestellte dann ein großes Bintang.

»Aus dir ist also ein Lehrer geworden?«, wandte Theo seine Aufmerksamkeit wieder Gabe zu.

»Ich fürchte, ja. Habe meine wahre Berufung gefunden.«

»Wie zum Teufel ist das denn passiert?«

»Ich habe eine Frau kennen gelernt, die eine Schule gegründet hat, und einer ihrer Lehrer ist am Denguefieber erkrankt. Ich habe gesagt, ich würde für eine Woche einspringen. Das war vor eineinhalb Jahren.«

»Du musst diese Frau pimpern. Einen anderen Grund kann es für so etwas nicht geben.«

»Pimpern?«

»Vögeln, Mann.«

Gabe schüttelte den Kopf. Er hatte tatsächlich ein paarmal mit Lena geschlafen, aber jetzt waren sie Freunde. Er würde Theo nichts davon erklären.

»Nur eine Midlife-Crisis«, sagte Gabe.

»Scheiß drauf«, sagte Theo, und dann wurde ihm das Bier hingestellt. Er sah hoch in das Gesicht der hübschen balinesischen Bedienung, und ein Lächeln zog sich über sein Gesicht. »Prost, Süße«, sagte er zu dem grinsenden Mädchen.

»Prost.« Gabe hob seinen Whiskey.

Die Bedienung verschwand lautlos.

»Du schreibst?«, fragte Gabe.

Theo zuckte die Schultern. »Frag lieber nicht.«

Gabe lachte, dann brach er ab. Theos Miene war düster.

»Dann erzähl mir von den Wellen.«

Theo redete eine Weile vom Surfen, und Gabe tat, als würde er sich mit Dünungen und Kurven in Wellentälern auskennen. Auf einmal konnte er sich nicht mehr erinnern, warum er überhaupt nach Kuta hatte kommen wollen, warum er sich mit Theo betrinken und auf dem schmuddeligen Schlafsofa dieses Typen übernachten wollte. Er dachte an sein kleines Haus in den Hügeln am Rande von Ubud. Er könnte in diesem Augenblick auf seiner Terrasse hinter dem Haus sitzen und auf eine Million Sterne starren.

Das Restaurant war erfüllt von lauten Gesprächen, Tracy-Chapman-Songs und hölzernen Ventilatoren, die sich geräuschvoll über ihren Köpfen drehten. Gabe sah einen stämmigen Mann von Tisch zu Tisch gehen, Hände schütteln, Wangen küssen. Muss der Besitzer sein, dachte er. Das Santo's war glanzvoller als die meisten anderen Restaurants in Kuta und nur auf westliche Gäste ausgerichtet. Es war elegant und modern, ein bisschen zu kalt für Gabes Geschmack.

»Hast du vor, in Ubud zu bleiben?«, fragte Theo. Gabe hatte irgendetwas nicht mitbekommen – hatten sie nicht eben noch von Dünungen geredet?

»Im Moment, ja«, sagte Gabe. »Ich habe die letzten fünfzehn Jahre damit verbracht, mein Leben zu planen. Jetzt versuche ich ein paar Jahre ohne Plan zu verbringen.«

»Ich habe vor ein paar Wochen mit Devon geredet«, sagte Theo. Devon war ihr gemeinsamer Freund beim *Globe*.

Gabe hob sein Whiskeyglas und leerte den letzten Rest. Er hielt nach der Bedienung Ausschau, bereit für einen zweiten.

»Er hat mir gesagt, du seist einer der Besten.«

»Leicht gesagt, wenn ich längst nicht mehr da bin«, murmelte Gabe. *Längst nicht mehr da.* Die Worte hallten nach.

»Warum hast du eigentlich aufgehört?«, fragte Theo. »Das habe ich dich nie gefragt.«

Gabe hob sein Glas in Richtung der Bedienung, und sie nickte. Dann wandte er sich an Theo.

»Weißt du, was ich nicht verstehe«, sagte er, und er konnte selbst einen gehässigen Ton in seiner Stimme heraushören. Theo starrte ihn allzu gebannt an. Er holte einmal Luft. »Jeder kommt hierher, um sich selbst neu zu erfinden. Wir sind Aussteiger. Wir haben unser Leben zu Hause satt, oder wir sind gescheitert, oder wir sind irgendwie vom Weg abgekommen. Bali lockt. Wir kommen hierher und legen unser altes Selbst ab, genau wie wir diese abgetragenen Wintermäntel wegwerfen. Aber was tun wir dann? Wir reden von der Vergangenheit. Ohne Ende. Jeder gottverdammte Ausländer, den ich hier kenne, verbringt mehr Zeit damit, von seinem alten Leben zu reden als von irgendeinem neuen, das er vielleicht gefunden hat. Warum ist das so?«

Theo gab keine Antwort, aber er blickte amüsiert.

»Hör nicht auf mich«, sagte Gabe mit gesenktem Kopf. »Ich habe eben meine Schwester nach einem einwöchigen Besuch zum Flughafen gebracht. Ich bin ein bisschen überdreht.«

»Das ist gut«, sagte Theo.

»Was ist gut?«

»Deine Wut. Ubud versetzt die meisten Leute in ein spirituelles Koma.«

»Es hat nichts mit Ubud zu tun.«

»Schon gut, Mann. Dein Leben in den Staaten ist mir scheißegal.«

Gabe lächelte. »Guter Mann«, sagte er.

»Musst du heute Abend noch zurückfahren?«, fragte Theo.

Gabe schüttelte den Kopf.

»Dann werden wir nach dem Essen auf Clubtour gehen. Ich bin später mit einem Freund im Sari Club verabredet.«

Die Bedienung brachte Gabe seinen Whiskey. »Bitte sehr, Sir«, sagte sie, während sie Theo beäugte.

»Ich nehme noch eines«, sagte er und hob sein Bier.

Sie legte Speisekarten auf den Tisch und streifte Theos Schulter, als sie sich entfernte. Gabe wusste nicht, warum er einen Anflug von Eifersucht verspürte. Er war zu alt für diese Art Anmache. Das war einer der Gründe gewesen, weshalb er die Partystadt Seminyak zwei Jahre zuvor verlassen hatte und in das stille Ubud gezogen war.

»Wohnst du in der Stadt?«, fragte Theo.

»Ich habe etwa zwanzig Minuten außerhalb von Ubud etwas gefunden. Es ist ein Joglo – eines dieser javanischen Häuser, aus altem Teakholz, mit Blick über das Tal. Verdammt hübsch.«

»Lebst du allein?«

Gabe nickte. »Nach einem Tag mit lauter Siebenjährigen brauche ich viel Ruhe.«

»Das wäre alles nichts für mich. Die Siebenjährigen. Das Bergleben. Ich will nur mein Surfbrett, ein Sixpack Bier und ein Mädchen in meinem Bett.«

»Wer bezahlt die Rechnungen?«

»Ach verdammt, ich kann mich hier über Wasser halten, indem ich jede Woche ein bisschen Schmuck verkaufe.«

»Schmuck?«

»Ein Mädchen, das ich kennen gelernt habe, fädelt Perlen auf und nennt sie balinesische Kunst-Halsketten. Wir haben eine Website dafür eingerichtet, und ich verkaufe den Scheiß in Australien, Hongkong und den USA.« Theo lehnte sich auf seinem Stuhl zurück und fuhr sich mit einer Hand durchs Haar. »Ich habe ständig so getan, als würde ich diesen verdammten Roman schreiben. Und jedes Mal wenn ich mich an meinen Schreibtisch gesetzt habe, habe ich Kopfschmerzen gekriegt. Sobald ich auf meinem Surfbrett stehe, bin ich im siebten Himmel. Leichte Wahl, Mann.«

Gabe nickte. »Verstehe.«

»Und diese Siebenjährigen machen dich glücklich?«

»In gewisser Weise.«

»Wie das?«

»Vielleicht ist es wie beim Surfen«, erklärte Gabe. »Sieben Stunden am Tag verliere ich mich in diesem Rausch von Lärm und Energie. Es ist größer als ich. Ich stürze mich einfach in die Dünung und reite auf ihr, so gut ich kann.«

»Mann, ich hoffe, du kriegst dein Sixpack am Ende dieses Trips«, sagte Theo und prostete ihm zu.

Sie stießen an, und in diesem Augenblick erbebte der ganze Raum von einem ohrenbetäubenden Knall. Eine

Pause folgte zwischen dem Geräusch und der Bewegung – erst das Getöse, dann das Geprassel. Und Augenblicke später, während jeder den Atem anzuhalten schien, zerbrach Glas – es barst und splitterte von Fenstern und Wänden und zerschellte auf dem Boden. Nach einem Sekundenbruchteil unheimlicher Stille erfüllten Schreie den Raum. Entsetzliche, ohrenbetäubende Schreie.

Gabe stand da, auch wenn er sich nicht erinnern konnte, aufgestanden zu sein. Er sah eine verschwommene Menschenmenge aus dem Restaurant stürzen. Er blickte sich nach Theo um: Wo war er? Wann war er gegangen? Der Koch kam aus der Küche gerannt, den Mund vor Entsetzen aufgerissen, die Hände über die Ohren gelegt.

Ein Erdbeben? Nein. Irgendwie wusste Gabe: Es ist eine Bombe.

Und dann kam die zweite Bombe – größer, gewaltiger und brutaler. Der Boden unter Gabe bebte, die Wände gaben nach, und dann, als würde die Erde aufbrechen, sackte das Zwischengeschoss des Restaurants zusammen und stürzte krachend hinunter. Die Lichter gingen aus.

Gabe stolperte im Dunkeln in Richtung Tür. Er fiel über irgendjemanden, dann bückte er sich und zog die Bedienung hoch.

»Sind Sie okay?«, fragte er. Seine Stimme ging unter im Lärm so vieler Schreie. »Können Sie gehen?«, brüllte er.

Durch den Schleier aus Staub konnte er ihr Gesicht sehen, blutüberströmt.

»Gehen wir!«, schrie er.

Sie starrte ihn an, als würde sie ihn nicht verstehen. Er schlang einen Arm um ihre Taille und zerrte sie mit sich, über umgestürzte Stühle und Tische, stieß gegen jemanden, der in die entgegengesetzte Richtung eilte.

Die Bedienung krümmte sich, dann riss sie sich von ihm los.

»Lassen Sie mich!«, schrie sie und floh in die andere Richtung, zurück zur Küche.

Sollte er ihr nachlaufen? Sollte er versuchen, durch eine Hintertür zu entkommen? Warteten draußen auf der Straße noch mehr Bomben auf ihn?

Los, dachte er. Bleib in Bewegung. Die Luft war schwer und schlecht – er konnte irgendetwas Chemisches und irgendetwas Verbranntes riechen. Haut, dachte er. Brennende Haut.

Er stieß einen Tisch aus dem Weg, kämpfte sich zur Tür durch. Irgendjemand hinter ihm – der stämmige Typ, der der Besitzer war? – rief: »Ruhe bewahren. Keine Panik. Gehen Sie zur Tür, wenn Sie können. Wir werden Hilfe für diejenigen von Ihnen holen, die eingeschlossen sind.«

Der Koch wimmerte laut, übertönte die ruhige, bedächtige Stimme des Besitzers.

Gabe stolperte über irgendetwas – einen Teil des Zwischengeschosses, jetzt zu Brettern zerborsten –, und als er den Blick hob, sah er, dass er auf der Straße war. Was war mit dem vorderen Teil des Restaurants passiert?

Ein Hitzeschwall schlug ihm entgegen. Auf der anderen Straßenseite war der Sari Club von Flammen verschluckt. Hatte das Feuer eine Explosion ausgelöst? Nein. Eine Bombe hatte das Feuer ausgelöst. Er konnte spüren, wie sein träges Gehirn versuchte, das alles zu begreifen, als wäre es ebenfalls in Staub und Dunkelheit gehüllt. Bomben auf Bali? In Nachtclubs?

Der Anblick, der sich ihm bot, ergab keinen Sinn. In dem Rauch und der Dunkelheit hörte er entsetzliche Schreie – Worte, auf Balinesisch, Indonesisch, Englisch gerufen, und Laute, die keine Sprache hatten. Drüben beim Sari Club konnte er eine Flammenwand sehen, und dann, weiter rechts, sah er noch mehr Feuer – war das Paddy's Pub?

Die zweite Bombe?

Irgendjemand rempelte ihn an, rannte weiter. Er spürte Hitze auf seinem Arm: Der Mann trug kein Hemd, und seine Schulter war so heiß wie ein Bügeleisen. Leute eilten in alle Richtungen, aber hauptsächlich fort von dem Blutbad. Autos lagen mitten auf der Straße auf der Seite, ausgebrannte, schwelende Wracks.

Gabe spürte, wie die Luft aus seiner Lunge entwich. Er blieb stehen und kauerte sich hin, die Hände auf den Knien. Ihm drehte sich noch immer der Kopf. Er beugte sich vor und übergab sich.

Dann rannte er hinüber zu Paddy's Pub.

Er stieg über Körper – leblose Körper, die in schiefen Winkeln auf der Straße lagen. Eine Hand über Mund und Nase gedrückt, versuchte er, den beißenden Gestank nicht einzuatmen. Sein Magen rumorte schon wieder. Er konnte seinen Puls in seinen Schläfen hämmern spüren. Noch eine Bombe könnte losgehen. Noch ein Feuer könnte ausbrechen. Eine Wand könnte zusammenstürzen.

Und doch rannte er auf das Blutbad zu, nicht fort davon. Er kämpfte sich gegen die Menschenmenge durch, die aus den Clubs floh.

Ein Mann mit brennenden Kleidern, den Mund zu einem stillen Schrei geöffnet, stürzte an ihm vorbei.

Eine Frau schrie: »Der Pool! Laufen Sie zum Pool!«

Jemand, der auf dem Boden lag, schrie Worte in einer anderen Sprache – Deutsch? Niederländisch? Gabe hörte ein Stöhnen, und als er das Kind erreichte – einen Jungen, einen Teenager –, war er bereits tot, sein Körper verbrannt, sein junges Gesicht auf eine unheimliche Weise unversehrt.

Ohne zu überlegen, wandte sich Gabe ab und rannte durch das offene, klaffende Loch in Paddy's Pub.

Der Raum war von Feuer erhellt. Anders als im Sari Club, der ein einziges Flammenmeer zu sein schien, gab es in Paddy's Pub nur vereinzelte Feuer – die Bar stand in Flammen, eine Holzwand brannte. Er konnte leblose Körper sehen, verkohlte Körper. Es sind Kinder, dachte er. Zwanzigjährige Kinder. Wer will denn Kinder töten?

Er blieb einen Moment stehen. Das Chaos überwältigte ihn – die Schreie, der grauenhafte Geruch, seine eigene entsetzliche Angst. Mach schon, sagte er sich. Tu etwas.

Ein plötzlich aufloderndes Feuer erhellte einen Teil des Raums, und er konnte sehen, wie jemand einen Mann unter dem Schutt hervorzerrte. Er rannte auf die beiden zu.

»Kann ich helfen?«

»Nehmen Sie ihn«, brüllte die Frau. Amerikanischer Akzent. »Ich gehe wieder rein.«

Gabe schlang seine Arme unter die des Mannes, sodass er ihn fest im Griff hatte. Die Frau rannte zurück in den hinteren Teil des Gebäudes. »Miguel!«, schrie sie.

»Halten Sie durch«, brüllte Gabe dem Mann zu. Es war ein Junge, kein Mann. Seine Augen gingen flatternd auf und schlossen sich dann. Sein Körper war blutüberströmt, und ein Bein baumelte in einem seltsamen Winkel von seiner Hüfte.

Gabe stemmte den Jungen hoch, um ihn fester halten zu können, und trug ihn auf die Straße hinaus.

»Ich brauche Hilfe!«, schrie er.

»Ja, ja!«, brüllte jemand.

Gabe legte den Jungen auf dem Boden ab und beugte sich über ihn. »Es kommt gleich jemand. Hilfe ist unterwegs.«

Er hob den Kopf und sah einen balinesischen Mann auf sich zulaufen.

»Holen Sie Hilfe für ihn!«, brüllte Gabe. »Ich gehe wieder rein.«

Er rannte zurück in Paddy's Pub und versuchte in dem dichten Rauch etwas zu erkennen. Wieder schlugen ihm die Schreie und Gerüche entgegen. Er konnte die Stimme der Amerikanerin über dem Lärm hören: »Verdammt nochmal, stirb mir jetzt nicht weg!«

Er stürzte zu ihr, in den hinteren Teil des Raums, über Körper kletternd.

Sie presste den Brustkorb eines jungen Mannes mit angespannten, straffen Armen. Der Mann war blutüberströmt, hatte die Augen geschlossen.

»Lassen Sie ihn«, sagte Gabe. »Es gibt so viele andere.«

Er berührte ihren Arm, aber sie stieß ihn weg. »Er hat geatmet. Atme, Miguel. Atme, gottverdammt nochmal!«

Gabe hörte eine erstickte Stimme irgendwo in der Nähe. »Raus! Holt mich raus!«

Er begann, Holz- und Plastikteile und Bretter von dem Trümmerhaufen neben sich wegzuräumen.

»Wo sind Sie?«, rief er.

»Hier! Mein Bein …«

Gabe hievte etwas, das sich wie ein Felsbrocken anfühlte, von dem Haufen, und jetzt konnte er den Kopf des Jungen sehen.

»Ich hab's gleich«, rief er, aber der Junge verlor bereits das Bewusstsein. »Bleib wach! Bleib bei mir!«

Er sah hinüber zu der Frau; sie kauerte über dem jungen Mann mit gesenktem Kopf.

»Ich brauche Hilfe!«, brüllte er.

Sie sah kurz zu ihm hinüber und dann wieder zurück zu dem Toten.

Er konnte nicht auf sie warten. Panisch räumte er noch mehr Schutt beiseite, während die Augen des Jungen flatternd wieder aufgingen.

»Lassen Sie mich auf diese Seite«, sagte die Frau – auf einmal war sie neben ihm –, und gemeinsam hoben sie das letzte Brett über dem Bein des Jungen hoch.

»Ich habe ihn«, sagte Gabe. »Da ist noch jemand hinter ihm eingeklemmt. Fangen Sie dort drüben an, und ich komme gleich wieder.«

Die Frau sah ihn an. Er sah ihr Gesicht, nass von Tränen, und dann sah er noch etwas anderes – eine Art grimmige Entschlossenheit. Sie wandte sich dem nächsten Schutthaufen zu. Gabe hörte unverständliche Worte in einer fremden Sprache unter dem Haufen, und die Frau begann, sich durch die Trümmer zu arbeiten.

Gabe raffte den Jungen in seine Arme und rannte zurück zur Straße. Er fand den balinesischen Mann und den ersten Jungen an derselben Stelle und legte den neuen Jungen neben ihnen ab.

»Wo zum Teufel sind die Rettungskräfte?«, brüllte Gabe.

»Brauchen Hilfe«, murmelte der Balinese. »Brauchen mehr Hilfe.« Dem Mann liefen Tränen über die Wangen.

»Ich gehe wieder rein. Passen Sie auf die beiden auf, bis die Rettungskräfte kommen.«

Er wandte sich ab und rannte zurück in das Gebäude. Auf einmal hörte er einen ohrenbetäubenden Krach, ein Teil der Wand war eingestürzt. Noch mehr Schreie wurden laut. Das Feuer wütete so nah, dass er es hören und spüren konnte, als würde es bereits an seiner Haut lecken.

Er fand die Amerikanerin und half ihr, einen Mann unter dem Bretterhaufen hervorzuzerren. Sie hoben ihn hoch, aber der Mann sackte gleich wieder zu Boden.

»Ich habe ihn!« Gabe hievte ihn sich auf die Schulter. »Gehen Sie weg von dem Feuer!«, brüllte er der Frau zu. »Auf der Seite dort drüben sind noch mehr Leute eingeklemmt.« Er deutete auf die hintere Ecke. »Diese ganze Wand wird einstürzen!«

»Ich kann ihn nicht verlassen!«, rief sie.

»Dann werden wir Sie auch noch verlieren!«, schrie Gabe. »Laufen Sie zu der Seite dort drüben. Schnell!«

Er wandte sich ab und kämpfte sich zur Straße durch. Das Gewicht des Mannes bremste ihn, er war schwer, und Gabe konnte ihn nicht richtig auf dem Rücken tragen. Er stolperte über eine Leiche und wäre um ein Haar gestürzt. Als er das Gleichgewicht wiederfand, hörte er, wie noch ein Teil der Wand krachend einstürzte. Ein neuer Aufruhr gellender Schreie ertönte in dem ganzen Tumult.

Als Gabe die Straße erreichte, hörte er in der Ferne die Sirene eines Rettungswagens.

»Sie kommen!«, rief er dem Balinesen zu. »Bringen Sie sie hierher. Diese Leute müssen sofort ins Krankenhaus!«

Er legte den großen Mann neben den beiden anderen ab und rannte zurück in das brennende Gebäude.

Im ersten Moment konnte er sie nicht finden. Er suchte die Seite des Gebäudes ab, die in Flammen stand, während er sich den Rauch aus den Augen rieb. Dort konnte sie nicht geblieben sein. Er sah ans andere Ende, überlegte, in welche Richtung er laufen sollte, welche Körper er retten sollte. Und dann hörte er ihre Stimme über den anderen.

»Hilfe! Holen Sie mich raus!«

Er rannte auf die Flammen zu.

Sie lag auf einem Jungen, den Arm unter einem Deckenbalken eingeklemmt, der auf sie gestürzt war. Ihr Unterarm wirkte seltsam verbogen.

»Ich habe ihn!«, brüllte Gabe.

Sie konzentrierte sich auf ihn, das Gesicht gezeichnet von Entsetzen. Ihr Hemd war von Blut durchtränkt, das an ihrem Arm hinuntertropfte. Das Feuer war ganz nah, die Flammen heiß und schwer.

Gabe fand das Ende des Balkens und versuchte ihn hochzuheben; er war zu schwer.

»Ich brauche Hilfe!«, schrie er.

Er sah sich um. Es war niemand sonst in der Nähe – niemand außer den Toten und Sterbenden.

Er hörte einen lauten Krach und spürte eine Welle von Staub von einer anderen einstürzenden Wand. Und dann versengte eine Flamme seinen Arm.

»Jetzt!« Er ging in die Knie, schob sich unter den Balken und stemmte ihn mit aller Kraft hoch. Der Balken bewegte sich nur wenige Zentimeter, und noch immer wütete das Feuer dicht neben ihm. Er drückte von unten gegen den Balken, schaffte es, ihn von ihrem Arm wegzustoßen; dann ließ er ihn wieder zu Boden fallen.

Die Frau versuchte aufzustehen, aber sie stürzte. Blut strömte ihr übers Gesicht.

»Ich habe Sie!« Er raffte sie hoch und hielt sie in seinen Armen. Sie schrie vor Schmerz, hielt ihren Arm umklammert.

»Lassen Sie mich«, brüllte sie. »Holen Sie andere!«

»Nein! Ich bringe Sie hier raus!«

Sie setzte sich gegen ihn zur Wehr, aber sie war klein, und sie hatte Schmerzen. Er bahnte sich einen Weg über die Körper und auf die Straße hinaus.

Als er sie absetzte, schwankte sie, als sei sie kurz davor, das Bewusstsein zu verlieren. Er packte sie und hielt sie weiter fest.

»Die Rettungskräfte sind unterwegs. Ich habe die Verletzten in einer Reihe hingelegt. Gehen Sie dorthin. Das werden die Ersten sein, die von hier weggebracht werden.«

»Nein«, sagte sie mit matter Stimme, das Gesicht vor Schmerz verzerrt. »Ich kann helfen.«

»Bitte«, flehte er sie an.

Schließlich nickte sie. Er ließ sie los, und sie wandte sich von ihm ab, ging auf die Reihe verletzter Körper zu. Er rannte zurück in das Gebäude.

Der halbe Club stand inzwischen in Flammen. Die Schreie waren noch lauter, die Gerüche noch grauenhafter. Er hielt sich eine Hand vor Mund und Nase und rannte auf die andere Seite des Clubs, um das Feuer herum. Jetzt konnte er mehr Rettungswagen hören. Bitte. Ich brauche Hilfe, dachte er.

Ein Vorhang fing Feuer, und ein Flammenstrahl schoss hoch – noch mehr Schreie, ein Schwall sengender Hitze, eine wimmernde Stimme: »Nein!«

Er hörte die Stimme einer Frau in der Nähe, aber dort war zu viel Schutt und nicht genügend Licht.

»Wo sind Sie?«, rief er.

»Sie ist dort drüben!« Die Amerikanerin war wieder an seiner Seite, ein Tuch um ihren Arm zu einer Schlinge geknotet, einen blutverschmierten Lappen um den Kopf gewickelt.

Sie folgten der Richtung, aus der die Stimme kam. »Hilfe! Ich bekomme keine Luft!«

Gabe begann sich durch den Trümmerhaufen zu kämpfen, während die Frau mit ihrem unversehrten Arm zerborstene Bretter beiseiteräumte. Er warf einen Blick auf sie; ihr Gesicht blutete, und sie wischte es immer wieder ab, um zu verhindern, dass ihr das Blut in die Augen lief.

»Sie brauchen Hilfe!«, sagte er zu ihr.

»Es geht schon«, murmelte sie wie zu sich selbst.

Sie räumten den Schutt beiseite, aber die Frau darunter war bereits tot. Die Amerikanerin stöhnte auf – ein entsetzliches Geräusch.

Gabe legte ihr eine Hand auf den Rücken. »Sie müssen aufhören«, sagte er sanft.

Aber die Frau hörte einen anderen Schrei und wandte sich von ihm ab. Sie lief auf das Feuer zu.

Ein Mann floh vor den Flammen im hinteren Teil des

Clubs mit brennenden Armen. Die Amerikanerin zog ihn nach unten und rollte ihn auf dem Boden hin und her, und als die Flammen gelöscht waren, hob Gabe den Mann auf seine Schulter und bahnte sich einen Weg aus dem Club. Diese Frau weiß, was sie tut, dachte er. Die Hitze von den Armen des Mannes brannte auf Gabes Rücken, und er hielt für einen Moment den Atem an, während er dachte: Hör nicht auf. Schrei nicht. Gib nicht auf.

Draußen war endlich ein Rettungswagen vorgefahren, und der Balinese brüllte den Sanitätern Anweisungen zu den Verletzten auf dem Gehsteig zu. Gabe setzte den verbrannten Mann erschöpft neben den anderen ab.

Er wandte sich ab, um zurück in den Club zu laufen, als er von einer Welle der Erschöpfung übermannt wurde. Wie viele Körper noch, wie viele Schreie noch?

Im Inneren des Clubs brannte es jetzt überall. Panik erfasste ihn. Wo war sie?

Eine neue Flamme schoss neben ihm hoch und erhellte eine Ecke des Raums. Dort stand jemand – er konnte ihr Gesicht im Schein des Feuers sehen –, und dann, einen Augenblick später, stürzte sie.

Er rannte zu ihr. Sie war kaum noch bei Bewusstsein. Er hob sie hoch, bewegte sie so, dass ihr Arm nicht gegen seinen Körper gedrückt wurde. Blut sickerte durch den Verband um ihren Kopf.

Sie sah ihn an mit flatternden Augenlidern.

»Ich kann nicht …«, sagte sie, und dann schlossen sich ihre Augen.

»Nicht mehr«, sagte er zu ihr, und dann rannte er mit ihr in seinen Armen aus dem Club.

Als er die Straße erreichte, verlangsamte er sein Tempo. »Können Sie gehen?«

»Ich glaube schon.«

Er setzte sie ab und schlang einen Arm um ihren Rücken, legte die Hand fest um ihre Taille. Sie gingen langsam los, während sie sich an ihn lehnte, um sich zu stützen.

Er sah sich nach einem neuen Rettungswagen um. Er wollte sie nicht am Ende der langen Reihe wartender Verletzter absetzen, die alle dringender Hilfe bedurften. Die Litanei von Schreien schien ihnen ins Freie gefolgt zu sein – noch mehr Leute schrien um Hilfe, schrien vor Schmerz, schrien, als hätte der Albtraum eben erst begonnen.

Eine kräftige Stimme brüllte: »Bringt die brennenden Körper zum Pool! Jeder, der kann – bitte helfen Sie! Folgen Sie mir!«

Ein Aussie. Ein hoch aufgeschossener Mann, vielleicht dreißig, ohne Hemd, mit rußverschmiertem Körper. Er trug ein wimmerndes Kind in seinen Armen.

Der Mann rannte los, und zwei Leute folgten ihm, jeder von ihnen mit einem Verletzten, der sich humpelnd auf ihn stützte. Das Kleid eines Mädchens brannte noch immer, und Funken stoben wie Glitzer von ihr.

Mach schon, dachte Gabe. Hol Hilfe. Er brauchte den Pool nicht; die Frau war nicht verbrannt. Sie brauchte ärztliche Hilfe, und zwar schnell.

»Ich bringe Sie zu meinem Wagen«, sagte er zu ihr. »Wir werden zum Krankenhaus fahren. Bleiben Sie bei mir.«

Im ersten Moment konnte er sich nicht erinnern, wo er seinen Wagen geparkt hatte. Und dann, als es ihm wieder einfiel, hatte er keine Ahnung, wie er die Straße finden sollte. Nichts sah vertraut aus. Das hier war ein Kriegsgebiet – wo zum Teufel war irgendetwas Erkennbares?

Sie gingen die Straße hoch in Richtung Santo's, stiegen dabei über Körper. Er murmelte den Verletzten zu: »Ich werde Hilfe holen. Ich werde wiederkommen. Halten Sie durch.«

In der Ferne hörte er weitere Sirenen. Bald, dachte er. Sie werden Hilfe bekommen. Ich muss mich um diese Frau kümmern.

Sie bogen in eine Seitenstraße ab, und er war wieder in einer Welt, die er erkannte. Eine nächtliche Straße in Kuta. Es gab keine Lichter, keine Neonschilder, keinen Verkehr, aber es gab auch keine schreienden Menschen, keine brennenden Körper, keine eingestürzten Gebäude. Er hörte Leute rufen: »Was ist passiert? Wo ist das Feuer?« Indonesische und balinesische Stimmen riefen einander zu. Er antwortete niemandem.

Sie stolperten die Straße hinunter und um noch eine Ecke, wo er seinen Wagen fand. Er war von Asche bedeckt, als wäre in der Nähe ein Vulkan ausgebrochen. Er schloss ihn auf und öffnete die Beifahrertür.

»Ich muss diese Wunde versorgen«, sagte er zu ihr. Sie sah zu ihm hoch, die Augen verkniffen vor Schmerz.

Er half ihr in den Wagen, dann drehte er ihren Kopf zu sich herum und entfernte den Lappen über ihrer Stirn. Die Schnittwunde seitlich an ihrem Auge war leuchtend rot von Blut. Der Magen drehte sich ihm um, als er ihr rohes Fleisch sah. Auf der Rückbank fand er ein T-Shirt und riss es in drei Teile. Mit einem Teil wischte er ihr behutsam das Blut aus dem Gesicht, dann faltete er ein frisches Stück Stoff zusammen und presste es auf die Wunde. Sie zuckte zusammen und biss sich auf die Unterlippe.

»Sie schaffen das schon«, sagte er mit ruhiger, gefasster Stimme.

Er wickelte ihr das letzte Stück des T-Shirts um den Kopf und band es über der Wunde fest. Ihre blasse Haut fühlte sich kalt und klamm an.

»Was ist passiert?«, fragte sie.

»Eine Bombe«, sagte Gabe. »In dem Club. In zwei Clubs. Wir müssen Sie ins Krankenhaus bringen.«

»Ich werde jetzt schlafen«, sagte sie wie ein Kind, und dann schloss sie die Augen.

Er legte die Schlinge auf ihrer Brust zurecht und steckte ihre Beine in den Wagen, damit er die Tür schließen konnte, dann rannte er herum auf die Fahrerseite des Wagens und stieg ein.

Er ließ die Zündung an. Atme, sagte er sich. Konzentrier dich. Wo zum Teufel ist das Krankenhaus?

Er war schon einmal dort gewesen, als er von einem Hund gebissen worden war. Sanglah. Irgendwo in der Nähe von Denpasar, mindestens zwanzig Minuten entfernt. Es musste etwas Näheres geben.

Er fuhr auf die Straße und wendete, auf der anderen Seite würden alle Straßen gesperrt sein.

Als er die erste Kreuzung erreichte – alle Straßenlaternen und Verkehrsampeln waren erloschen –, sah er, dass sowohl rechts als auch links davon der Verkehr zum Erliegen gekommen war. Daher fuhr er weiter, in die entgegengesetzte Richtung von der, in die er eigentlich wollte.

Ein paar Minuten später sah er eine Gruppe junger Balinesen vor einer Bar stehen. Er hielt neben ihnen an und lehnte sich aus dem Fenster.

»Spricht hier irgendjemand Englisch?«, rief er. Sein Indonesisch war erbärmlich, obwohl er seit fast drei Jahren auf Bali lebte.

»Ein bisschen Englisch.« Einer der Männer trat vor.

»Ich brauche eine Klinik, ein Krankenhaus«, sagte Gabe.

»Sanglah«, sagte der Mann zu ihm.

»Zu weit.«

Der Mann warf einen Blick auf den Beifahrersitz. Er wurde blass.

»Was ist passiert?«, fragte er.

»Gibt es hier in der Nähe eine Klinik?«, fragte Gabe. »Zu den Hauptstraßen komme ich nicht durch.«

Der Mann wandte sich um und rief seinen Freunden etwas zu. Sie schienen alle gleichzeitig zu antworten, und viele Finger deuteten in dieselbe Richtung.

»Nicht zu weit. Biegen Sie auf Jalan Raya Kuta ein. Dann Jalan Ngurah Rai. SOS Medika Klinik. Ist ganze Nacht geöffnet.«

Gabe war schon von der Bordsteinkante losgefahren, als er »Danke, Mann« murmelte. Er sagte sich die Straßennamen immer wieder wie ein Mantra auf. Raya Kuta. Ngurah Rai.

Während er fuhr, füllten sich die Gehsteige mit Menschen, Türen gingen auf, und Familien strömten auf die Straßen, um zu erfahren, was passiert war. Sie trugen Pyjamas und Morgenmäntel, die Kinder kauerten in Türrahmen.

Neben sich hörte er die Frau leise stöhnen, als würde ihr Schmerz aus weiter Ferne kommen.

»Wir sind auf dem Weg ins Krankenhaus«, sagte er.

Als sie keine Antwort gab, sagte er die Straßennamen laut auf. »Raya Kuta. Ngurah Rai.« Er bog auf die Ngurah Rai ein und fuhr einen halben Block weit. Eine Autoschlange versperrte die Straße. Die Türen der Klinik waren weit geöffnet, und verletzte Körper säumten den Gehsteig vor dem Eingang. Sie sahen fast übereinandergestapelt aus, und sie schrien vor Schmerz. Blut sammelte sich in Lachen auf der Straße.

Wie hatten sie es geschafft, schneller hier zu sein als er? Er wendete den Wagen und fuhr zurück in die Richtung, aus der er gekommen war.

In einer anderen Straße hielt er vor zwei westlichen Männern, die in diesem Moment die Straße überquerten.

»Wissen Sie hier in der Nähe eine Klinik?«, brüllte er mit vor Sorge angespannter Stimme.

»SOS Medika«, sagte einer der Männer mit einem australischen Akzent.

»Zu überfüllt. Ich brauche sofort Hilfe.«

»Waren Sie bei den Bombenanschlägen?«, fragte der Mann. Beide Männer traten näher an den Wagen.

»Ich habe hier drinnen ein Opfer«, sagte Gabe. »Sie braucht Hilfe.«

»Was ist passiert?«, fragte der zweite Mann.

»Sagen Sie mir, wo ich eine andere Klinik finden kann!«, brüllte Gabe.

»Sanglah.«

»Zu weit. Und die Straßen sind versperrt.«

»Versuchen Sie es bei der Artha Medika Klinik.« Er rasselte die Wegbeschreibung herunter, und neue Straßennamen schwirrten Gabe durch den Kopf. Er schoss wieder los.

Körper säumten die Straße vor der nächsten Klinik, und wimmernde Laute erfüllten die Luft. Leute riefen nach Ärzten, nach Krankenschwestern, irgendjemandem, der ihnen helfen könnte. Gabe fuhr weiter.

Als er ein Schild nach Sanur sah, fuhr er in diese Richtung.

Es war zwanzig Minuten entfernt – zu weit –, aber er kannte einen jungen Arzt, der dort lebte. Er konnte zu ihm nach Hause fahren, um Hilfe zu bekommen. Er vergeudete zu viel Zeit damit, im Kreis zu fahren.

»Wer sind Sie?«

Sie hatte sich zu ihm umgewandt mit verschwommenem Blick. Der Lappen um ihre Wunde war von Blut durchtränkt.

»Mein Name ist Gabe.«

»Waren Sie in dem Club?«

»Ich war in einem Restaurant in der Nähe.«

»Danke«, sagte sie, und ihre Augen schlossen sich wieder.

Mit einem Mal erinnerte sich Gabe an einen Anruf von seiner Frau vor vier Jahren: »Ich fahre mit Ethan ins Krankenhaus. Ich habe Dr. Wilson angerufen. Er hat gesagt, wenn das Fieber nicht nachlässt, soll ich ihn bringen.«

Gabes Atem hatte sich in diesem Augenblick verlangsamt, als müsste er aufhören, sich zu bewegen.

»Gabe? Bist du noch dran?«, bellte Heather ins Telefon.

»Ich fahre jetzt los«, sagte er leise, ruhig. Er stand vor dem Rathaus, wartete auf ein Interview mit dem Bürgermeister. »Welches Krankenhaus?«

»Mount Auburn«, sagte Heather mit erstickter Stimme. »Er hat gezittert, und jetzt ist er nur noch schlaff. Er ist so krank. Gott, Gabe. Ich habe solche Angst.«

Gabe wandte sich vom Rathaus ab, das Telefon ans Ohr gedrückt, obwohl Heather bereits aufgelegt hatte. Ein seltsamer Gedanke durchzuckte ihn: Der nächste Schritt, den du tust, könnte dein Leben verändern. Fahr nicht. Dreh dich wieder um.

Aber er stürzte trotzdem los: zu seinem Wagen, zu seinem Sohn, zu dem unheilvollen Rest seines Lebens.

Jetzt warf Gabe einen Blick auf die Frau auf dem Beifahrersitz. Er zückte sein Handy, scrollte seine Kontakte durch, sah auf, um sich zu vergewissern, dass er auf der Straße blieb.

Dr. Wayan Genep. Er wählte die Nummer.

Das Telefon klingelte lange Zeit, und schließlich kam die Stimme einer Frau in die Leitung. »Wer ist da?«, fragte sie auf Indonesisch.

»Hier spricht Gabe Winters. Entschuldige, dass ich dich geweckt habe. In Kuta hat es einen Bombenanschlag gegeben. Ich muss mit Wayan sprechen.« Gabe hatte Rai, Wayans Frau, ein paarmal getroffen und wusste, dass sie Englisch sprach. Sie war Wayans Assistentin in seiner Klinik. War sie Krankenschwester? Er konnte sich nicht erinnern.

»Ein Bombenanschlag?«

»In ein paar Clubs.«

»Wayan!«

Rai ließ das Telefon fallen. Gabe hörte ihre Stimmen im Hintergrund, in Schnellfeuer-Balinesisch. Und dann kam Wayan ans Telefon.

»Gabe?«

»Ich habe eine Frau bei mir. Sie ist verletzt. Sie braucht Hilfe.«

»Wo bist du?«

»Auf dem Weg zu dir. Soll ich zu dir nach Hause kommen, oder kannst du mich in der Klinik treffen?«

»Wie schwer verletzt ist sie?«

»Schlimme Schnittwunde am Auge. Vermutlich ein gebrochener Arm. Sie verliert immer wieder für kurze Zeit das Bewusstsein.«

»Triff mich in der Klinik. Ich bin schon unterwegs.«

»Danke, Wayan.«

»Gibt es viele andere?«

»Hunderte«, sagte Gabe und legte auf.

»Wo sind wir?«, fragte die Frau. Er erschrak, als er ihre Stimme hörte.

Sie waren ein paar Minuten hinter der Ausfahrt nach Sanur, schossen durch leere Straßen. »Wir fahren zu einer Klinik. Der Arzt ist ein Freund von mir.«

»Ich schlafe immer wieder ein.«

»Sie haben viel Blut verloren.«

»Mein Freund. Miguel. Er wäre nicht dort gewesen …« Die Stimme der Frau verlor sich, als würde das Reden sie zu viel Kraft kosten.

Hatte er das Falsche getan? Hätte er sie wirklich mitnehmen sollen, wenn sie bei ihrem Freund bleiben musste? Aber sie brauchte ärztliche Hilfe. Jemand anders würde die Toten einsammeln.

»Es tut mir leid«, sagte er.

»Zuerst konnte ich ihn nicht finden«, sagte sie mit schwacher Stimme. »Und so viele Leute brauchten Hilfe.«

»Sind Sie Ärztin?«, fragte Gabe.

»Nein. Bergführerin. Wildnis-Rettungssanitäterin.«

»Wie heißen Sie?«

»Jamie. Jamie Hyde.«

»Es waren zu viele. Wir konnten nicht alle retten.« Gabe dachte wieder an Ethan. Er konnte nicht eine verdammte Sache richtig machen, wenn es darauf ankam. Er konnte Ethans Kopfschmerzen nicht vertreiben. Er konnte ihn nicht einmal zum Lächeln bringen. Er erinnerte sich, wie er sich zu ihm ins Krankenhausbett legte, wie sein Junge sich an ihn kuschelte. »Es tut mir leid, Sir«, sagte die Schwester, die rasch ins Zimmer trat, als hätte er den Alarm ausgelöst. »Das dürfen Sie nicht.« Meinen Sohn halten? Ihm ins Ohr flüstern?

»Haben Sie gesagt, es war eine Bombe?«, fragte Jamie. »Ich kann mich nicht erinnern, ob ich das nur geträumt habe.«

»Ja«, sagte Gabe.

Sie schwieg einen Moment.

»Leben Sie hier?«, fragte er.

»Nein. Ich bin vor ein paar Tagen angekommen.«

»Haben Sie starke Schmerzen?«

»Ich denke, ich werde mich jetzt ausruhen, wenn es Ihnen recht ist.«

Gabe lächelte. »Ich wecke Sie auf, wenn wir da sind«, sagte er, aber er wusste, dass sie bereits schlief.

Wayan kam heraus zu seinem Wagen, sobald Gabe vorfuhr – er musste am Fenster gewartet haben. Die Straßen von Sanur waren morgens um Viertel nach zwei menschenleer. Sie wissen es nicht, dachte Gabe, während er zu den dunklen Geschäften und Häusern und Wohnblocks hochsah. Wenn sie aufwachen, wird die Welt eine andere sein.

Wayan und Gabe halfen Jamie aus dem Wagen und führten sie langsam in die Klinik. Rai kam ihnen im Warteraum entgegen, wischte sich die Hände an der Hose ab.

»Das Zimmer ist vorbereitet«, sagte sie. Sie war hellwach und einsatzbereit. Sie nahm Gabe gar nicht zur Kenntnis.

»Wir bringen sie herein«, sagte Wayan.

Jamie stöhnte, als sie sie auf den Tisch legten. Ihre Augen gingen flatternd auf und schlossen sich dann wieder.

»Ihr Name ist Jamie«, sagte Gabe. »Amerikanerin, glaube ich.«

»Ist sie eine Freundin?«, fragte Wayan.

»Ich kenne sie nicht.«

»Wir werden uns um Sie kümmern, Jamie«, sagte Wayan.

Gabe spürte Rais Hand auf seinem Arm.

»Setz dich in den Warteraum«, sagte sie sanft. »Ruh dich ein bisschen aus.«

»Kann ich nichts helfen?«, fragte Gabe. Er fühlte sich nicht bereit, die Frau zu verlassen. Er musste irgendetwas tun. »Sie müssen gehen«, hatte der Arzt zu ihm gesagt, als Ethan unkontrolliert zu zittern begann. Gabe hatte nichts weiter tun wollen, als seinen Sohn in seinen Armen zu halten. »Sie müssen *jetzt* gehen.« Gabe war rückwärts aus dem Zimmer gestolpert, hatte Ethans Blick standgehalten, solange er konnte.

»Wir werden uns jetzt an die Arbeit machen«, sagte

Wayan. »Ich werde es dir sagen, wenn du irgendetwas tun kannst.«

»Du hast schon viel getan«, ergänzte Rai.

Gabe presste seine Hand auf Jamies nackten Fuß. Wann hatte sie ihren Schuh verloren? Er legte die Hand um ihre Zehen. Er wollte nicht loslassen.

»Seien Sie stark«, sagte er leise. Er erinnerte sich, wie sie in den Trümmern des Clubs Verletzte wiederbelebt hatte. Sie *war* stark. Aber stark genug?

Er ging zurück in den Warteraum und schloss die Tür hinter sich.

Gabe musste eingenickt sein, als die Tür knarrend aufging, fuhr er erschrocken hoch.

»Gabe«, sagte Wayan sanft.

»Ist sie am Leben?«, fragte er mit erstickter Stimme.

»Sie ist am Leben. Sie schläft jetzt. Ich habe ihr etwas gegen die Schmerzen gegeben.«

»Wie schlimm …?«

»Ich habe die Schnittwunde in ihrem Gesicht genäht und ihren Arm eingegipst. Ich weiß nicht, wie es mit inneren Verletzungen aussieht. Morgen früh, wenn ich ein paar Untersuchungen durchführen kann, werden wir mehr wissen.«

»Wird sie durchkommen?«

»Sie wird durchkommen. Erzähl mir von der Bombe.«

»Es waren zwei, glaube ich. Vielleicht noch mehr. Beide in Clubs in Kuta. Hunderte von Leuten wurden getötet, Hunderte verletzt. Der Ort war ein Inferno.«

»Wurdest du verletzt?«

»Nein, ich war in einem Restaurant in der Nähe. Ich habe sie in Paddy's Pub gefunden. Dort waren so viele Tote.«

»Du brauchst eine Dusche und ein Bett«, sagte Wayan. »Fahr zu uns nach Hause. Rai und ich werden hier bei dem Mädchen bleiben. Vielleicht werden noch mehr Leute kommen.«

»Nein, ich bleibe hier.«

»Das Mädchen wird eine Weile schlafen. Du solltest duschen. Dich ausruhen. Und dann kannst du ihr helfen, wenn sie aufwacht.«

»Ich habe so viele Leute dort zurückgelassen«, sagte Gabe zu ihm. »Ich konnte nicht allen helfen. Ich bin über sie gestiegen, während sie um Hilfe geschrien haben.«

»Du hast getan, was du konntest.«

»Nein. Ich hätte noch mehr Leute rausholen können. Das Gebäude war kurz davor einzustürzen.«

Wayan legte Gabe eine Hand auf die Schulter, und Gabe beugte sich vor und stieß einen Schluchzer aus, der seinen ganzen Körper zu erschüttern schien. Wayans Hand verharrte dort, während er weinte.

Gabe war in einem tiefen, traumlosen Schlaf, als sein Handy klingelte. Er tastete danach auf seinem Nachttisch, aber da war kein Nachttisch. Er fuhr mit einem Ruck hoch.

Sein Telefon lag auf seiner Jeans, die neben dem Bett auf dem Boden lag. Ein unvertrautes Zimmer – er war bei Wayan zu Hause. Und dann kamen die Erinnerungen zurück: die Bomben, die Toten, die Frau in seinen Armen. Er sah das Licht, das durchs Fenster hereinströmte. Es war Vormittag, schätzte er. Warum hatte Wayan ihn nicht geweckt?

»Hallo?«, sagte er ins Telefon.

»O mein Gott, ich habe mir solche Sorgen gemacht.«

»Molly.«

»Ich bin in Singapur. Mein Flug geht in einer Stunde. Ich habe eben von den Bombenanschlägen gehört. Bist du in Ubud?«

»Nein, ich war dort. In der Nähe. Es geht mir gut. Aber ich habe es gesehen.«

Molly brach in Tränen aus, und Gabe wartete einen Moment, während sie weinte. Er sah sich in dem Zimmer um. Seine Jeans lag gewaschen und ordentlich zusammengelegt auf dem Boden. Ein frisches Hemd – Wayans, nahm er an – lag neben der Jeans.

»Warum?«, fragte Molly. »Warum haben sie das getan?«

»Wer hat es getan?«, fragte Gabe. »Ich weiß von nichts.«

»Terroristen. Ich weiß nicht. El Kaida, nehme ich an. Bis jetzt hat sich noch niemand dazu bekannt.«

»Warum sollten Terroristen denn Clubs bombardieren?«

Molly schluchzte. »Hast du es gesehen? Hast du die Clubs gesehen?«

»Ich bin in einen gegangen«, sagte Gabe. »Ich habe versucht zu helfen.« Er sagte nicht: Ich habe Menschen gerettet. Er verspürte einen Schwall von Emotionen, die er gestern Nacht unterdrückt hatte, während er immer wieder in und aus dem Club gerannt war. Noch eine Bombe hätte losgehen können. Ein Feuersturm hätte durch jeden Winkel des Gebäudes fegen können. Er hatte rein instinktiv gehandelt, hatte nie innegehalten, um an diese Möglichkeiten zu denken. Er erinnerte sich an die aufgereihten Verletzten – seine Leute – auf der Straße vor dem Club. Dutzende weitere warteten darauf, gerettet zu werden. Er hatte sie im Stich gelassen. Er hatte aufgehört. Er hatte eine letzte Frau genommen und war geflohen, als hätte er nicht mehr tun können.

»War das nicht gefährlich?«, fragte Molly.

»Es war grauenhaft«, sagte Gabe, verblüfft, seine Stimme zu finden. »Die Clubs waren völlig verwüstet.«

Wieder sah er die Gesichter junger Menschen vor sich, die ihn um Hilfe anflehten, während er auf dem Weg zur Straße über sie stieg. Jetzt weinte er, das Telefon ans Ohr gedrückt, die Augen fest zusammengepresst, um die Bilder aus seinem Kopf zu verscheuchen.

»Und du wurdest nicht verletzt? Du würdest es mir doch sagen, oder?«

»Ich wurde nicht verletzt.«

»O Gott, Gabe. Komm nach Hause. Triff mich in Singapur, und wir fliegen zusammen nach Hause. Bleib nicht dort. Es ist gefährlich. Ich bin sicher, es ist gefährlich.«

»Ich fliege nicht weg, Molly. Ich muss hier sein. Ich muss helfen.«

Gabe dachte zurück an jenen Tag in Cambridge, als er am Ende des Flurs von Ethans Krankenhauszimmer auf den Arzt wartete. Der Raum war pastellfarben gestrichen, und doch war alles immer noch zu grell. Heather saß auf einem Kinderstuhl an einem Kindertisch und machte ein Kinderpuzzle. Sie fügte das Bild mit dem Haus, dem Baum, der Schaukel, der Cartoonfamilie zusammen, und dann trennte sie die Puzzleteile und fing noch einmal von vorn an.

»Setz dich«, sagte sie zu ihm. »Du machst mich noch ganz verrückt.«

Er ging weiter im Kreis durch den Raum. Jedes Mal wenn er am Fenster vorbeikam, sah er hinaus und dachte: Es ist ein ganz normaler Tag. Autos fahren die Straße hinunter. Eine Frau schiebt einen Kinderwagen. Dein Sohn kann an einem solchen Tag nicht sterben. Wenn der Tag normal ist, dann wird Ethan leben. Wenn Heather die Puzzleteile zusammenfügt, dann ist die Familie komplett. Wenn der Arzt aus dem Zimmer kommt, wird er sagen: »Ethan wartet auf Sie. Er will Ihnen ein Geheimnis verraten.«

Der Junge liebte Geheimnisse.

»Du kannst ihnen nicht helfen«, riss Molly ihn aus der Erinnerung zurück. Ihre Stimme war laut, und Gabe hielt das Telefon weg von seinem Ohr. »Das ist nicht dein Problem. Das ist ihr Problem.«

»Ich bin jetzt hier zu Hause. Es ist auch mein Problem.«

Gabe zog sich an und eilte aus dem Schlafzimmer. Wayans kleines aufgeräumtes Haus war leer, aber auf dem Küchentisch lag eine Notiz. *Ruf an, wenn du aufwachst. Die Nachricht von den Bombenanschlägen ist entsetzlich.*

Neben der Notiz standen eine Schale mit Obst und ein kleiner Kuchen. Außerdem standen ein Glas Saft und ein Teller für ihn auf dem Tisch.

Er überlegte, wann er das letzte Mal etwas gegessen hatte. Mittagessen mit Molly in einem Café in Ubud, vor der Fahrt zum Flughafen. Die balinesische Bedienung hatte ihn gekannt, sie hatte ein Kind auf seiner Schule. Sie gab ihm einen Kuss und flüsterte ihm ins Ohr: »Ist sie deine Freundin?« – »Meine Schwester«, sagte er und machte die beiden miteinander bekannt. Die Bedienung sagte neckend:

»Warum dieser Mann hat keine Freundin?« Als sie wegging, sagte Molly zu ihm: »Es ist Zeit, Gabe. Du könntest es wieder versuchen, weißt du? Deine Scheidung ist über drei Jahre her.«

Hatte er ihr geantwortet? Er hatte sich so völlig umorientiert, seit er nach Bali gezogen war. Sich im Leben engagieren. Eine sinnvolle Arbeit finden. Ein Teil von etwas sein. Und doch fühlte er sich noch immer, als würde er sein Leben aus der Ferne beobachten. Liebe? Diesen Part hatte er für sich noch nicht gefunden.

Er wusste, dass Molly mit keinem anderen Mann zusammen gewesen war, seit ihr Freund, Max, nach Deutschland gezogen war. Max hatte keine Kinder gewollt; war das der Grund, weshalb er sie verlassen hatte? Gabe hatte nie danach gefragt. Molly hatte eines Abends zu ihm gesagt, momentan wäre ihr in ihrem Leben ein Kind wichtiger als ein Mann. Er hoffte noch immer, dass sie eine Chance auf beides bekommen würde.

»Du kannst wieder ein Kind haben«, sagte Molly in dem Café.

»Einen Ersatz?«, fragte er.

»Nein, natürlich nicht. Aber gib die Möglichkeit nicht auf. Es hat dir so viel Freude gemacht, ein Dad zu sein.«

»Das hat es. Deshalb unterrichte ich jetzt.«

»Und dann fährst du allein nach Hause.«

»Ich weiß nicht, was die Zukunft bringen wird, Molly. Ich gehe die Dinge heutzutage etwas langsamer an. Vielleicht liegt es an der Hitze. Aber es ist jetzt leichter, morgens aufzuwachen. Ich habe etwas, worauf ich mich freuen kann.«

Molly hatte eine Hand über den Cafétisch ausgestreckt. »Als große Schwester bin ich eine echte Nervensäge«, sagte sie.

Während des restlichen Essens aßen sie nur ihre Sandwiches und redeten über die Red Sox.

Jetzt spürte Gabe, dass er Hunger hatte. Aber er wollte sich nicht die Zeit zum Essen nehmen, er wollte herausfinden, wie es der Frau ging. Jamie. Im Wagen hatte er zu ihr gesagt: »Sie schaffen das schon.« Sie hatte ihren Freund verloren, und sie wäre um ein Haar selbst gestorben. Woher wollte *er* wissen, dass sie das schon schaffen würde?

Er zückte sein Handy, aber dann entschied er sich dagegen, Wayan anzurufen. Er wollte nicht gesagt bekommen, er solle wegbleiben. Er wollte Wayans Worte nicht hören: Du kannst nichts tun.

Er trank den Saft und nahm den Kuchen mit, als er zur Klinik fuhr.

Die Straßen von Sanur waren fast völlig verlassen. Gabe liebte Sanur, es war eine Strandstadt südlich von Denpasar, ganz anders als die Urlaubsorte Kuta und Seminyak. Sanur war nicht hip – die Leute in Seminyak nannten es Schnarchstadt. Es war still und verschlafen, ohne schicke Boutiquen und Gourmetrestaurants. Junge Leute machten hier keinen Urlaub, aber Familien: Sie liebten die weißen Sandstrände, das ruhige Meer, das von einem Riff geschützt war, und die preisgünstigen Hotels und Restaurants. Die Balinesen, die in Sanur lebten, schien es nicht zu stören, dass die großen Hotelketten ihre Stadt ignorierten und die europäischen Jetsetter, die früher in Scharen hierherkamen, jetzt weitergezogen waren. Sanur war ein guter Ort zum Leben.

Gabe hatte einen Freund mit einem Wochenendhaus hier, der oft für ein paar Tage herkam, um in dem warmen Meer zu schwimmen oder lange Spaziergänge am Strand zu unternehmen. Sein Freund, Billy, war für ein einjähriges Landschaftsbauprojekt von Sanur nach Ubud gezogen, aber er hatte sein Strandcottage behalten. Sanur war keine Stunde von Ubud entfernt, daher hatte Billy sich ein Studio in Ubud gemietet und fuhr nach Süden, sooft er konnte, im Allgemeinen mit einem Wagen voller Freunde und Bier.

Während Gabe durch die Stadt zu Wayans Klinik fuhr, bemerkte er eine kleine Gruppe von Leuten auf dem Gehsteig, die die Köpfe zusammensteckten, in eine lebhafte Diskussion vertieft. Auf dieser winzigen Insel, kaum größer als Delaware, sprachen sich Neuigkeiten rasch herum. Die Bombenanschläge, dachte er. Das ist das Einzige, worum es jetzt geht.

Gabe war verblüfft, als er die Klinik erreichte. Anders als in der Nacht zuvor herrschte dort ein Riesengewühl mit vielen Verletzten, die sich in den Warteraum drängten. Es waren hauptsächlich junge Balinesen in den Zwanzigern mit blutverschmierten Kleidern, Brand- und Schnittwunden, die alle benommen und unter Schmerzen dastanden. Wann waren sie gekommen? Wer hatte sie hierhergebracht?

Gabe stürzte zum Empfang, wo er Rai fand. Sie blickte ruhig und entspannt, nicht so, als wäre sie mitten in einer nationalen Katastrophe.

»Deiner Bekannten geht es gut«, sagte sie. »Sie ist im letzten Zimmer links. Geh und sieh nach ihr. Ich glaube, sie ist jetzt wach. Aber sie muss gehen. Wir brauchen das Zimmer.«

Gabe stellte gar nicht erst Fragen. Er rannte den Flur hinunter und drückte die halb geöffnete Tür zum letzten Zimmer auf.

Jamie lag auf einem Feldbett mit dem Rücken zu ihm. Ihr Körper zitterte unter einer dünnen Decke. Weinte sie?

Er wartete einen Moment, dann räusperte er sich.

Sie drehte sich zu ihm um, wischte sich das Gesicht mit der Decke ab. Sie schenkte ihm ein Lächeln, dann setzte sie sich im Bett langsam auf, wobei sie vor Schmerz zusammenzuckte.

»Ich wusste nicht, ob ich Sie wiedersehen würde, um mich bei Ihnen zu bedanken«, sagte sie.

Er nickte. »Heute Morgen sehen Sie schon besser aus.«

»Ich muss fürchterlich aussehen.«

»Stimmt«, sagte er, und dann lächelte er. »Aber gestern Nacht sahen Sie schlimmer aus.«

»Schlimmer als fürchterlich«, sagte sie. »Das ist ja beeindruckend.« Sie schnitt eine Grimasse und berührte ihr Gesicht. »Bringen Sie mich nicht zum Lächeln.«

»Wie schlimm sind die Schmerzen?«

»Ich schwebe«, sagte sie. »Ich habe keine Ahnung.«

»Was hat Wayan zu Ihnen gesagt? Was Ihre Verletzungen betrifft?«

»Der Arzt?«

»Ja. Er ist ein Freund von mir.«

»Wer sind Sie denn? Sie haben es mir vermutlich gesagt. Es tut mir leid. Ich kann mich nicht erinnern.«

Gabe setzte sich auf den Stuhl neben dem Bett.

»Ich lebe hier auf Bali. Ich war gestern Abend in einem Restaurant in der Nähe des Clubs.«

»Und Sie haben mich gerettet.«

Die Frau betrachtete ihn mit weit aufgerissenen Augen. Irgendjemand hatte ihr das Blut aus den Haaren gewaschen und sie sauber gemacht. Eine Seite ihres Gesichts war einbandagiert, und ihr Arm, der in einem Vollgips steckte, ruhte in einer hellblauen Schlinge an ihrem Oberkörper.

»Sie haben viele Leute gerettet«, sagte er schließlich. »Ich musste mich höllisch ins Zeug legen, um mit Ihnen mitzuhalten. Und dann ist ein Teil des Gebäudes auf Sie gestürzt.«

»An all das kann ich mich erinnern. Diese Schreie können selbst die Schmerzmittel nicht verscheuchen.«

»Haben Sie irgendwelche inneren Verletzungen?«

Sie dachte einen Moment darüber nach. »In meinem Kopf herrscht das reinste Chaos«, sagte sie. »Zählt das?«

Gabe lächelte. »Ja, diese Art innere Verletzung habe ich auch.«

»Der Arzt hat gesagt, ich werde überleben. Ich nehme an, ich muss ihm glauben.«

»Können Sie gehen?«

Sie sah auf ihre Beine. »Ich denke schon. Irgendwann muss ich zur Toilette gegangen sein. Ich kann mich nicht erinnern.«

»Das Zimmer wird gebraucht.«

»Ich werde rausgeworfen?« Sie wurde blass.

»Es gibt so viele Verletzte.«

»Was ist passiert?«, fragte sie. »In dem Club.«

»Ich habe heute Morgen noch keine Nachrichten gehört.

Meine Schwester hat mich vor einer Weile angerufen und gesagt, dass man von einem Terroranschlag ausgeht.«

Jamie rückte ihre Schlinge zurecht und zupfte am Rand ihres Gipsverbands.

»Der Mann, der gestorben ist?«, fragte Gabe mit sanfter Stimme. »War er Ihr Freund?«

Sie nickte. Sie schien in Gedanken verloren. Oder vielleicht war es auch eine neue Schmerzwelle.

»Miguel«, sagte sie schließlich. »Er hat mich gestern Abend gebeten, ihn zu heiraten. Und ich habe Nein gesagt.«

»Es tut mir so leid«, sagte Gabe.

»Ich muss seinen Leichnam holen.« Ihr Atem ging in kurzen, abgehackten Zügen. »Ich muss seine Familie anrufen.«

»Ich werde Ihnen dabei helfen«, sagte Gabe. »Ich werde herumtelefonieren, um etwas über die Opfer herauszufinden.«

»Danke«, sagte sie.

»Gibt es noch irgendjemanden hier auf Bali? Freunde oder Verwandte?«

Sie blickte verwirrt.

»Gibt es jemanden, den Sie anrufen sollten?«, fragte er. »Jemanden, der sich vielleicht Sorgen um Sie macht?«

Wieder schwieg sie lange Zeit. Eine Frage kreiste ihm durch den Kopf. Wird sie abreisen? Natürlich wird sie abreisen.

»Weiß man in den USA von der Bombe?«, fragte sie.

»Ich nehme es an«, sagte Gabe zu ihr. »Ich habe geschlafen, und dann bin ich gleich hierhergekommen. Ich habe das Fernsehen nicht eingeschaltet. Aber meine Schwester in Singapur wusste davon.«

»Ich sollte meine Mutter anrufen«, sagte Jamie. »Und meinen Chef. Ich habe mein Handy verloren. Ich habe meine Handtasche und meine Schuhe verloren.« Sie hielt einen Moment inne, am ganzen Körper zitternd.

»Nehmen Sie mein Telefon«, bot er an. Er stand auf und zückte sein Handy.

»Miguels Familie kann ich nicht anrufen. Ich muss wissen, ob sein Leichnam zurückgeflogen werden kann nach …«

»Das können Sie später tun. Wenn ich ein paar Informationen bekommen habe«, sagte Gabe. »Rufen Sie Ihre Mutter an. Ich werde draußen warten.«

»Bleiben Sie«, sagte Jamie zu ihm. »Ich werde mich kurzfassen.«

Er trat ans Fenster. Eine Balinesin saß vor der Klinik mitten auf dem Rasen. Sie wippte hin und her, und selbst durch das geschlossene Fenster konnte er ihr Wimmern hören.

»Mom?«, sagte Jamie hinter ihm.

Er wollte sich nicht umdrehen. Er wollte ihr etwas Privatsphäre lassen. Aber der Anblick auf dem Rasen war zu schmerzhaft; er konnte spüren, wie ihm die Angst in der Kehle hochstieg. Er ging zurück zu dem Stuhl neben dem Bett und setzte sich.

»Ich weiß«, sagte Jamie. »Ich war dort. Es geht mir gut. Bitte hör mich an. Es geht mir wirklich gut. Ich habe einen gebrochenen Arm, das ist alles.«

Sie warf einen Blick auf Gabe und verdrehte die Augen wie ein ungeduldiger Teenager. Er lächelte.

»Ich bin in einer Klinik. Der Arzt war gut.«

Nach einer Pause sagte sie: »Ja, natürlich. Ich lasse ihn untersuchen, sobald ich nach Hause komme.«

Sie hörte am Telefon zu, dann platzte sie dazwischen. »Mom. Miguel – er ist gestorben. Er war unter zu viel Schutt begraben, als ich ihn gefunden habe …«

Sie senkte den Kopf und weinte, das Telefon dicht ans Ohr gepresst.

Gabe durchzuckte ein eisiger Schauder, als würde ein kalter Wind durch seine Lunge peitschen. Er hatte gedacht, dass sie vielleicht unter Schock stand, aber nein, sie behielt nur alles für sich. Den Schmerz, jemanden zu verlieren. Er kannte ihn allzu gut.

Er stand wieder auf und ging zum Türrahmen. Im Flur half Rai einem balinesischen Jungen, zu einem der Zimmer zu humpeln.

»Ich komme nach Hause«, sagte Jamie. »Ja, ich bin mir sicher. Ich werde herausfinden, ob es morgen einen Flug gibt.«

Gabe ließ sich gegen den Türrahmen fallen, auf einmal erschöpft.

»Heute. Morgen. Ich weiß nicht, Mom. Ich weiß gar nichts.« Ihre Stimme wurde lauter. »Ich war noch nie bei einem Terroranschlag dabei, okay? Ich habe noch nie jemanden, den ich kannte, sterben sehen. Ich weiß nicht, was als Nächstes passiert.« Sie brach ab, holte einmal scharf Luft. Tränen liefen ihr über die Wangen.

»Es ist bestimmt sicher«, sagte sie, jetzt wieder leise. »Ich werde abfliegen, sobald ich kann.«

Gabe stand da, nicht sicher, was er tun sollte.

»Ich liebe dich auch«, sagte sie und legte auf.

Sie sah Gabe an mit bleicher Miene.

»Ich kann Sie zum Flughafen bringen«, sagte er leise.

»Ich werde morgen fahren«, sagte sie. »Ich muss herausfinden, was mit Miguels Leichnam ist. Ich weiß nicht, was ich tun soll. Im Augenblick will ich gar nichts tun.« Sie rückte die Schlinge wieder zurecht und zupfte mit den Fingern an ihrem verletzten Arm. »Das ist nicht sehr logisch, oder?«

»Es ist völlig logisch«, sagte er zu ihr.

Gabe war tagelang zu Hause geblieben, nachdem sein Sohn gestorben war, außer Stande, das Haus zu verlassen. Heather hielt im Wohnzimmer Hof, redete mit dem endlosen Strom von Besuchern, die alle irgendwelche Ethan-Geschichten loswerden wollten. Auf jeder Oberfläche des Hauses standen Fotos von ihm: Ethan als Baby in der Badewanne, Ethan als Kleinkind in einer Trage auf Gabes Rücken, Ethan als großer Junge am Strand. Von seinem Arbeitszimmer oben hörte Gabe das ständige Gemurmel weiblicher Stimmen: »Er war so niedlich.« – »Er war so süß.«

Für Gabe war die Welt zu schwierig, um sich in ihr zurechtzufinden. Er saß an seinem Schreibtisch und füllte ein Buch mit Sudoku-Rätseln. Er lehnte Essen ab, er lehnte Trost ab. Er wollte die Welt nicht wieder betreten, da es eine andere Welt sein würde.

»Wo haben Sie gewohnt?«, fragte er Jamie.

»In einem Hotel in Seminyak. Ich will nicht mehr dorthin zurück.«

Sie saßen ein paar Minuten schweigend da. Jamie schloss die Augen. Sie sah jung aus – er konnte ihr Alter nicht schätzen. Dreißig?

»Ich bin gleich wieder da«, sagte er zu ihr.

»Sie muss gehen«, sagte Wayan ungeduldig. »Ich brauche das Zimmer.«

Gabe hatte Wayan nie schroff zu jemandem sprechen hören, schon gar nicht zu einem Freund. Aber er sah aus, als hätte er die ganze Nacht nicht geschlafen, und das Gedränge im Warteraum erstreckte sich inzwischen bis vor die Tür. Vom Fenster in Wayans Büro aus konnte Gabe einen jungen Mann in einem blutverschmierten T-Shirt auf dem Rasen vor der Klinik liegen sehen.

»Ich weiß nicht, was ich mit ihr tun soll«, sagte Gabe leise.

»Sie fliegen alle verletzten Ausländer nach Australien aus«, sagte Wayan. »Bring sie zum Flughafen.«

»Sie ist traumatisiert. Sie will sich nur einen Tag ausruhen.«

»Ich kann dir nicht helfen, Gabe. Sie ist nur eine von vielen. Es sind Hunderte. Wenn ich hier fertig bin, fahre ich nach Sanglah. Dort brauchen sie Ärzte. Sie operieren auf den Korridoren.«

Er verließ das Zimmer, ließ die Tür offen.

Gabe griff nach der Zeitung auf Wayans Schreibtisch. Er konnte die indonesischen Worte nicht richtig lesen, aber die Fotos erzählten eine grauenhafte Geschichte. Ein Foto zeigte den zerstörten Nachtclub, ein wütendes Feuer. Das andere zeigte eine verwüstete Straße mit ausgebrannten Autos und Toten, die zugedeckt auf dem Boden lagen.

Er warf die Zeitung über den Schreibtisch und ging zurück zu Jamies Zimmer.

»Ich habe einen Freund, der hier in der Nähe ein Strandcottage hat«, sagte er zu Jamie. »Ich werde ihn fragen, ob wir es benutzen können. Ich kann mich um Sie kümmern, bis Sie sich im Stande fühlen, nach Hause zu fliegen.«

»Warum?«

»Was meinen Sie?«

»Warum tun Sie das?«

Gabe lehnte sich gegen die Wand. »Ich weiß nicht.« Er sah auf seine Hände und dann zu ihr hoch. »Ich kann mich nicht um jeden kümmern. Aber ich kann mich um Sie kümmern.«

»Du kannst es haben, mein Freund«, sagte Billy am Telefon. »In dem blauen Blumentopf auf der Veranda liegt ein Schlüssel.«

»Nur für ein, zwei Tage«, sagte Gabe zu ihm.

Er stand vor der Klinik und sah zu, wie eine Balinesin einem jungen Mann den Arm verband. Hier waren alle Verletzten Balinesen. Die Ausländer wurden als Erste versorgt, hatte Wayan gesagt, und Gabe begann die Wut seines Freundes zu verstehen. Die Indonesier wurden von dem Krankenhaus in Sanglah abgewiesen. Die Leute aus dem Westen wurden zu Krankenhäusern in Australien und Singapur ausgeflogen, wo sie eine bessere Behandlung bekommen würden. In Sanglah gab es kein Zentrum für Brandverletzungen. Es gab nicht genügend OP-Säle, es gab nicht genügend Ärzte. Sie hatten schon jetzt keine Betäubungsmittel mehr.

Jamie wartete in Gabes Wagen, während er draußen stand und den Anruf tätigte.

»Warum fliegt sie nicht ab?«, fragte Billy.

Gabe hatte ihm gesagt, dass er sich um einen verletzten Amerikaner kümmerte. Er wunderte sich, dass Billy davon ausging, dass der Amerikaner eine Frau war.

»Sie ist ziemlich traumatisiert«, sagte Gabe. »Sie will sich ein, zwei Tage ausruhen, bis sie sich kräftiger fühlt.«

»Alle anderen sehen zu, dass sie von hier wegkommen«, sagte Billy zu ihm. »Selbst die Ausländer, die meilenweit entfernt von den Explosionen waren. Sie drehen alle durch.«

»Ja, das kann ich mir vorstellen.« Gabe dachte an seine Schwester. *Komm nach Hause. Komm nach Hause.*

»Ich möchte wetten, wir werden herausfinden, dass das die Amerikaner waren«, sagte Billy. »Dort in der Nähe gibt es irgendein amerikanisches Kriegsschiff.« Billy war Engländer, und auch wenn er Gabe zu mögen schien, hasste er die meisten Amerikaner.

»Warum sollten die Amerikaner Nachtclubs bombardieren?«, fragte Gabe. Ich will dieses Gespräch nicht führen, dachte er.

»Alle werden El Kaida die Schuld geben, und dann werden die USA Unterstützung für ihren Krieg im Irak bekommen.«

»Das ergibt doch keinen Sinn«, sagte Gabe.

»Ich habe gehört, die US-Botschaft soll zwölf Stunden vor den Bombenanschlägen eine Warnung an ihre Bürger ausgegeben haben, öffentliche Plätze in Indonesien zu meiden.«

»Das ist doch verrückt.«

»Ja, na ja, du bist Amerikaner«, sagte Billy.

»Hör zu, Billy. Ich muss Schluss machen. Wayan braucht hier Hilfe.«

Das war eine Lüge. Wayan ließ ihn gar nichts tun. »Nimm das Mädchen und gib mir das Zimmer«, hatte er gesagt. Als wäre Gabe für das verantwortlich, was in den Krankenhäusern auf Bali los war.

»Hast du die Bombenanschläge gesehen?«, fragte Billy.

»Ja, ich habe sie gesehen.«

»Großer Gott«, sagte Billy. »Und du bist noch heil und ganz?«

»Kaum«, sagte Gabe zu ihm.

»Es ist eine kurze Fahrt«, sagte Gabe. »Hast du es bequem?«

»Solange du mir diese Zauberpillen gibst«, sagte Jamie.

Wayan hatte Gabe ein Fläschchen Schmerzmittel und Material für Jamies Verbände mitgegeben. Rai erklärte ihm, bevor sie losfuhren, wie er Jamies Gesichtsverband wechseln sollte. Gabe sah die geschwollene Linie, die von ihrem Auge bis zu ihrem Kiefer verlief, die jetzt genäht war. Schon jetzt veränderte die Haut darum ihre Farbe, wurde violett, grün, gelb.

Er fuhr in Richtung des Zentrums von Sanur. Jamie lehnte den Kopf nach hinten, hatte die Augen geschlossen. Vielleicht wollte sie die Welt nicht sehen, dachte er. Und dann wusste er, dass es so sein musste, denn auch er wollte irgendwo anders sein. Nicht auf der Welt. Geschützt vor der Welt.

Sollte Bali nicht diese Art Paradies sein? Die Probleme der Welt vergessen, im Einklang mit der Natur leben. Das war es, was die Broschüren den Weltreisenden versprachen. Und was passiert, wenn die Probleme der Welt auf das Paradies einstürzen?

Gabe bog auf eine Landstraße ein und fuhr zum Strand. Trotz der schwülen Hitze standen keine Autos auf den üblichen Plätzen, auf denen man am Strand parken konnte. Und natürlich, als sie das Ende der Straße erreichten, sah er, dass der Strand leer war. Es war Sonntag, eigentlich der Tag, an dem die balinesischen Familien oft für ein Picknick am Meer zusammenkamen. Scharen von Touristen bevölkerten im Allgemeinen an jedem Tag der Woche die Strände. Jetzt war nur ein Mann da, an einem Pier weit hinten, und übte Taekwondo, eine einsame Gestalt in der Ferne.

Was tut man nach einem Terroranschlag? Gabe stellte sich vor, dass Leute vor ihren Fernsehern saßen, die Nachrichten sahen. Er hatte schon auf Bali gelebt, als die Flugzeuge ins World Trade Center geflogen waren, er erinnerte sich, wie er im Wohnzimmer seines Joglo gesessen und stundenlang CNN gesehen hatte. Er hatte sich seltsam betäubt gefühlt, getrennt von dem Grauen, und selbst durch tagelanges Fernsehen hatten die Bilder sein Herz nicht wirklich berührt.

Diesmal war er zu nah dran.

Er bog auf einen privaten Feldweg ein und fuhr bis zum Tor von Billys Cottage hoch, tippte einen Code in die Sprechanlage ein, und die Pforte schwang auf. Jamie hatte die Augen noch immer geschlossen.

»Wir sind da«, sagte er leise.

Er fuhr bis zum Ende des Wegs und parkte den Wagen.

Er hatte die abgeschiedene Atmosphäre von Billys Cottage immer geliebt. Es lag in einem Hain aus Bambusbäumen versteckt, von allen Seiten verborgen vor der Straße. Irgendein Hotel hatte Billy einmal viel Geld für sein Grundstück geboten, aber er hatte abgelehnt. Er war ein erfolgreicher Landschaftsarchitekt, und er wollte sein kleines Stück balinesisches Strandleben nicht aufgeben.

Gabe öffnete die Wagentür und warf einen Blick auf Jamie. Sie hatte sich nicht gerührt.

»Alles okay?«, fragte er.

»Ich habe noch nie so viel Angst gehabt«, sagte sie leise.

»Hier bist du in Sicherheit«, sagte er zu ihr.

»Woher willst du das wissen?«, fragte sie, während sie ihn ansah.

Ihre Augen forschten in seinen. Er sah ihren bandagierten Kopf, ihren eingegipsten Arm. Gestern stand sie neben einer Flammenwand, unempfänglich für ihre eigene Angst, die Gefahr für sich selbst, in der sie schwebte.

»Ich weiß es nicht«, räumte er schließlich ein.

Sie nickte, dann öffnete sie die Tür und stieg langsam aus dem Wagen.

Sie gingen den Weg zum Cottage hoch. Binnen Sekunden wurden sie von Bäumen verschluckt. Sie könnten Hänsel und Gretel sein, dachte er, die durch den dunklen Wald liefen. Aber wurden Hänsel und Gretel nicht von einer Hexe gefangen?

Es gibt kein Paradies. Es gibt keine Sicherheit.

Er hörte ein Geräusch über ihnen, und auf einmal begannen alle Vögel zu kreischen. Das Empfangskomitee, dachte Gabe.

Das Cottage tauchte am Ende des Weges auf. Der Wald hörte abrupt auf, und ein breiter Streifen frisch gemähten Grases umgab das Haus. Billy hatte einen Jungen angeheuert, der das Haus in Ordnung hielt, während er nicht da war. Das Haus hatte weiße Schindeln mit einem roten Ziegeldach und einer Veranda, die auf allen Seiten ringsum verlief. Es gab sechs Verandatüren, und Gabe wollte alle auf einmal öffnen, damit das Haus die Arme nach draußen ausstrecken könnte.

Jamie blieb stehen und starrte auf den Garten. Billy hatte hier ganze Arbeit geleistet: Er hatte Palmen, tropische Baumfarne, Bambus und Banyanbäume verwendet, um einen Ort zu schaffen, der irgendwie gezähmt und wild zugleich aussah. Gabe war jedes Mal fasziniert von der Anmut und Schönheit dieses Orts. In der Mitte des Rasens befand sich ein Teich; lange, zarte Wedel umgaben die Ränder. Der Garten hinter dem Teich war von Blumen übersät: Hibiskus, Gardenien, Frangipani. Die Luft war erfüllt von dem schweren Geruch von Jasmin.

»Es ist, als ob nichts in der Welt so aussehen sollte wie das hier«, sagte Jamie leise.

»Was meinst du damit?«

»Ich rechne noch immer damit, die Hölle zu sehen. Brennende Körper. Feuer. Diese Schönheit jetzt ergibt keinen Sinn.«

Er streckte eine Hand aus und berührte den Verband an ihrem Gesicht. Er konnte sehen, wie sich irgendetwas Dunkles unter dem Mullstoff ausbreitete – noch mehr Blut? »Ich muss das schon jetzt wechseln«, sagte er. Er wollte sie nicht beunruhigen.

»Später«, sagte sie. »Ich würde gern durch den Garten gehen.«

»Ich werde das Haus aufschließen«, sagte er, und sie nickte.

Gabe ging zum Cottage hoch. Ein großer blauer Topf mit einem Limettenbaum stand am Rand der Veranda neben dem Eingang. Der Hausschlüssel lag auf der Pflanzenerde.

Er nahm ihn, wischte ihn an seiner Jeans ab und ging zur Haustür. Sein Kopf streifte ein Windspiel, das in seinen Ohren allzu laut bimmelte. Er hob eine Hand, um es verstummen zu lassen, sperrte die Tür auf und trat ein.

Seine Augen brauchten einen Moment, um sich an das Dunkel zu gewöhnen. Als er die Umrisse der Möbel erkennen konnte, trat er an die Verandatüren und riss sie weit auf. Licht flutete herein. Billy hatte das Wohnzimmer mit zwei tiefen weißen Sofas und einem breiten Teakholztisch dazwischen eingerichtet. Ein hölzerner Buddha saß in der Mitte des Tischs. Das Zimmer war schlicht und sauber und einladend.

Gabe spürte, wie sich sein Herzschlag beruhigte. Hier konnten sie sich ausruhen. Hier konnte er sich um sie kümmern. Sie konnten sich für eine Weile verstecken.

Aber das würde natürlich nicht passieren. Morgen würde sie in ein Flugzeug steigen. Und er würde nach Ubud zurückkehren.

Er ging durch zu dem einzigen Schlafzimmer des Hauses. Er hatte dieses Zimmer noch nie gesehen. Wenn er hier übernachtete, schlief er jedes Mal auf der Veranda auf einem Futon. Billy führte Liebhaber, aber niemals Freunde in sein Schlafzimmer. Gabe war sich nicht sicher, was er vorfinden würde.

Aber das Zimmer war schlicht und nüchtern. Ein großes Bett stand in der Mitte des Raums mit einer meergrünen Seidendecke darüber. Die Wände und die Decke waren mit grasgrünem Stoff bezogen. Davon abgesehen, war das Zimmer leer. Gabe lächelte, während er sich vorstellte, wie Billys Lover über die Schwelle in seine private Welt traten.

Nun ja, jetzt würde sie dafür herhalten müssen, die Verwundeten zu pflegen. Jamie würde hier schlafen und er im Wohnzimmer auf dem Futon.

Er zog die Seidendecke herunter – die Bettwäsche, ebenfalls hellgrün, war sauber – und ging ins Bad. Eine weiße Löwenfuß-Badewanne stand an einem Ende, neben einer Glaswand, die den Blick in den seitlichen Garten freigab. Noch ein Buddha, dieser grün bemalt, wachte von seinem erhöhten Platz auf dem Badtresen über das Badezimmer.

Hier wird es Jamie gut gehen, dachte Gabe.

Er ging zurück in den Garten, um sie zu finden.

Aber sie war verschwunden.

Er lief den Weg hinunter zum Tor. Dort angekommen, blieb er mitten auf dem Weg stehen. Das Tor war geschlossen. Hatte sie es geöffnet und geschlossen? War sie in irgendeine andere Richtung gegangen? Das Grundstück hatte nur noch einen anderen Ausgang – die Tür am anderen Ende des Rasens, die zum Strand führte. Konnte sie in diese Richtung gegangen sein? Warum war sie weggelaufen?

Er fuhr mit einer Hand über den Sensor am Tor. Es öffnete sich langsam, und er schlüpfte durch den Spalt und sah den Feldweg hinauf und hinunter. Sie war nirgends zu sehen. Konnte sie bis zum Strand gegangen sein? Zur Straße? Zu weit in beide Richtungen.

Er sprintete zurück und schlüpfte durch die Pforte, kurz bevor sie von selbst zuging. Sie musste die Tür genommen haben, die zum Strand führte.

Er rannte los, suchte den Hain aus Bambusbäumen auf beiden Seiten nach ihr ab. Könnte sie im Wald ausgerutscht sein? Warum sollte sie sich vor ihm verstecken? Hatte sie ihn in der Klinik nicht gebeten, bei ihr zu bleiben?

Er lief über den Rasen auf die Tür am anderen Ende des Gartens zu.

Und natürlich, die Tür war aufgerissen. Sie war riesig, aus Eichenholz geschnitzt und rot angestrichen, mit einem Stahlriegel, der in die Zementmauer geschoben wurde. Er erinnerte sich, wie er zu Billy gesagt hatte, das Rot würde zu viel Aufmerksamkeit auf das versteckte Haus lenken, und Billy hatte gelacht. »Ich muss das verdammte Ding gar nicht absperren«, hatte er gewitzelt. »Sie ist zu schwer, um sie zu öffnen.«

Gabe trat durch die Tür auf den Weg, der in beide Richtungen meilenweit am Strand entlang verlief. Er sah nach vorn, zum Meer hin. Ein entsetzlicher Gedanke durchzuckte ihn. Wollte sie sich vielleicht ertränken?

Aber ein paar Schritte vom Rand des Wassers entfernt saß Jamie und starrte aufs Meer hinaus.

Gabe hielt inne und schöpfte Atem, beobachtete sie eine Minute, bevor er über den Strand auf sie zutrat und sich neben sie stellte.

»Jamie«, sagte er.

Sie zeigte keine Reaktion, hielt den Blick noch immer aufs Wasser geheftet.

Er setzte sich neben ihr in den Sand. »Geht es dir gut?«

»Ich wollte ihn nicht heiraten«, sagte sie. »Er ist in den Club gegangen, um von mir wegzukommen.«

Gabe wartete ab, ob sie noch mehr sagen würde. Schließlich sagte er: »Es ist nicht deine Schuld.«

»Er wäre nicht dort drinnen gewesen, wenn ich Ja gesagt hätte.«

Sie sah Gabe an, als wollte sie ihn herausfordern. Sie blickte entschlossen, mit zornigen Augen.

Er nickte.

»Er sollte noch am Leben sein.«

»Du hast so viele Leute gerettet. Was du getan hast, war heldenhaft.«

»Ich konnte Miguel nicht retten.«

Er streckte eine Hand nach ihr aus, aber sie schlug sie weg.

Sie wandte sich von ihm ab. »Ich bin ein gottverdammter Feigling«, sagte sie, während sie auf die brechenden Wellen am Strand starrte.

»Du bist der tapferste Mensch, den ich kenne.«

Sie stand auf und ging über den Strand zurück und durch die rote Tür.

Später fand Gabe etwas Suppe in der Speisekammer und wärmte sie auf dem Herd auf. Er musste etwas essen.

Er setzte sich mit seiner Schale auf die Veranda und sah auf den Garten hinaus. Ein paar Vögel huschten um den Teich. Der Wind frischte auf, und Gabe roch frisch gemähtes Gras; er hörte das Wasser von dem Brunnen plätschern, während es sich in den Teich ergoss.

Er könnte die Pforte und die rote Tür absperren und die Welt ausschließen. Er könnte Jamie hier drinnen behalten.

Aber sie würde morgen abreisen.

Was ist mit mir los?, dachte er. Sie hat eben ihren Freund verloren, und alles, was ich will, ist, sie hier bei mir zu behalten.

Sein Handy klingelte. Er zückte es und nahm ab.

»Hier spricht Larson Willoughby«, sagte eine raue Stimme. »Ich habe diese Nummer von Jamies Mutter bekommen. Ich bin Jamies Chef. Ein Freund von ihr.«

»Ich bin Gabe. Jamie schläft. Kann ich ihr sagen, sie soll Sie anrufen, wenn sie aufwacht?«

»Geht es ihr gut?«

»Sie hat einen gebrochenen Arm. Eine Schnittwunde im Gesicht musste mit ein paar Stichen genäht werden. Und sie ist ziemlich mitgenommen. Aber sie schafft das schon.« Er wusste nicht, ob er ihren Freund erwähnen sollte oder nicht.

»Wer sind Sie?«, fragte Larson.

»Ich lebe auf Bali. Ich war in der Nähe, als die Bomben explodierten.«

»Fliegt sie heute nach Hause?«, fragte er.

»Morgen«, sagte Gabe. »Sie will sich heute noch ausruhen.«

»Ist sie in Sicherheit?«

»Sie ist in Sicherheit.«

»Sagen Sie ihr – o Gott, ich weiß nicht. Sie ist meine beste Freundin auf der Welt. Sagen Sie ihr, ich werde sie feuern, wenn sie ihren Arsch nicht sofort hierher zurückbewegt.« Die Stimme des Mannes brach.

»Ich werde es ihr ausrichten«, sagte Gabe.

Gabe wollte Stille, und dann war das Haus zu still. Er wollte allein sein, und dann wurde ihm bewusst, dass er das Geräusch ihres Atems hören musste.

Er trug einen kleinen Holzstuhl von der Veranda in Billys Schlafzimmer und stellte ihn ans Fenster, ein paar Schritte von dort, wo Jamie schlief. Dann nahm er sich ein Buch aus einem von Billys Regalen im Wohnzimmer – einen Roman, der in Hollywood spielte. Er nahm ihn mit zurück ins Schlafzimmer und machte es sich auf dem Stuhl bequem.

Er drehte das Buch um und betrachtete den Umschlag. Ein nierenförmiger Swimmingpool. Eine Frau in einem Bikini, die sich in einem Liegestuhl ausruhte, einen großen rosa Hut auf dem Kopf. Ein Mann, der am Rand des Pools saß, einen Hund neben sich. Niemand lächelte. Die Farbe war verblichen, als hätte das Buch zu lange in der Sonne gelegen.

Er erinnerte sich an Ethans Party zu seinem vierten Geburtstag im Haus seiner Schwiegereltern in Newton. Es war ein schwüler Augusttag, und Gabe saß mit Heather auf der Terrasse und sah zu, wie Ethan und sein bester Freund im seichten Ende des Pools spielten. Heather hatte versucht, eine Party für seine ganze Vorschulgruppe zu organisieren – in der Schule wurde streng darauf geachtet, dass jeder einbezogen wurde. Aber Ethan wollte nur einen einzigen Freund bei seiner Geburtstagsfeier haben, und er weigerte sich stur, eine Party zu machen, wenn mehr Kinder kommen sollten.

Gabe und Heather hatten sich deswegen gestritten.

»Ich will nur keinen Ärger mit der Schule bekommen«, sagte sie. »Weil wir nicht alle eingeladen haben.«

»Du wünschst dir einfach, er wäre ein etwas anderes Kind.«

»Was?«

»Er ist schon in Ordnung so, wie er ist. Er braucht nicht eine Million Freunde.«

»Darum geht es nicht, Gabe.«

Aber Gabe hatte den Verdacht, dass Heather noch immer

hoffte, ihr Sohn würde ein Goldjunge werden, beliebt und vom Glück gesegnet. Sie selbst hatte diese Art Leben geführt; auf ihren Partys hätten sich zwanzig kreischende Kinder im Pool getummelt.

Sie saßen in der heißen Sonne, wechselten kaum ein Wort. Heathers Eltern schleppten zu viele Erfrischungen zwischen dem Haus und der Terrasse hin und her. Ihre Mutter rieb die mageren Rücken der Jungen so oft mit Sonnencreme ein, dass die Oberfläche des Pools von Öl glänzte.

»Ich hatte einen richtig schönen Geburtstag«, verblüffte Ethan sie beide an jenem Abend. »Kann ich das jedes Jahr haben?«

Jamie regte sich in ihrem Bett, und Gabe wandte sich zu ihr um.

»Liest du?«, durchbrach ihre Stimme die Stille des Raums.

»Nein«, sagte er leise. »Ich starre seit einer halben Stunde auf dieselbe Seite.«

Sie setzte sich im Bett auf und stopfte sich ein Kissen unter ihren Gipsverband.

»Denkst du an gestern Nacht?«

»Ich habe an meinen Sohn gedacht«, sagte er.

»Du hast einen Sohn?«

»Er ist gestorben«, sagte Gabe zu ihr. »Vor vier Jahren.«

»Es tut mir so leid.« Jamie verzog das Gesicht. Als ihre Blicke sich trafen, sah er eine Zärtlichkeit, die ihn verblüffte. Er musste den Blick abwenden.

Er starrte durchs Fenster auf Billys perfekten Garten. Ein paar Finken versammelten sich um ein Vogelhäuschen. Sie pickten an dem Futter, huschten davon, kamen dann wieder, um sich noch mehr zu holen.

»An dem Tag, an dem Ethan krank wurde, arbeitete ich an einer Story in Südboston. Ich war Journalist. Meine Frau rief mich an und sagte mir, sein Fieber sei stark angestiegen. Ich sagte ihr, sie solle den Arzt rufen. Ich sagte irgendetwas Grässliches davon, dass ich mitten in einer wichtigen Story sei, dass ich nicht jedes Mal die Arbeit stehen und liegen lassen könnte, wenn er krank sei.«

Er schwieg einen Moment, während er sich erinnerte, wie sie ihn angebrüllt hatte. »Du musst dich nicht wie ein Arschloch benehmen«, sagte sie. Und zum hundertsten Mal seit seiner Scheidung fragte er sich: Wie kann es sein, dass Leute, die sich lieben, einander so schlecht behandeln?

Gabe hatte sich diesen Tag so oft neu ausgemalt: Er würde Heather sagen, dass er sie beide im Sprechzimmer des Arztes treffen würde. Der arme Junge, würde er zu ihr sagen. Du Arme.

Wenn er zur Klinik kam, würde es Ethan bereits besser gehen, als könnte allein schon eine Veränderung von Gabes Verhalten seine Geschichte umschreiben.

»Was hatte er?«, fragte Jamie.

»Es begann mit einfachem Fieber. Am nächsten Tag war er im Krankenhaus. Vierundzwanzig Stunden später war er tot.«

»Mein Gott.«

»Spinale Meningitis. Aber das erfuhren wir erst, als alles schon vorbei war.«

Am Abend davor waren sie bei Legal Sea Foods essen gegangen. »Ich habe Kopfweh«, beklagte sich Ethan, kaum dass sie ihr Essen bestellt hatten.

»Komm her, Schatz«, sagte Heather.

Ethan kletterte auf ihren Schoß, und Heather beugte sich vor und drückte ihm die Lippen auf die Stirn.

»Er ist warm.«

»Hier drinnen ist es heiß«, sagte Gabe.

»Er ist richtig warm.«

Ethan schloss die Augen und kuschelte sich in den Schoß seiner Mutter.

»Ich fahre ihn nach Hause«, sagte Heather. »Kannst du das Essen einpacken lassen, und wir treffen uns dort?« Sie hob Ethan bereits hoch in ihre Arme.

Bis Gabe mit drei eingepackten Mahlzeiten nach Hause kam, schlief Ethan bereits in seinem Kinderbett, und Heather lag neben ihm.

»Ich habe das Essen mitgebracht«, sagte Gabe vom Türrahmen aus.

»Er schläft«, murmelte Heather.

Er aß allein an jenem Abend; und er schlief allein.

»Er war vier«, sagte Gabe zu Jamie. »Er lag in einem Krankenhausbett, das zu groß für ihn war. Seine Haut war gespenstisch weiß. Ich sagte zu meiner Frau: ›Weißt du noch, wie braun gebrannt er nach der Woche am Cape war? Was ist aus seiner Sommerbräune geworden?‹«

Gabe wartete einen Moment. Jahre später waren die Erinnerungen noch immer zu frisch.

»Meine Schwester, Molly, blieb die ganze Nacht im Krankenhaus bei uns. Sie war eben erst hier auf Bali – ich habe sie zum Flughafen gefahren … gestern? War das erst gestern? Vor den Bombenanschlägen.«

Er sah Jamie an, auf einmal verwirrt. Sie nickte.

»Molly erzählte Ethan Geschichten von einem Hund

namens Ethanopolis. Der Hund hatte übermächtige Kräfte, und jedes Mal wenn sein Besitzer in große Gefahr zu geraten drohte, kam Ethanopolis herbeigestürmt und rettete ihn.«

Jamie lächelte. Gabe dachte: Sie ist schön. Selbst jetzt, wo ihr halbes Gesicht von Verbänden verdeckt ist, hat sie etwas Anziehendes. Er verscheuchte den Gedanken.

»Wir könnten alle einen Ethanopolis in unserem Leben gebrauchen«, sagte sie.

»Molly erzählte Ethan eine Geschichte von einem Tornado in der Kleinstadt, in der Ethanopolis und sein Junge lebten, als Ethan plötzlich einen Anfall bekam. Die Schwestern und Ärzte stürzten ins Zimmer, und wir wurden hinausgeschoben. Es ist verrückt, aber während wir im Warteraum saßen, stellte ich mir alle möglichen Arten vor, wie Ethanopolis ihn retten könnte. Ethan wurde im Auge des Tornados mitgerissen, und während er über Massachusetts hinweggetragen wurde, rannte Ethanopolis mit ihm mit und bellte wütend, bis er schließlich durch die wirbelnde Masse des Sturms schoss, sich meinen Jungen mit den Vorderpfoten schnappte und ihn in Sicherheit brachte.«

Gabe hörte auf zu reden. Er hörte das Geräusch eines Geckos – *oh-oh, oh-oh*, schien er zu sagen. Er suchte die Zimmerdecke und die Wände ab, aber er konnte ihn nicht entdecken. *Oh-oh*.

»Ich möchte wetten, er war ein wundervolles Kind«, sagte Jamie schließlich.

»Das war er«, sagte Gabe. »Jeden Morgen, wenn er aufgewacht ist, hat er mir ein Geheimnis erzählt. Zuerst hat er mir das Versprechen abgenommen, es niemals jemandem zu erzählen. Ich musste es feierlich schwören. Und dann flüsterte er mir ins Ohr: ›Ich hasse Erdnussbutter‹, oder er sagte: ›Miss Vera riecht nach Kacka.‹«

»Und du hast es nie einer Menschenseele erzählt.«

Er lächelte. »Geheimnisse sind bei mir gut aufgehoben.«

»Das werde ich mir merken.«

Sie verfielen beide in Schweigen. Gabe legte sein Buch neben sich auf den Boden.

»Ich könnte dich fragen, wie viele Menschen gestern Nacht ums Leben gekommen sind, aber ich will es gar nicht wissen«, sagte Jamie. Sie glitt mit den Fingern über ihren Gipsverband.

»Kann ich dir etwas zu essen bringen?«, fragte er. »Es gibt Suppe.«

»Nein«, sagte sie. »Danke.«

»Dein Chef hat angerufen. Larson. Er sagt, er wird dich feuern, wenn du nicht sofort nach Hause kommst.«

»Das ist Larson.« Sie schenkte ihm ein halbes Lächeln.

Sein Handy klingelte in seiner Hosentasche. Er zückte es und nahm ab. »Hallo?«

»Hier spricht Jamies Mom.« Er hörte die Besorgnis der Frau auf Anhieb.

»Augenblick«, sagte er. »Ich gebe sie Ihnen.« Er trat ans Bett und drückte Jamie das Telefon in die Hand.

»Mom«, sagte sie. Sie klang erschöpft.

Die Frau begann zu schluchzen, Gabe konnte das Geräusch durchs Zimmer hallen hören. Jamie schloss die Augen.

»Es geht mir gut«, sagte sie. »Wirklich. Ein paar Schnittwunden. Ein gebrochener Arm. Nichts …«

Sie schüttelte den Kopf, und ihre Miene verdüsterte sich. »Sag mir nichts davon. Ich will es gar nicht wissen.«

Einen Augenblick später sagte sie: »Hör auf, Mom. Bitte.«

Sie stemmte sich im Bett hoch und legte sich das Kissen unter dem Arm zurecht.

»Ich werde herausfinden, was mit Miguels Leichnam passiert ist. Und dann werde ich seine Familie anrufen.«

Gabe trat auf die Verandatür zu. Er hätte längst anrufen sollen. Er dachte nicht klar.

»Morgen«, sagte Jamie hinter ihm. »Ich werde morgen ein Flugzeug nehmen. Ich fliege nicht heute Abend.«

Gabe trat an den Rand der Veranda, sah auf den Garten hinaus.

Er konnte Jamie sagen hören: »Ich liebe dich auch.«

Und dann war sie still. Als er das nächste Mal ins Zimmer sah, schlief sie wieder, auf die Seite gerollt, die Bettdecke ans Fußende des Betts geschoben.

Vom Garten aus rief Gabe Wayan an. Er bat ihn, am Ende seines Tages vorbeizukommen und sich Jamies Schnittwunde anzusehen. Er machte sich Sorgen wegen einer Infektion.

»Mein Tag hat kein Ende«, sagte Wayan.

»Was hast du erfahren?«, fragte Gabe. »Über die Bombenanschläge?«

»Über zweihundert Tote«, sagte Wayan zu ihm. »Darunter viele Australier. Die Krankenhäuser sind völlig überlastet. Hunderte Schwerverletzte. Wir schicken jeden weg. Es ist ein Albtraum in Sanglah.«

»Hat sich irgendjemand dazu bekannt?«

»Ich weiß nicht«, sagte Wayan. »Ich weiß nur, dass wir Ärzte und Material und ein gottverdammtes Zentrum für Brandverletzungen brauchen. Wir haben nicht einmal genügend intravenöse Kochsalzlösung, um so viele Brandverletzte zu hydrieren. Wir haben kein Morphin, um zu verhindern, dass sie vor Schmerzen wimmern.«

»Du musst nicht vorbeikommen«, sagte Gabe. »Gib telefonisch ein Rezept für ein Antibiotikum durch. Ich werde mich um sie kümmern.«

»Schick sie einfach nach Hause«, beharrte Wayan.

»Sie fährt morgen«, sagte Gabe zu ihm.

»Es gibt im Moment Flüge. Sie nehmen medizinisches Personal mit an Bord. Sie bringen die Opfer in gute Krankenhäuser.«

»Ich werde es ihr sagen«, sagte Gabe.

»Rai geht heute Abend zu einer Reinigungszeremonie an den Strand«, sagte Wayan etwas sanfter. »Vielleicht solltest du auch hingehen. Es könnte dir guttun.«

»Danke, Wayan. Viel Glück bei allem.«

Es war fast Abend, als Gabe Jamie aufschreien hörte – ein schriller Schrei, gefolgt von einem erstickten Schluchzen. Er lief von der Veranda ins Haus, wo er zugesehen hatte, wie sich die Farben des Gartens mit dem schwindenden Licht veränderten.

»Geht es dir gut?«, fragte er.

Sie saß im Bett und umklammerte ihren Arm.

»Ein Albtraum«, sagte sie. »Und Schmerzen.«

Er holte eine Schmerztablette aus der Phiole im Bad und goss Wasser in ein Glas. Er reichte ihr beides.

»In dem Albtraum«, sagte sie, »war Miguel am Leben. Er war blutüberströmt. Er versuchte zu sprechen, aber Blut quoll ihm aus dem Mund.«

Gabe setzte sich zu ihr auf die Bettkante.

»Er war am Leben, als ich ihn fand«, sagte sie mit bebender Stimme. »Ein Teil der Wand war über ihm eingestürzt, aber er hatte die Augen geöffnet, und er konnte mich sehen.«

»Konnte er sprechen?«

Jamie schüttelte den Kopf. »Er hat versucht, etwas zu sagen, aber es kam nichts heraus. Ich habe ihm gesagt, ich würde ihn dort rausholen. Ich habe ihm gesagt, er würde durchkommen.«

Sie zitterte, und Gabe zog ihr die Decke über die Schultern. Er legte ihr eine Hand auf den Arm.

»Ich weiß nicht einmal, ob ich ihn geliebt habe«, sagte Jamie. »Wir haben nur ein paar Wochen zusammen verbracht – immer wenn wir uns zwischen meinen Reisen nach Südamerika sehen konnten. Ich habe seine Familie nie kennen gelernt.«

»Ich habe vorhin ein paar Telefonate geführt«, sagte Gabe sanft. »Die Leichenhalle hat ihn identifiziert.«

»Wie denn?«

»Er hatte seine Brieftasche bei sich. Sie konnten seine Familie verständigen.« Gabe hatte am Telefon eine Stunde lang mit fünf verschiedenen Leuten in der behelfsmäßigen Leichenhalle gesprochen. Die meisten Leichen seien so schwer verbrannt, dass es sehr kompliziert sei, sie zu identifizieren, sagte die Frau zu ihm. Aber Miguel Avalos aus Santiago, Chile, hatten sie bereits in ihren Listen.

»Ich muss seine Eltern anrufen«, sagte Jamie. »Was soll ich ihnen sagen? Ich habe Ihren Sohn zu einem fabelhaften Urlaub auf Bali eingeladen, und jetzt ist er tot?«

Gabe strich die Decke um sie glatt und ließ die Hände in seinen Schoß fallen.

»Du wirst schon die richtigen Worte finden«, sagte er zu ihr.

Jamie verzog das Gesicht.

»Wo tut es weh?«, fragte er.

»Überall.«

»Kann ich mir die Schnittwunde ansehen?«

Sie wandte ihm das Gesicht zu.

Er nahm den Verband vorsichtig ab. Die Wunde war geschwollen, und er konnte ein paar nässende Stellen an den Nähten sehen.

»Wayan hat Antibiotika bestellt«, sagte Gabe zu ihr. »Ich wollte nicht zur Apotheke gehen, solange du schläfst. Nur für den Fall, dass du aufwachen und irgendetwas brauchen solltest.«

»Die Wunde ist nicht infiziert«, sagte Jamie. »Sonst würde sie sich heiß anfühlen.«

Er legte eine Hand sanft auf die Wunde.

»Aber sie fühlt sich heiß an«, sagte er. »Wayan sagt, dass die Verletzten zu Krankenhäusern in anderen Ländern ausgeflogen werden. Wir können dich noch heute Abend von hier wegbringen.«

»Morgen«, beharrte sie. »Ich bleibe bis morgen.«

»Ich gehe jetzt in die Stadt. Ich werde nur kurz bei der Apotheke vorbeischauen.«

Jamie gab keine Antwort.

»Du schaffst das schon«, sagte Gabe. »Irgendwann wird es vorbei sein.«

»Das kann ich mir nicht vorstellen«, flüsterte sie.

»Als mein Sohn starb«, sagte er, »da konnte ich mir nicht vorstellen, noch einen Tag länger auf dieser Welt zu leben.«

»Wie hast du es geschafft?«

»Eine Zeit lang war es jeden Tag die Hölle, und dann wurde es ein bisschen leichter. Etwa ein Jahr später stellte ich fest, dass ich einen ganzen Tag überstanden hatte, ohne an ihn zu denken. Zuerst fühlte ich mich abscheulich damit, als hätte ich ihn verraten. Und dann wurde mir bewusst, dass das vielleicht die Richtung war, in die ich mich bewegen musste. Zu einem Leben, in dem ich nicht ständig in Gedanken bei ihm war.«

»Und jetzt?«

»Ich denke viel an ihn. Aber nicht ständig.«

Sie schien über seine Worte nachzugrübeln.

Gabe legte ihr eine Hand auf die Schulter. Seine Finger ruhten auf ihrer nackten Haut über dem Kragen ihrer Bluse. Er dachte an ihren Freund, der sie noch vor wenigen Nächten berührt hatte. Er nahm seine Hand fort, stand auf und trat an den Stuhl am Fenster.

»Ich weiß gar nichts über dich«, sagte er, während er sich setzte.

»Das ist alles unwichtig«, sagte sie.

Am Tag nachdem Ethan gestorben war, stand er im Bestattungsinstitut und sah sich Särge an. Der Bestatter fragte ihn, was er beruflich machte. Er dachte: Was spielt das denn für eine Rolle? Meine Karriere, meine Frau, mein schön renoviertes Kolonialstilhaus. Wen schert das denn?

Gestern hatte er ein Leben. Heute hatte er kein Leben mehr.

Er wählte einen schlichten Sarg aus, unglaublich klein.

Er schrieb nie wieder irgendeinen Artikel für die Zeitung. Seine Frau verließ ihn. Sein Haus wurde für einen Bruchteil seines Werts verkauft.

»Ethan hatte einen Fantasiefreund«, sagte Gabe zu Jamie.

Sie lächelte, und er war erleichtert, es zu sehen.

»Sein Freund hieß Fritz, und er war so groß wie ein Baum, aber er konnte sich winzig klein zusammenfalten. Ich stellte ihn mir als eine Art Origami-Kind vor. Ethan legte bei jeder Mahlzeit auch ein Gedeck für Fritz auf. Fritz hasste Mais und Tomaten. Er liebte Spaghetti. Nach dem Essen spielten Ethan und Fritz immer im Garten. Er bat uns, nicht mit nach draußen zu kommen, aber wir durften ihm vom Küchenfenster aus zusehen. Wenn wir nach draußen kamen, rannte Fritz weg. Er hatte große Angst vor Erwachsenen.«

»Ich mag dieses Kind«, sagte Jamie.

Gabe nickte. »Ich denke, dass er jetzt nicht allein ist. Ich glaube nicht an einen Himmel, ich glaube nicht an ein Leben nach dem Tod, aber ich glaube an Fritz.«

»Ich glaube an Fritz«, murmelte Jamie schläfrig. Sie rollte sich auf die Seite.

»Die Apotheke ist nicht weit von hier«, sagte Gabe. »Ich bin bald wieder da.«

»Gute Nacht«, flüsterte sie.

Als Gabe in die Stadt ging, wunderte er sich erneut: Die Straßen waren leer, die Cafés still. Aus Sammy's Irish Pub dröhnte keine Musik, und nur ein paar westliche Leute saßen an einem Tisch im Freien bei einem Glas Bier. Er hörte einen Sprechgesang von dem Yogastudio; eine Art leises, gehauchtes Murmeln, das durch die offenen Fenster hallte. Gebete, dachte er. Die New-Age-Leute auf Bali hatten jetzt ihre Yoga- und Gesangs- und Gebetskreise, in denen sie Zuflucht suchen konnten. Die Balinesen hatten ihre Religion. Sie hatten Rituale, die ihnen über diese Krise hinweghalfen; sie hatten Lieder und Tänze und ihren überaus starken Glauben an ein Leben nach dem Tod, um ihren eigenen Schmerz zu lindern. Was immer man brauchte, um durchzuhalten.

Er hatte nichts gehabt, als Ethan starb. Seine Schwester sagte ihm, er solle mit ihrer Rabbinerin in Cambridge reden. Er saß eine angespannte Stunde lang bei der verblüffend jungen Frau und hörte zu, wie sie von Gott und seinen unergründlichen Wegen sprach. Er entrichtete eine Spende für die Synagoge und ging nie wieder hin.

Heather hatte ihre wundervollen Freundinnen, die angerauscht kamen und sie hochrafften und mitnahmen. Sie sorgten dafür, dass sie etwas aß, und gingen mit ihr in langsamen Schleifen um den Fresh Pond; sie hielten sie und weinten mit ihr. Es waren so viele gute Frauen, dass es inmitten von alledem keinen Platz für Gabe gab. »Danke«, sagte er immer wieder zu ihnen allen. »Danke, dass ihr euch so gut um sie kümmert.«

Sechs Monate später war sie verschwunden, mitgerissen von der Macht ihrer Schwestern im Geiste. »Du kannst mir nichts geben«, sagte sie an dem letzten Abend, den sie in ihrem Haus verbrachte. »Du kannst mir nicht einmal deine Trauer geben, um mich an ihr festzuhalten.«

Er konnte nichts dagegen sagen. Sie zog zu einer ihrer Freundinnen, und von einer anderen Freundin erfuhr er, dass die beiden Frauen ein Liebespaar geworden waren. Zuerst wunderte er sich, und dann tröstete er sich damit, dass sie glücklich war. Sie hatte Liebe verdient, dachte Gabe. Sie hatte jemand anderen verdient.

Er ging ein Jahr lang durch die Stadt, wortwörtlich. Er verkaufte das Haus und zog in eine kleine Wohnung in der Back Bay. Er gab seinen Job auf. Er hatte genügend Geld, um sich eine Weile über Wasser zu halten. »Es geht mir gut«, sagte er zu allen, die ihn fragten, und nach einer Weile hörten sie auf zu fragen. Er wachte morgens auf, zog seine Wanderstiefel an und ging durch die Straßen von Boston, hielt nur an, um sich etwas zu essen zu kaufen, wenn er Hunger hatte. Er ging im Regen und im Schnee, und am Ende des Jahres hatte er zehn Kilo und all seine Freunde verloren. Danach kaufte er sich ein One-Way-Ticket nach Bali, da ihm irgendjemand gesagt hatte, dort sei es warm und billig. Er war das Gehen leid.

Wie seltsam, dachte er, dass er zufällig im Land der Rituale und Gebete gelandet war, einem Land, in dem das Alltagsleben der Gemeinschaft und der Familie gewidmet war. Selbst jetzt, drei Jahre später, mit einem Job und einem Zuhause am Rand eines Berges, kann er sich das noch vorstellen: weggehen. Stundenlang, tagelang, jahrelang gehen. Allein gehen.

Aber gestern Nacht ging er nicht von den Bomben weg. Und er ging nicht von den Schreien weg. Und jetzt muss er Medikamente für Jamie kaufen.

Die Apotheke hatte noch geöffnet, und Gabe trat durch

die Tür. Er begrüßte die Frau hinter dem Tresen mit seinem einfachen Indonesisch. Sie freute sich und begann, viel zu schnell mit ihm zu reden, eine lange Kette von Wörtern, die er nicht verstand.

»Entschuldigung«, sagte er. »Sprechen Sie Englisch?«

»Ja«, sagte sie mit einem leichten Lächeln.

»Dr. Wayan Genep hat telefonisch ein Rezept für Jamie Hyde durchgegeben. Ich bin gekommen, um es abzuholen.«

»Ja, ja.« Die Frau wandte sich ab, um die Pillen zu holen.

Als er sich in der Apotheke umsah, wurde ihm bewusst, dass er weder eine Zahnbürste noch Zahnpasta hatte – und Jamie ebenso wenig. Er schnappte sich einen Korb und ging durch die Gänge, nahm sich alles, was sie brauchen könnten. Er fand ein kurzärmeliges Hemd mit Knöpfen, das Jamie über ihrem Gipsverband anziehen könnte. BALI BABY war auf der Vorderseite aufgestickt, und ein Affenbaby zierte die Rückseite. Außerdem wählte er einen graublauen Sarong und ein Paar Flipflops für sie aus und legte dann noch ein neues T-Shirt für sich selbst dazu. Als er an den Tresen zurückkam, wartete die Frau bereits.

»Es ist furchtbar«, sagte sie. »Die Bomben. Diese ganzen jungen Leute.«

»Ja.« Er nickte, während er seinen Korb auf dem Tresen auspackte.

»Sie sind noch nicht abgereist«, sagte sie. »Ich habe gehört, alle westlichen Leute verlassen unser Land.«

»Ich lebe hier«, sagte er.

»Sie bleiben?«

»Ja«, sagte er nur.

»Das freut mich«, sagte sie zu ihm. »Heute Abend wird es

eine Reinigungszeremonie geben. Sie beginnt bald. Sie wird am Strand enden. Alle in der Stadt werden hingehen. Das ist sehr wichtig für uns. Für die Gemeinschaft.«

»Danke«, sagte er zu der Frau, während er ihr etwas Bargeld reichte.

»Ich schließe die Apotheke jetzt, um zu der Zeremonie zu gehen. Kommen Sie mit.«

Er lächelte. »Ich kann nicht. Ich muss einer Freundin diese Medikamente bringen.« Er wandte sich zum Gehen.

»Sie müssen auch heilen.«

Er sah die Frau fragend an.

»Es ist in Ihren Augen«, sagte sie.

Jamie war im Bad, als er wiederkam.

»Alles okay?«, rief er.

»Ich wasche mich mit einem Waschlappen!«

»Ich habe dir frische Kleider mitgebracht«, sagte er. »Eigens aus der Apotheke.«

Sie öffnete die Tür, versteckte sich dahinter. »Wirklich?«

Er erhaschte einen Blick auf ihre nackte Schulter. Ihre Haut war sonnengebräunt und glatt. Er wandte den Blick ab und hielt das Affenhemd hoch.

»Es ist entzückend«, sagte sie.

Er reichte ihr die Kleider und ging in die Küche, um dort auf sie zu warten. In Billys Küchenschrank stand eine Flasche Scotch, und er schenkte sich ein Glas ein und gab etwas Eis dazu.

»Das war nicht leicht«, sagte Jamie, und er wandte sich um.

Sie hatte sich den neuen Sarong fest um die Taille gewickelt, und Gabes Blick verharrte unwillkürlich auf den Rundungen ihres Körpers.

»Du könntest um Hilfe bitten«, sagte er. »Oder verstößt das gegen deine Religion?«

»Ich müsste vielleicht konvertieren«, sagte sie zu ihm. »Sich mit einer Hand zu waschen nervt. Kann ich auch einen haben?«

Er reichte ihr seinen Scotch und schenkte sich einen neuen ein.

»Wie lange lebst du schon auf Bali?«, fragte sie.

»Drei Jahre jetzt.«

»Seit dein Sohn gestorben ist.«

»Seit dem Jahr, nachdem mein Sohn gestorben ist.«

»Und deine Frau?«

»In Boston. Wir sind geschieden.«

»Wegen deines Sohns?«

»Die Trauer reißt die Leute oft auseinander.«

Sie nippte an ihrem Scotch. Dann fragte sie: »Ist das hier Trauer?«

»Das hier? Das ist die Hölle. Die Trauer kommt später.«

»O Gott«, sagte sie, und er lächelte.

»Entschuldige das Hemd. Es war das beste, was es in der Apotheke gab.«

»Ich mag meinen Affen.« Sie wandte sich um und gewährte ihm einen Blick. »Danke.«

Sie hob ihren Scotch, und sie stießen an.

»Auf die Hölle«, sagte sie.

»Auf die Hölle.«

Während sie tranken, fing Jamie seinen Blick auf, hielt ihm einen Moment stand und starrte dann in ihr Glas.

»Ich habe auch Zahnbürsten gekauft«, sagte Gabe zu ihr. »Und Zahnpasta.«

»Meine Kleider sind in dem Hotel in Seminyak.«

»Wir können das alles morgen holen«, sagte er.

»Ich habe meinen Flug für morgen gebucht. Er geht um vier.«

Das Wort *morgen* legte sich wie ein Stein auf seine Rippen.

»Wir werden deinen Koffer auf dem Weg zum Flughafen abholen.«

»Miguels Sachen sind dort. Ich will nicht dorthin zurück.«

»Ich werde den Koffer für dich holen. Ich fahre gleich morgen früh hin.«

»Danke. In einer Schublade habe ich meinen Pass und etwas Bargeld verstaut.«

»Ich werde es schon finden«, versprach Gabe.

»Kannst du die Telefonnummer von Miguels Eltern aufschreiben, wenn du dort bist? Ich glaube, sie steht auf dem Adressanhänger auf seinem Gepäck. Er hat bei seinen Eltern gewohnt, wenn er nicht in den Bergen gearbeitet hat.«

»Natürlich.«

Jamie presste sich das kalte Glas Scotch an die Stirn.

»Ich muss ständig denken, was ich zu Miguel sagen könnte«, sagte sie. »Ich will ein Gespräch zu Ende führen, das wir noch gar nicht begonnen hatten.«

Sie setzte sich auf einen Hocker am Küchentresen, hob ihren Gipsverband an und legte ihn sanft auf den Marmor. Sie rieb sich die Schulter unter ihrer Schlinge.

»Würde es helfen, über ihn zu reden?«, fragte Gabe.

Sie schüttelte den Kopf. Dann schenkte sie ihm ein leises Lächeln. »Bist du immer so?«

»Was meinst du damit?«, fragte er.

»Stürmst du immer in brennende Gebäude?«

»Nein. Ich habe nicht lange überlegt. Ich habe die Schreie gehört, und ich konnte nicht in die andere Richtung laufen.«

»Guter Mann.«

»Warum fühlt es sich dann nicht gut an?« Er wich ihrem Blick aus. Draußen spiegelte sich das Mondlicht auf dem Teich im Garten.

»Weil immer noch Leute da waren. Leute, die im Sterben lagen.«

»Ich höre die Schreie noch immer«, sagte er. »Ich höre jemanden um Hilfe rufen, und ich drehe den Kopf um, und da ist nichts.«

»Ich rieche Feuer. Ständig.«

Er fing ihren Blick auf. »Wir sind vielleicht zwei«, sagte er.

»Hast du einen Job? Eine Freundin?«

Gabe starrte auf den Boden seines Glases, dann sagte er: »Heute Abend findet am Strand eine Reinigungszeremonie statt. Die Balinesen glauben, dass sie die Geister der Bombenopfer befreien können.«

Sie wartete, ihre dunklen Augen auf ihn gerichtet. »Du hast mir nicht geantwortet.«

»Ich habe einen Job. Ich habe keine Freundin. Aber ehrlich gesagt, weiß ich nicht, was ich habe. Es kommt mir vor, als ob bei dieser Explosion gestern Nacht alles zerplatzt ist.«

Jamie trat an die Veranda und starrte hinaus. Sie trank ihren Scotch. Gabe beobachtete sie. Im Augenblick, dachte er, habe ich das hier.

»Können wir zu der Reinigungszeremonie gehen?«, fragte sie.

»Ja«, sagte er zu ihr.

Er und Jamie gingen über das Gras und öffneten die schwere rote Tür am Ende des Grundstücks. Sie traten auf den gepflasterten Strandweg und schlossen hinter sich die Tür. Der Himmel war von Sternen übersät.

Im ersten Moment konnten sie nichts hören. Und dann schienen sie umgeben von den Geräuschen des Gamelans. Zuerst Glocken, dann Gongs, dann kleine Glöckchen und Flöten. Die Geräusche jagten einander durch die Luft. Die Stimme eines Mannes erhob sich, und dann sangen viele Stimmen gemeinsam.

Sie gingen zum Strand hinunter und an der Brandung entlang zu der Versammlung. Als sie näher kamen, sahen sie, dass die Menge riesig war – mehrere hundert Leute. Alle trugen die traditionelle balinesische Kleidung: Sowohl die Männer als auch die Frauen waren in Sarongs mit leuchtend bunten Gürteln gekleidet, die Frauen trugen dazu Spitzenblusen – Kebayas –, die Männer Kopftücher. Fast alle waren Balinesen, nur ein paar westliche Leute standen am Rand der Menge. Viele hielten Kerzen in den Händen, und die Flammen flackerten in der Dunkelheit.

»Was tun sie da?«, fragte Jamie.

»Die Balinesen glauben an Reinkarnation«, sagte Gabe, während sie sich der Menge näherten. »Wenn ein Körper stirbt, wird seine Seele freigelassen, damit sie das nächste Leben finden kann. Wenn es Gewalt gegeben hat, dann kann die Seele ihren Weg nur schwer finden. Die Balinesen glauben, dass diese Zeremonie helfen wird, diese Seelen freizulassen. Und sie reinigen die Insel von bösen Geistern. Später wird der Priester die Menschen und das Land mit heiligem Wasser besprengen.«

»Das ist schön«, sagte Jamie.

»Als ich hierherkam, dachte ich, die balinesische Hindu-Religion würde mir etwas Frieden schenken. Ich habe mich ein bisschen damit befasst, bin zu ein paar Zeremonien gegangen. Aber es dreht sich alles um die Gemeinschaft. Und ich habe nie zu einer Gemeinschaft gefunden.«

»Warum nicht?«

»Ich war schon immer irgendwie ein Einzelgänger. Vielleicht ist das der Grund, weshalb ich Bali mag. Hier darf ich ein Außenseiter sein.«

»Als du verheiratet warst, warst du da nicht ein Teil von etwas?«

»Eine Zeit lang vielleicht. Als Ethan noch am Leben war, da waren wir eine Familie.«

Sie blieben stehen, als sie fast bei der Versammlung angekommen waren. Das Licht der Kerzen spiegelte sich auf dem Wasser und schien in den Nachthimmel zu funkeln.

»Und du?«, fragte Gabe. »Bist du eine einsame Seele?«

»Irgendwie schon«, sagte Jamie. »Ich bin Adventure-Reiseleiterin. Mein Leben sind Gruppen, viele Leute, gemeinsame Feste. Aber am Ende des Tages gehe ich allein nach Hause.«

»Keine Freunde vor Miguel?«, fragte Gabe.

»Hin und wieder«, sagte Jamie. »Aber mit langfristigen Beziehungen war ich nicht sehr erfolgreich.«

»Warum nicht?«

Sie sah ihn an und schenkte ihm ein verschmitztes Lächeln. »Nur weil du mir das Leben gerettet hast, muss ich noch lange nicht all deine Fragen beantworten.«

»Stimmt«, sagte er.

Sie schwiegen einen Moment, lauschten dem Sprechgesang des Priesters. Viele Leute ließen den Tränen freien Lauf, und eine Frau stieß eine Wehklage aus, die wic ein Echo auf den Gesang des Priesters klang.

»Wenn ich auf Reisen bin«, sagte Jamie leise in Gabes Ohr, »dann denke ich immer: Ich liebe dieses Land. Hier will ich eine Weile leben. Aber dann lockt mich das nächste Land fort. Ich ziehe immer weiter.«

Gabe warf einen Blick auf sie. »Du suchst immer etwas Neues.«

»Etwas anderes, etwas Besseres. Ich weiß es nicht. Mit Männern tue ich dasselbe.«

»Ist dein Chef einer dieser Männer?«

»Mit Sicherheit nicht.«

»Und daher bleibt er im Bilde.«

»So ähnlich.« Jamie wartete, dann ergänzte sie: »Ich hatte keine sehr guten Vorbilder.«

»Deine Eltern sind geschieden?«

»Mein Vater hat uns vor langer Zeit verlassen. Ich bin mir nicht sicher, ob ich mich vor einem Mann wie ihm schützen will oder ob ich längst dabei bin, jemand wie er zu werden. Wie auch immer, es ist ziemlich beängstigend.«

In diesem Augenblick sah Gabe etwas in ihr, was er nicht identifizieren konnte. Sie war eindeutig hart – und doch hatte sie auch etwas sehr Verletzliches an sich. Er verspürte eine seltsame Mischung aus Respekt vor ihrer Stärke und einem tiefen Bedürfnis, sie zu beschützen.

Die Musik brach ab, und ein Mann begann zu singen. Die Stimme wurde aufs Meer hinausgetragen, und Gabe starrte auf das Spiegelbild des Mondes auf dem Wasser, während er zuhörte. Es war voller Sehnsucht, dieses Lied. Er konnte die Worte nicht verstehen, aber er stellte verblüfft fest, dass er mit den Tränen kämpfte.

Im Laufe seiner Zeit auf Bali hatte er schon ähnliche Erfahrungen gemacht. Die Zeremonien berührten sein Herz jedes Mal tief, zapften emotionale Speicher an, deren er sich nicht immer bewusst war. Und doch zog er sich jedes Mal wieder zurück, widerstand diesem Ruf.

Eine Gruppe von Kindern – die meisten schienen Kinder westlicher Leute zu sein, keine Balinesen – lief vor zum Rand der Brandung. Sie ließen Papierboote zu Wasser. Jedes Boot trug eine entfachte Kerze und glitt über die sanften Wellen langsam aufs Meer hinaus.

»Ich wünschte, ich könnte glauben, dass das vielleicht hilft«, sagte Jamie, den Blick auf das schimmernde Licht der Kerzen geheftet, die auf dem Wasser schaukelten. Sie drehte sich zu Gabe um. »Aber das Feuer. Und diese ganzen Leute, die unter dem Schutt begraben waren …« Sie sah zu ihm hoch, und ihre Augen füllten sich mit Tränen.

Er zog sie in seine Arme und strich ihr mit der Hand über den Rücken. Er spürte, wie sie sich mit ihrem ganzen Gewicht gegen ihn lehnte.

An jenem Abend baute Gabe den Futon im Wohnzimmer auf. Er hatte mit dem Gedanken gespielt, im Freien zu schlafen, unter den Sternen. Aber er wollte Jamie hören können, falls sie in der Nacht aufschreien sollte.

Kaum hatte er sich hingelegt, fluteten Bilder von den Bombenanschlägen durch seinen Kopf. Er konnte die Echos der Schreie hören, als wären die Leute, die in dem brennenden Club eingeschlossen gewesen waren, gleich hinter den Wänden des Strandcottages. Er konnte den entsetzlichen, beißenden Geruch brennender Haare noch immer riechen. Er zog sich die Decke bis zur Nase hoch und atmete moderige Wandschrankgerüche ein, wickelte sich fest in die Decke, suchte nach einer Möglichkeit, es sich bequem zu machen.

Schließlich setzte er sich auf dem Futon auf. Sein Körper war schweißgebadet. Die Nacht dehnte sich unheilvoll vor ihm aus, Stunden über Stunden, alle düster und voller Erinnerungen. Er stand auf und warf die Decke auf den Futon. Dann schlüpfte er in seine Jeans und ging hinaus.

Die Nachtluft war warm und feucht. Er liebte die Hitze. Er ließ die Luft seine Haut liebkosen und seinen Herzschlag verlangsamen.

Gabes Gedanken kehrten zurück zu dem Abend, als der Arzt aus Ethans Krankenhauszimmer kam und den langen Korridor hinunter auf sie zuging. Es war albern, aber er hatte an Ethanopolis gedacht, Mollys Fantasiehund. Ethanopolis war mit seiner Mission gescheitert. Aber dann dachte er: Es war nicht die Aufgabe des Hundes. Es war meine Aufgabe, meinen Sohn zu retten. Es war meine einzige Aufgabe in dieser gottverdammten Welt. Er hatte Heather und Molly angesehen, die neben ihm standen, benommen und wie betäubt. Ich habe sie alle enttäuscht, dachte er. Der Arzt murmelte ein paar tröstliche Worte; Heather schrie, und Molly hielt sie. Aber Gabe stand nur da, ließ die Arme an den Seiten herunterhängen und dachte: Es war meine einzige Aufgabe.

Die Nacht war still. Der Mond spiegelte sich auf dem Teich, und er konnte irgendetwas über die Seerosenblätter huschen und dann ins Wasser platschen sehen.

Das Grauen ist vorbei, sagte er sich.

Aber während er darauf wartete, dass Jamie im Schlaf aufschrie, wusste er, dass überall auf dieser Insel andere Leute noch immer vor Schmerz brüllten.

Er wachte von Schreien auf.

Er stürzte ins Schlafzimmer, und in seinem halb wachen Zustand dachte er: *Feuer*. Bring sie raus, bevor das Feuer um sich greift.

Er blieb stehen, als er sie im Bett sitzen sah, mit offenem Mund, als würde sie nach Luft schnappen. Sie war still.

»Alles in Ordnung?«, fragte Gabe. Auf einmal war er sich unsicher, ob er alles nur geträumt hatte.

Sie nickte, aber ihr Blick verriet Entsetzen.

»Ich ziehe mir rasch etwas an.« Auf einmal war ihm bewusst, dass er nur seine Boxershorts anhatte. »Ich bin gleich wieder da.«

Er wartete, bis sie noch einmal nickte. Sie bewegte sich kaum, und sie blickte noch immer benommen.

»Ich bin gleich wieder da«, sagte er noch einmal.

Er schlüpfte in seine Jeans und warf einen Blick nach draußen, die Sonne begann eben aufzugehen und den Himmel zu erhellen. Er fühlte sich verwirrt und verängstigt von etwas, das er nicht benennen konnte.

Diesmal klopfte er an ihre offene Tür, bevor er das Schlafzimmer betrat. Sie hatte sich wieder hingelegt, die Decke hochgezogen. Er konnte nicht sagen, ob sie schlief.

Er stand da, nicht sicher, was er tun sollte.

»Entschuldigung«, sagte sie mit gedämpfter Stimme.

»Kann ich dir irgendetwas bringen?«

»Nein«, sagte sie. »Ich werde gleich wieder einschlafen.«

»Ich könnte losfahren, um deinen Koffer zu holen«, sagte Gabe. »Falls du allein klarkommst.«

»Danke.«

»Wie heißt das Hotel?«

»The Swan«, sagte sie.

»Ich weiß, wo das ist.«

»Warum haben sie Bali bombardiert?«, fragte sie ganz leise.

Gabe lehnte sich gegen die Tür. »Ich weiß es nicht. Bali gehört zu Indonesien, aber der Rest von Indonesien ist muslimisch. Die Balinesen sind hauptsächlich praktizierende Hindus. Daher ist diese Insel ein Problem für Indonesien. Außerdem ist sie als Reiseziel bei den Touristen beliebter. Wenn es indonesische Terroristen waren, könnte einer dieser beiden Faktoren eine Rolle gespielt haben.«

Sie schwieg eine Weile, und er dachte, dass sie vielleicht wieder eingeschlafen war.

»Ich verstehe nicht, warum sie einen Club bombardiert haben«, sagte sie schließlich.

»Sie haben zwei Clubs bombardiert«, sagte er zu ihr.

»Sag mir nicht, wie viele Leute gestorben sind.«

»Ich werde es dir nicht sagen.«

»Es geht nicht um die Zahl. Es geht um Miguel. Es geht um all diese Menschen, die getanzt und getrunken haben.«

Gabe nickte. »Jemand wollte Angst verbreiten, Angst unter den westlichen Leuten.« Er lehnte den Kopf gegen die Wand. Es hatte etwas Tröstliches, in die Dunkelheit des Zimmers zu sprechen.

»Ich weiß noch, wie ich nach dem elften September die Artikel in der *New York Times* gelesen habe«, sagte Jamie. »All die Porträts der Menschen, die in den Türmen umgekommen sind. Ich habe immer wieder versucht, mir ihr Leben vorzustellen und das Leben der Menschen, die sie kannten. Ich habe es nie geschafft, auch nur annähernd zu verstehen, was sie durchgemacht haben.«

»Ich war damals schon hier«, sagte Gabe. »Für mich war es sehr weit weg.«

»Kanntest du jemanden?«

»Meine Schwester hatte einen Freund in einem der Flugzeuge, die in die Türme geflogen sind.«

Jamie nickte. »Meine Mutter kannte jemanden, der aus dem Gebäude entkommen konnte, bevor es einstürzte.«

Ein Vogel kreischte, und sie sahen beide zum Fenster. Ein kleiner Vogel mit einem gelben Schopf saß auf dem Fenstersims.

»Was passiert am nächsten Tag?«, fragte Jamie. »Und am Tag danach?«

Gabe gab keine Antwort. Er konnte sich erinnern, dass

er nach Ethans Tod lange Zeit jeden Tag dieselbe Hose und dasselbe Hemd getragen hatte, bis sie zerschlissen waren. War es ein Mangel an Energie, der ihn veranlasste, seine Kleider nicht mehr zu wechseln, oder ein Bedürfnis, die Zeit anzuhalten?

»Ich habe Angst davor abzureisen«, sagte Jamie.

»Du solltest abreisen«, sagte Gabe zu ihr, und sein Magen verkrampfte sich. »Du musst diesen gebrochenen Arm untersuchen lassen. Und du solltest diese Narbe vermutlich von einem Schönheitschirurgen ansehen lassen.«

»Das ist mir egal«, sagte sie.

»Es wird dir nicht egal sein. Später.«

Sie gab keine Antwort, und dann konnte er hören, wie sich ihr Atem veränderte, und er wusste, dass sie eingeschlafen war.

Geh nicht, dachte er.

Auf dem Weg nach Seminyak rief Gabe seine Chefin, Lena, an.

»Wo bist du?«, fragte sie, sobald sie abnahm.

»Sanur«, sagte er. »Entschuldige. Ich hätte dich anrufen sollen.«

»Wir haben die Schule abgesagt. Ich habe dir eine Nachricht auf deinem Handy hinterlassen.«

»Ich habe meine Nachrichten nicht abgehört«, sagte er zu ihr. »Ich helfe hier unten aus. Ich weiß nicht, wann ich zurückkommen werde.«

»Ich fahre heute vielleicht hinunter«, sagte Lena. »Sie brauchen Blut. Sie brauchen Freiwillige, um irgendein Suchsystem aufzubauen, um die Leute zu finden, die noch immer vermisst werden. Niemand weiß, wie viele ums Leben gekommen sind.«

»Ich war da«, sagte Gabe.

»Bei den Bombenanschlägen?« Ihre Stimme veränderte sich. Sie hielt inne, und dann fragte sie: »Wurdest du verletzt?«

»Ich kam dorthin, gleich nachdem es passiert war. Ich habe im Santo's zu Abend gegessen.«

»O mein Gott«, sagte Lena. »Gabe.«

Gabe und Lena waren für kurze Zeit ein Liebespaar gewesen, vor ein paar Jahren. Als Gabe für einen Lehrer einsprang, der krank wurde und zurück nach Australien ging, hörte er auf, mit Lena zu schlafen. Dann wurden sie Freunde, echte Freunde. Und doch hatte er in den letzten vierundzwanzig Stunden nicht einmal daran gedacht, sie anzurufen. In dem Cottage mit Jamie fühlte er sich irgendwie der Zeit und der Welt enthoben. Erst jetzt, während er in das grelle Sonnenlicht fuhr, fiel Gabe ein, dass er zur Arbeit hätte fahren sollen.

»Soll ich zu dir kommen?«, fragte sie.

»Nein«, sagte er. »Ich habe ein paar Dinge zu erledigen.«

Lena war Schwedin, vielleicht fünf Jahre älter als Gabe, und jemand, der sich um die Welt kümmerte. Als sie in Ubud eine Schule gründete, wollte jeder Ausländer sein Kind in Lenas Obhut wissen. Sie war klug und fürsorglich und hart genug, um nicht nur die Kinder, sondern auch die Eltern zu erziehen.

»Warum bist du in Sanur?«, fragte sie.

»Ich helfe aus«, sagte er wieder. »Ein paar der Bombenopfer sind hier gelandet.«

»War es so schlimm, wie man sagt?«

»Ich weiß nicht, was man sagt. Aber es war unvorstellbar schlimm.«

»Putus Bruder ist nicht nach Hause gekommen«, sagte sie. Putu war eine der Balinesinnen, die in der Schule arbeiteten. Sie war die Köchin und Haushälterin, aber sie machte eine Ausbildung, um eines Tages als Lehrerin zu arbeiten.

»War er in einem der Clubs?«, fragte Gabe.

»Er hat in einem Hotel in Kuta gearbeitet«, sagte sie zu ihm. »Seine Schicht endete, zwanzig Minuten bevor die Bomben losgingen. Er könnte vorbeigefahren sein …«

Er konnte hören, wie Lena nach Luft schnappte. Er kannte Putus Bruder nicht, aber sie erzählte oft von ihm. Er war mit seinen beiden Söhnen auf dem Motorrad einmal nach Ubud gefahren, um ihnen die Schule zu zeigen. Putu hatte Lena gefragt, ob die Kinder nächstes Jahr auf die Schule gehen könnten. Ihr Bruder würde sie von Legian hinbringen und abholen. Er wollte, dass sie es in der Welt zu etwas brachten. Er wollte nicht, dass sie als Wachmann in einem Hotel arbeiteten so wie er.

»Ich werde sehen, ob ich irgendetwas in Erfahrung bringen kann«, sagte Gabe. »Wie heißt er?«

»Ketut Taram«, sagte Lena. »Zwei Familien von Schülern verlassen Bali. Und andere werden folgen. Ich könnte die Schule verlieren.«

»Zerbrich dir darüber jetzt nicht den Kopf«, sagte er.

»Ich weiß. Entschuldige. Ich weiß nicht, worüber ich mir den Kopf zerbrechen soll. Ich fühle mich so weit weg. Kann ich dich dort unten treffen?«

»Ich weiß nicht, wo ich heute sein werde. Ich rufe dich von unterwegs an.«

»Kommst du klar, Gabe?«

»Ich versuche es, so gut ich kann.«

The Swan war ein Luxusresorthotel am Strand von Seminyak, eines von einem halben Dutzend, die in den letzten fünf Jahren eröffnet hatten. Kuta wahrte sein Surfer-Image, seine Bier-und-Party-Atmosphäre, aber Seminyak stieg auf und zog Touristen aus New York, L. A., Paris an.

Zwei Marmorschwäne zierten den Eingang des Hotels. Gabe fuhr an einem gepflegten Garten mit einer Reihe von Pools entlang, die ineinander übergingen, alle mit schwimmenden Kerzen gefüllt. Vor der Lobby hielt er an und bat den Hotelpagen, seinen Wagen in der Nähe des Eingangs zu belassen – er würde nur für ein paar Minuten hineingehen.

»Das tun alle«, sagte der balinesische Junge. »Sie holen ihre Koffer und verlassen das Land.«

Gabe wandte sich verblüfft um. »Nein«, sagte er. »Ich verlasse das Land nicht. Ich hole ein paar Sachen für eine Freundin, die bei den Bombenanschlägen dabei war.«

»Entschuldigung, Chef.« Der Junge sah auf seine Füße.

»Das Hotel leert sich?«, fragte Gabe.

»Alles ist leer. Vierundzwanzig Stunden, und alle sind weg.«

»Alle Touristen sind abgereist?«

»Die Airlines mussten zusätzliche Flüge einrichten. Alle haben Angst.«

»Wird das Hotel geöffnet bleiben?«

»Unser Chef sagt, er wird es offen halten. Aber das wird er nicht tun. Das kann er nicht. Das wissen wir alle.«

Gabe verspürte eine Welle von Wut. Bali, diese entzückende Insel, würde schwer leiden.

»Sie werden bleiben?«, fragte der Junge hoffnungsvoll.

»Ich lebe hier«, sagte Gabe zu ihm. »Ich gehe nirgendwohin.«

»Das ist gut.« Der Junge lächelte zum ersten Mal. »Sagen Sie das Ihren ganzen Freunden.«

»Werde ich machen«, sagte Gabe.

Er ging in die prächtige Lobby. Sie war schön gestaltet mit Teakholzböden und -wänden und sich bauschenden weißen Stoffen, die von der Decke hingen wie Wolken. Ein junger Mann in einem förmlichen Kostüm spielte in der Mitte des höhlenartigen Raums Gamelanmusik. Er saß inmitten eines runden Bassins auf einem Stein. Das Wasser war mit Seerosenblättern gefüllt. Wie war er auf diesen Stein gekommen?

»Kann ich Ihnen behilflich sein, Sir?«, fragte eine Frau. Sie war Balinesin in einer weißen Bluse und einem weißen Sarong. Sie lächelte nicht, obwohl die Balinesen berühmt sind für ihr Lächeln. Balinesischer Service, immer mit einem Lächeln. Nicht mehr.

Abgesehen von dem Musiker war sie die einzige Person in der Lobby. Gabe konnte nichts entdecken, was nach einem Tisch oder einem Tresen aussah.

»Wo ist der Empfang?«

»Ich kann Ihnen weiterhelfen.«

»Ich bin hier, um Jamie Hydes Sachen abzuholen. Sie wurde bei den Bombenanschlägen verletzt, und ich kümmere mich in Sanur um sie.«

»Es tut mir so leid.« Die Frau senkte den Blick.

»Können Sie mich zu ihrem Zimmer bringen?«

»Natürlich.«

Die Frau verneigte sich und wandte sich um. »Folgen Sie mir.«

Sie gingen durch die Hintertür aus der Lobby und über ein langes Stück Rasen. Ein paar Männer standen gebeugt da und schnitten das Gras mit Sensen. Am anderen Ende des Rasens konnte Gabe einen verlassenen Pool sehen.

Die Frau bedeutete ihm mit einer Handbewegung, ihm einen langen Gang aus Stufen zu folgen.

Während sie gingen, lauschte Gabe auf das Klappern ihrer Absätze. Es war das einzige Geräusch.

Sie blieb vor einem weißen Häuschen stehen und zückte einen Schlüssel.

»Wir wussten nicht, wie wir Miss Jamie kontaktieren sollten. Wir wussten nicht, ob sie zurückkommen würde.«

Sie öffnete die Tür, und Licht fiel ins Zimmer.

Gabe sah, dass das Zimmermädchen das Zimmer sauber gemacht hatte: Das Bett war mit Kissen hübsch zurechtgemacht, ein paar Kleider lagen ordentlich zusammengefaltet auf einer Kommode. Es war ein großes, luftiges Zimmer, und der Ventilator drehte sich lautlos an der Decke.

»Wissen Sie, wo ihr Koffer sein könnte?«

»Ja, Sir.«

Die Frau schlüpfte aus ihren Schuhen; Gabe tat es ihr gleich.

Er sah eine Jacke über einer Stuhllehne hängen: Miguels.

»Sie war mit einem jungen Mann zusammen, der bei den Bombenanschlägen ums Leben kam«, sagte er.

Die Frau schnellte herum und sah ihn mit offenem Mund an.

»Ich werde Ihnen eine Adresse besorgen«, sagte Gabe. »Vielleicht können Sie seine Sachen zu seiner Familie nach Chile schicken.«

»Ja, natürlich«, sagte die Frau.

»Ich suche sie zusammen«, sagte er.

Die Frau durchquerte das Zimmer und öffnete einen Wandschrank.

Zwei kleine Koffer lagen auf einem hohen Regal. Ein paar Kleider hingen im Schrank neben ein paar Herrenhemden.

Gabe sah die Kleider an: eines schwarz und verführerisch, das andere bunt und geblümt. Diese Kleider hatte Jamie getragen, dachte er. Vorher.

Die Frau griff nach einem der Koffer.

»Ich mache das schon«, sagte Gabe. Er trat neben sie und zog den ersten Koffer herunter.

»Kann ich Ihnen beim Packen helfen, Sir?«

»Nein«, sagte er. »Ich komme schon zurecht. Danke für Ihre Hilfe.«

»Es wurden telefonische Nachrichten für Miss Jamie hinterlassen. Werden Sie sie ihr ausrichten?«

»Natürlich.«

»Ich werde sie für Sie bereithalten, wenn Sie gehen.«

Die Frau wandte sich ab und ging.

Gabe nahm die zwei Kleider aus dem Schrank und hielt sie vor sich. Wer bist du, dachte er. Er drückte sich das schwarze Kleid ans Gesicht – er konnte irgendein Parfüm riechen, ein bisschen süß, ein bisschen würzig. Eine Adventure-Reiseleiterin, die das hier am Ende ihres Tages trug? Er legte die Kleider sorgfältig aufs Bett.

Er las das Namensschild an dem ersten Koffer. *Miguel Avalos.* Eine Adresse und eine Telefonnummer in Santiago, Chile. Gut. Er notierte sich die Telefonnummer. Er fand Miguels Kleider in einer Kommode auf der anderen Seite des großen Zimmers. Jeans, Shorts, T-Shirts. Jungenkleidung, dachte Gabe. Ein Junge, der mit einem schönen Mädchen eine Abenteuerreise nach Bali unternahm. Ein Junge, der dieses Mädchen heiraten wollte. Gabe packte rasch seine Sachen mit einem Engegefühl in der Brust. Wer würde diesen Koffer öffnen? Seine Mutter? Sein Vater?

Er erinnerte sich, wie er Ethans Kleider in Kartons gepackt hatte, um sie wegzugeben. Heather lag in seinem Zimmer auf dem kleinen Bett und starrte auf die Plastiksterne an der Decke, summte die Melodien von Liedern, die sie ihm früher vorgesungen hatte. Tief in dem Kleiderschrank fand Gabe eine Baseballmütze, die er Ethan zu seinem ersten Red-Sox-Spiel geschenkt hatte. Er stopfte sie in seine Gesäßtasche, außer Stande, sie in den Karton zu packen. Dann öffnete er einen Schuhkarton, der in eine Ecke des Schranks geschoben war.

»Heather«, sagte er mit lauter Stimme.

Sie hörte auf zu summen, entfernte sich aber nicht vom Bett.

Er trat zu ihr, den Karton in den Händen. Er stellte ihn auf die Bettkante, und sie setzte sich auf, um einen Blick hineinzuwerfen.

»Was ist das?«, fragte sie. Gabe hatte in den Tagen, seit Ethan gestorben war, kaum ein Wort mit ihr gewechselt.

Molly hatte gesagt, er würde sich von seiner Frau abwenden, da sie so sehr ein Teil seines Lebens mit Ethan war. Ohne Ethan konnte er auch Heather nicht haben.

Der Karton war voll mit Käfern, Dutzenden toter Käfer. Sowohl Heather als auch Gabe lächelten über die Sammlung, als wären sie auf Gold gestoßen. Ethan hätte den Namen jedes einzelnen Käfers gewusst. Heather streckte eine Hand nach Gabes aus, und er führte ihre Hand an seine Lippen. Verlass mich nicht, dachte er. Aber er brachte kein Wort hervor.

Der Karton stand jetzt auf der Kommode in seinem Joglo, neben der Red-Sox-Mütze und einem Foto von Ethan, wie er in einen Swimmingpool sprang mit einem breiten Lächeln im Gesicht.

Er schloss Miguels Koffer und zog den Reißverschluss ringsum zu, dann stellte er ihn vor der Tür im Patio ab.

Er nahm den anderen Koffer aus dem Wandschrank und legte ihn aufs Fußende des Betts. Auf dem Namensschild stand *Jamie Hyde*. Er öffnete ihn. In dem leeren Koffer war ein Foto eines Hundes, eines riesigen Hundes, der wie eine Mischung aus einem Neufundländer und einem Bernhardiner aussah. Der langhaarige Hund starrte in die Kamera mit einem Ausdruck purer Liebe. Gabe drehte das Foto um – keine Beschriftung, die ihm weiterhalf. Jamie ließ einen geliebten Hund zu Hause zurück, während sie um die Welt reiste? Nein, das Foto war alt. Dieser Hund war aus Kindheitstagen, vermutete er.

Er steckte das Foto in seine Hemdtasche; Jamie würde es vielleicht bei sich haben wollen.

Als er die oberste Schublade der großen Teakholzkommode öffnete, stieß er auf Spitzenwäsche – BHs, Slips –, und er fühlte sich, als würde er irgendetwas Verbotenes tun. Rasch stopfte er die Unterwäsche in den Koffer. In der nächsten Schublade sah er T-Shirts, Shorts, einen Bikini, und er legte diese Kleidungsstücke ebenfalls in den Koffer. Er fand einen Reisepass, in dem ein paar Hundertdollarscheine steckten. Die letzte Schublade enthielt eine Jeans, einen Pullover, eine Seidenhose.

Im Bad fand er noch einen Bikini, der an einem Haken hing. Mitternachtsblau mit winzigen Sternen verziert. Sehr klein. Er wünschte, er könnte ein Foto von Jamie finden, irgendetwas, das ihm zeigen würde, wie sie aussah, bevor ihr Gesicht zerschnitten, ihr Körper so schrecklich zugerichtet wurde. Sie war einmal ein Mädchen gewesen, das einen solchen Bikini trug.

Er stopfte ihre Toilettenartikel in ihren roten Kulturbeutel. Sie trug nicht viel Make-up, nur Lippenstift, Eyeliner, Mascara. Sie hatte eine Haarbürste, etwas Sonnenmilch, Gesichtscreme. Er erinnerte sich, wie Heather immer mit zwei oder drei Taschen mit Toilettenartikeln und Make-up verreist war. »Wir fahren für eine Woche in die Wälder«, sagte er jedes Mal zu ihr. »Vielleicht will ich ja wie eine sexy Waldnymphe aussehen«, erwiderte sie dann. Aber Gabe fand immer, dass eine schlichte, ungeschminkte Schönheit sexy war. Haar, das sich aus einem Knoten löste. Haut, die die Farbe einer Spätsommerbräune hatte.

Er sah auf und betrachtete sich im Spiegel. Er sah fürchterlich aus. Sein Gesicht war hager, und sein Bart musste gestutzt werden. Er war sich seit zwei Tagen nicht mehr mit einem Kamm durch die Haare gefahren. Er wandte den Blick ab.

Auf einem Regal im Bad standen zwei Fläschchen: Schlafmittel, Antibabypillen. Wieder fühlte er sich wie ein Schnüffler. Er steckte die Pillenfläschchen rasch in den Kulturbeutel und zog den Reißverschluss zu.

Als er ihren Koffer fertig gepackt hatte, warf er rasch einen Blick durchs Zimmer. Auf dem Nachttisch lag ein Buch. Die Erinnerungen einer Frau, die die Arktis erforscht hatte. Ich lerne sie kennen, dachte Gabe. Stück für Stück. Das ist die Person, die Jamie ist.

Oder die sie einmal war.

In der Lobby kam die Balinesin auf ihn zu.

»Ich habe die Nachrichten für Miss Jamie«, sagte sie.

»Ich werde sie ihr bringen.«

Sie reichte ihm zwei Zettel. Er hielt sie in der offenen Hand.

»Kann ich sonst noch etwas für Sie tun, Sir?«, fragte die Frau.

»Nein danke. Ich habe den anderen Koffer vor der Tür des Häuschens stehen lassen. Auf dem Anhänger steht eine Adresse.«

»Wir werden den Koffer schicken, Sir.«

»Danke.«

Die Frau stand da.

»Ich sollte ihr Zimmer bezahlen«, sagte Gabe. »Entschuldigung. Ich erledige das.«

»Das ist nicht nötig«, sagte die Frau. »Im Augenblick berechnen wir keinem unserer Gäste etwas.«

Gabe nickte.

Die Frau wandte sich ab und entfernte sich.

Er sah auf die oberste Nachricht.

Melde dich, Legs. Keine Antwort auf deinem verdammten Handy. Hoffe, es geht dir gut. Sieh zu, dass du da wegkommst. Alle Kosten werden von Global Adventures übernommen. Larson.

Die nächste war von ihrer Mutter.

Bitte ruf mich an. Ich habe solche Angst. Bitte ruf mich an. Ich liebe dich mehr, als du je wissen könntest.

Als er wieder im Wagen saß, klingelte Gabes Handy. Er nahm es in die Hand: Der Name seiner Schwester erhellte das Display. Er warf das Telefon auf den Beifahrersitz. Er wollte ihr nicht schon wieder sagen, dass er nicht nach Hause kommen würde.

Als er auf die Hauptstraße einbog, sah er Schilder: KUTA. SANUR.

Ohne zu überlegen, nahm er den Weg nach Kuta.

Die Straßen waren von Autos und Motorrädern verstopft. Er hörte eine Stimme in seinem Kopf sagen: *Verschwinde von hier. Fahr zurück zu Jamie.*

Der Wagen bewegte sich ein winziges Stück vorwärts. Noch ein Anruf. Lena diesmal.

Wieder nahm er nicht ab.

Schließlich bog er auf eine Seitenstraße ab, die ihn schneller zum Ort der Bombenanschläge bringen würde. Er schlängelte sich durch den Verkehr, bis er zu einer Straßensperre kam: KEINE DURCHFAHRT.

Es war idiotisch. Er sollte umkehren. Er sollte zusehen, dass er zurück nach Sanur kam.

Trotzdem lenkte er den Wagen an den Straßenrand, eine Parkverbotszone, aber die Polizisten hatten im Augenblick Wichtigeres zu tun. Er stieg aus und ging zu Fuß zum Ort der Bombenanschläge.

Er konnte es riechen, bevor er es sehen konnte. Feuer. Der beißende Geruch von Sprengstoff und verbrannter Haut. Flammenhemmer. Er hielt sich eine Hand vor die Nase.

Indonesier und ein paar westliche Leute irrten ziellos durch die Straßen. In dieser Gegend wimmelte es normalerweise von Touristen. Die Geschäfte entlang der Straße – Souvenirs, Lederwaren, Bikinis, T-Shirts, Strohtaschen – waren alle geschlossen. Auf einem Schild an der Tür eines Geschäfts stand: UNSER MITGEFÜHL DEN OPFERN. WIR BETEN.

Gabe bog um eine Ecke und blieb stehen. Er sah ausgebrannte Gebäude, eingestürzte Gebäude. Das eine war der Sari Club, das andere Paddy's Pub. In der Mitte der Straße klaffte ein gewaltiger Krater. Autowracks, verbogene Metallteile, ein geschmolzenes Coca-Cola-Schild lagen herum. Nur ein paar Schritte vor ihm lag ein Stöckelschuh – smaragdgrün – in einem tadellosen Zustand.

Gabe schloss für einen Moment die Augen. Er versuchte tief durchzuatmen, aber der Geruch von Feuer und Tod füllte seine Lunge.

Nichts davon erschien in dem kleinen Cottage am Meer echt. Selbst Jamie mit ihren Wunden schien aus heiterem Himmel gekommen zu sein. Aber jene Nacht war kein Albtraum gewesen. Es war dieses völlig echte, entsetzliche Blutbad.

Ein Mann mit einer schief sitzenden Brille stand vor den noch immer schwelenden Trümmern des Sari Clubs auf der Straße. Er hielt sich ein großes, gerahmtes Foto einer Frau an die Brust, als würde er sie an sein Herz drücken. Gabe konnte sehen, dass die Frau schwanger war; an ihrem zierlichen Körper wölbte sich ein sehr runder Bauch. Sie lächelte in die Kamera, ein schüchternes Lächeln, als würde sie dem Mann, der das Foto aufnahm, Geheimnisse verraten.

Er hat sie verloren, dachte Gabe. Außer Stande, die Miene des Mannes zu ertragen, wandte er sich ab.

Ein Trupp Polizisten mit weißen Handschuhen war dabei, die verkohlten Überreste der Autos auf der Straße zu durchkämmen. Einer der Wagen lag auf der Seite, völlig ausgebrannt.

Gabe sah überall Blumen. Kränze, Sträuße und einzelne Blumen säumten die Straße, lagen neben den geschwärzten Gebäuden. Ein junger Mann – ein westlicher – legte einen Blumenstrauß am Straßenrand ab, vor dem Sari Club. Tränen strömten ihm aus den Augen. Ein anderer Mann stand neben ihm, starrte benommen auf die Trümmer. Zwei Mädchen in Gabes Nähe knieten vor kleinen Gebetsgaben, die Art, die die Balinesen verwendeten, um die Balance in ihrer Welt zu bewahren. Eine von ihnen rief in einem Sprechgesang: »Laura, Laura, Laura.« Die andere schluchzte.

Es begann zu regnen. Gabe konnte die Tropfen auf seinem Kopf und seinen Armen spüren, und obwohl es heiß war, fröstelte er auf einmal. Er stand benommen da, nicht in der Lage, sich zu rühren. Er versuchte sich zu erinnern, wie er in Paddy's Pub gerannt war, durch das Feuer, auf die Schreie zu. Es fühlte sich an, als wäre es irgendjemand anderem passiert. Aber das hier war echt. Das hier war ein Kriegsgebiet.

»Auf der Straße war eine Schlange«, sagte eine ältere Balinesin. Sie stand neben Gabe; er hatte sie gar nicht bemerkt. »Am Morgen nach den Bombenanschlägen. Sie streckte sich zum Himmel. Das ist ein Omen.«

»Was denn für ein Omen?«, fragte Gabe.

»Sie streckte sich zu den Göttern. Um Hilfe. Wir haben irgendetwas Unrechtes getan. Wir haben irgendjemanden in Zorn versetzt.«

»Nein.« Gabe sah sie an. Er versuchte einen ruhigen Ton zu bewahren. »Wir haben nichts Unrechtes getan. Es waren die Terroristen, die etwas Böses getan haben.«

»Wegen unserer Sünden«, sagte die Frau. »Wegen des Tanzens und Trinkens. Wir sind vom rechten Weg abgekommen.«

Gabe dachte an Jamie, die in dem Strandcottage im Bett lag.

»Nein«, sagte er sanft zu der Frau. »Es waren gute Menschen. Es waren unschuldige Menschen. Sie haben nichts Unrechtes getan.«

Wortlos wandte sich die Frau ab und entfernte sich.

Gabe sah einen jungen Mann zwischen den Trümmern umherirren. Er hielt ein Schild hoch, auf dem stand: TERI HUGHES, VERMISST. Auf dem Schild war ein Foto einer Frau mit einem verführerischen Lächeln. Der junge Mann ging im Kreis mit zugeschwollenen Augen und verkniffenem Mund, das Schild hoch über dem Kopf erhoben.

Sobald Gabe auf die Hauptstraße einbog, die aus Kuta herausführte, steckte er wieder im Stau. Die Autos bewegten sich kaum vorwärts, und die Hitze des Tages drückte schwer auf sie. Der Regen hatte aufgehört, und Dampf stieg zu beiden Seiten der Schnellstraße auf. Er fuhr ein paar Meter, bremste ab, wartete, fuhr wieder einen Meter weiter. Er konnte spüren, wie sein Herz raste.

Jamie ist allein, dachte er. Ich bin zu lange fort. Wie lange hatte er dort gestanden und auf das Trümmerfeld gestarrt? Er sah auf die Uhr. Sie hatten noch ein paar Stunden, bis sie zum Flughafen aufbrechen mussten.

Der Stau löste sich für einen Moment auf, und sobald Gabe sein Tempo beschleunigte, schnitt ihn ein Motorrad. Er trat auf die Bremse. Der Wagen hinter ihm kam quietschend zum Stehen.

Er schloss die Augen. Binnen Sekunden war die Luft erfüllt vom Geräusch dröhnender Hupen.

Er sah auf und dachte: Ich kann das nicht. Ich kann nicht mehr weiterfahren.

Wieder hupten die Autos hinter ihm.

Er schüttelte den Kopf. Er konnte Galle in seiner Kehle schmecken.

Er fuhr an den Straßenrand, machte den Motor aus und ließ den Kopf aufs Lenkrad sinken. Sein Atem ging stoßweise, als würde er kaum noch Luft bekommen, und dann schluchzte er, laute, abgehackte Schluchzer, die tief aus seiner Brust kamen.

Er gestattete sich zu weinen, bis er fertig war. Dann dachte er wieder an Jamie, die auf ihn wartete, und er fädelte sich wieder in den Verkehr ein.

Als der Weg sich öffnete und das Cottage in Sicht kam, sah Gabe jemanden auf der Veranda sitzen. Die Person saß von ihm abgewandt da und sah auf den Garten hinaus. War es Billy oder einer von Billys Freunden oder vielleicht ein Fremder, mit dem er würde reden müssen? Er verspürte einen Anflug von Wut, als wäre das hier sein Zuhause und als hätte niemand anders das Recht, hier zu sein.

Die Person hörte ihn kommen und wandte sich zu ihm um.

Erst jetzt sah Gabe den Verband, das rotbraune Haar, das hellblaue Tuch, das ihren Gips hielt. Jamie. Er lächelte, und auf einmal kam er aus dem Lächeln gar nicht mehr heraus.

»Sieh dich einer an«, sagte er.

»Ich habe eine Schmerztablette genommen«, sagte sie.

»Dein Arm?«

»Mein Verstand«, sagte sie. »Diese Dinger helfen offenbar auch gegen psychische Schmerzen.«

»Vielleicht werde ich mir ein paar davon stibitzen«, sagte er zu ihr.

»Es ist …«, begann sie, aber dann brach sie ab und sah auf den Garten hinaus. »Entzückend«, sagte sie schließlich. »Es ist, als ob ich das hier nur träume.«

Er setzte sich neben ihr in den Korbstuhl.

»Mein Freund ist Landschaftsarchitekt. Er ist sehr gut in dem, was er tut.«

Gabe bemerkte einen Block Papier in Jamies Schoß, einen Bleistift in ihrer Hand. Sie hatte den Garten skizziert mit schnellen Linien und einer zarten Federführung.

»Du bist ja eine Künstlerin.«

»Kaum«, sagte sie. »Ich zeichne gern, wenn ich auf Reisen bin. Ich habe diesen Block in einer Küchenschublade gefunden.«

»Hast du viel von Bali gesehen … davor?«, fragte Gabe.

Sie schüttelte den Kopf. »Ich war erst drei Tage hier. Und jetzt will ich nichts davon sehen. Ich will nur hier sitzen.«

»Es tut mir leid, dass ich so lange fort war«, sagte Gabe. »Kann ich dir etwas zu essen bringen?«

»Nein«, sagte sie. »Bleib hier bei mir.«

Gabe folgte ihrem Blick in den Garten. Lakshmi, eine Göttin mit zwei Lotusblüten in den Händen, saß in der Mitte des Rasens, von Gardenien umgeben. Am anderen Ende des Gartens stand ein Balé, ein Holzpavillon; Billy hatte das typische Reetdach in einem Antiquitätengeschäft in Seminyak gefunden. In dem Balé standen ein Teakholztisch und elegant geschwungene Teakholzstühle. Eine rote Keramikschale stand in der Mitte des Tischs.

»Ich habe Nachrichten für dich«, sagte Gabe.

Er griff in seine Tasche, zückte die beiden Zettel und reichte sie Jamie.

Er beobachtete sie, während sie sie mit gefurchter Stirn las.

»Das Hotel wird Miguels Sachen zu seiner Familie schicken«, sagte er.

Sie sah ihn an und wandte den Blick dann rasch ab.

»Du solltest seine Familie anrufen, Jamie«, sagte er sanft.

Sie schüttelte den Kopf, den Blick auf den Garten geheftet.

Lass sie, sagte er sich. Du hast sie gerettet, das reicht.

»Es ist meine Schuld, dass er gestorben ist«, sagte Jamie mit angespannter Stimme.

»Es ist nicht deine Schuld.«

»Was weißt *du* denn schon?«, sagte sie mit einem scharfen, zornigen Unterton. »Wenn ich Ja zu ihm gesagt hätte – ja, ich werde dich heiraten, ja, ich liebe dich und will den Rest meines Lebens mit dir verbringen –, dann wäre er noch am Leben. Wir wären in diesem erbärmlichen kleinen Restaurant sitzen geblieben, bis wir aufgegessen hätten. Wir hätten uns ein Taxi zurück zu unserem schicken Hotel genommen und uns in dieser Nacht geliebt, anstatt von einer verdammten Bombe zerfetzt zu werden.«

Gabe legte ihr eine Hand auf den Arm. Sie stand abrupt auf, als hätte seine Berührung sie erschreckt, und ihr Stuhl fiel polternd um. Sie wandte Gabe den Rücken zu.

»Ich habe darauf gewartet, dass du nach Hause kommst, und dann war ich auf einmal wütend. Ich habe noch nie darauf gewartet, dass ein Mann sich um mich kümmert. Ich kann mich selbst um mich kümmern. Ich weiß nicht einmal, wer du bist.«

»Wir haben viel zusammen durchgemacht.«

»Ich werde mir ein Taxi zum Flughafen rufen.«

»Ich will dich hinfahren.«

Sie hob ihren Stuhl auf und setzte sich wieder. Er hörte, wie sie einmal tief ausatmete.

»Ich habe am Ort der Bombenanschläge angehalten«, sagte Gabe.

Sie wandte sich zu ihm um; ihre Wut war rasch verflogen. »Warum?«

»Es fühlte sich nicht echt an. Vielleicht liegt es an diesem Garten, diesem Haus. Ich musste die Clubs bei Tageslicht sehen.«

»Ich will das niemals sehen«, sagte Jamie.

Gabe dachte an die Jamie, die er in dem Hotelzimmer entdeckt hatte. Ein Mädchen in einem Bikini. Süßes Parfüm.

»Ich habe dir das hier mitgebracht«, sagte er. Er zückte das Foto des Hundes aus seiner Hemdtasche und reichte es ihr.

Sie sah es an, und ihre Miene wurde sanfter. Er war erleichtert, sie lächeln zu sehen.

»Finn«, sagte sie. »Mein Hündchen.«

»Ein großes Hündchen.«

»Einhundertzwanzig Pfund Hund«, sagte Jamie zu ihm, während sie auf das Foto starrte. »Sie ist in dem Jahr gestorben, bevor ich mit meinem Reise-Job anfing. Ich glaube nicht, dass ich den Job angenommen hätte, wenn sie noch gelebt hätte.«

»Was für ein Hund war sie?«

»Ein Leonberger«, sagte Jamie. »Ein großer Teddybär. Sie hat mich lange Zeit sehr glücklich gemacht.«

Sie berührte das Foto und glitt mit einem Finger über den Rücken des Hundes. »Miguel fand, sie sah gemein aus. Er mochte keine Hunde. Ich könnte niemals einen Mann heiraten, der keine Hunde mag.«

»Warum wolltest du ihn nicht heiraten?«, fragte Gabe.

Jamie sah wieder auf den Garten hinaus. Eine große Eidechse huschte auf Lakshmis Kopf und verharrte dort, starrte sie beide an.

»Ich bin ein großes Kind. Ich bin einunddreißig. Und ich weiß nichts über die Liebe.«

»Ich bin vierzig. Und ich versuche auch noch immer dahinterzukommen.«

»Du hast deinen Sohn geliebt«, sagte sie.

»Das habe ich. Von ganzem Herzen.«

»Dann kennst du die Liebe.«

Gabe sah zu, wie die Eidechse über den Kopf der Göttin huschte und an ihrem Rücken hinunter verschwand.

»Wir werden nach dem Mittagessen zum Flughafen aufbrechen«, sagte er.

Jamie nickte. Sie fuhr sich mit einer Hand durchs Haar, dann rückte sie die Schlinge über ihrem Gips zurecht. Schließlich sagte sie: »Ich werde Miguels Eltern anrufen.«

Gabe zückte sein Handy und das Blatt Papier mit der Telefonnummer. Er reichte ihr beides.

»Ich lasse dich allein«, bot er an.

»Nein«, sagte sie zu ihm. »Bitte bleib.«

Er nickte. Sie schien ihre Kraft zu sammeln, während sie die Nummer eintippte. Ihr Atem ging in schnellen, abgehackten Zügen.

Als abgenommen wurde, begann sie in mühelosem Spanisch zu sprechen. Gabe wunderte sich, wie fließend sie es beherrschte, und dann rief er sich in Erinnerung: Ich kenne sie ja kaum.

Er lauschte dem Fluss der Worte, ohne sie zu verstehen, aber ihre Stimme war warm und mitfühlend. Sie sprach lange Zeit.

Als sie fertig war, war ihr Gesicht nass von Tränen. Sie streckte ihre gesunde Hand nach ihm aus, und er ergriff sie.

»Sie haben sich gefreut, mit mir zu sprechen. Sie wussten, dass er mir einen Antrag machen wollte.«

»Was hast du zu ihnen gesagt?«, fragte er.

»Ich habe ihnen gesagt, dass er es getan hat. Ich habe ihnen gesagt, ich hätte Ja gesagt.«

Gabe schloss die Augen. *Ja.* Sie gab ihnen ein Geschenk mit diesem Wort.

Er fühlte, wie ihre Hand seiner entglitt, und er hörte, wie sie von ihm wegging, zurück ins Haus. Er ließ sie gehen.

Gabe stellte Teller und Schälchen auf den Tisch im Freien. Vor einer Weile war er zu einem Restaurant am Strand gegangen, um etwas zum Mittagessen zu kaufen. Jetzt packte er das Essen aus und legte es in die Mitte des Tischs.

Von weit her hörte er sein Handy klingeln, und als er aufs Haus zulief, sah er es auf dem Korbstuhl auf der Veranda liegen.

»Molly, es tut mir leid. Ich hatte nicht eine Sekunde Zeit, um dich zurückzurufen.«

»Man sagt, es könnte wieder passieren. Ich will, dass du abreist, Gabe. Ich sehe rund um die Uhr die Nachrichten. Man nimmt an, dass es irgendeine indonesische Terrorgruppe ist, die schlimmer ist als El Kaida. Sie werden wieder zuschlagen.«

»Sieh dir die Nachrichten nicht an, Molly.«

»Du rufst mich nicht zurück. Ich weiß nicht, wie ich herausfinden soll, was los ist.«

»Es ist vorbei. Es ist wirklich vorbei.«

»Was ist vorbei?«

»Das Töten. Sie müssen nicht noch mehr Leute töten. Sie haben genug getan.«

»Sag ihnen das.«

»Augenblick«, sagte Gabe, als Jamie im Türrahmen auftauchte. Er hielt eine Hand übers Telefon. »Das Essen steht draußen im Balé. Du kannst schon anfangen, wenn du willst. Ich bin in einer Minute da.«

Sie nickte und ging hinaus und über den Rasen.

Gabe hörte Mollys Fernseher im Hintergrund dröhnen.

»Bist du zu Hause?«, fragte er sie. Er wusste nicht mehr, wie viele Tage es her war, seit sie abgeflogen war.

»Ja«, sagte sie. »Ich bin zu Hause. Ich wünschte nur, du wärst hier bei mir.«

»Es ist zu kalt dort drüben«, sagte Gabe.

»Es ist Spätsommer. Es ist herrlich.«

An einem Spätsommertag hatte er mit Ethan einen langen Ausflug auf ihrem Tandem unternommen. Die Blätter waren golden und rot, strahlend vor einem blauen Himmel, und das Wetter war mild wie im August. »Ich jage dich, Daddy«, hatte Ethan hinter ihm gerufen. »Fahr schneller!«

»Weißt du noch, wie Ethan dieses Fahrrad geliebt hat?«, fragte Gabe. Molly hatte es gekauft, als sie sie in jenem Sommer am Cape besuchte.

»Wie kommst du jetzt darauf?«, fragte Molly leise.

»Spätsommer«, sagte Gabe.

»Er wollte, dass du auf dem kleinen Sitz hinten sitzt«, sagte Molly. »Er wollte den großen Sitz für sich haben.«

Gabe lächelte. Über dem Rasen sah er, wie Jamie sich ein Sandwich mit Ei nahm und davon abbiss. Sie hat Hunger, dachte er. Das ist gut.

»Heather hat mich angerufen, um zu hören, ob es dir gut geht«, sagte Molly zu ihm. »Sie hat die Berichte auf CNN gesehen.«

»Wie geht es ihr?«

»Sie hatte Neuigkeiten«, sagte Molly zögernd. »Sie und Hannah werden ein Baby aus China adoptieren.«

Gabe wandte sich von Jamie ab, als wollte er nicht, dass sie sein Gefühl von Verlust sah. Zuerst Ethan, dann Heather und jetzt die Chance auf ein neues Kind. Nein, rief er sich in Erinnerung. Das war nicht das Leben, für das er sich entschieden hat.

»Schön für sie«, sagte Gabe schließlich.

»Es stimmt dich nicht traurig?«

»Nein«, versicherte er ihr. »Sie sollte glücklich sein.«

»*Du* solltest glücklich sein«, sagte Molly zu ihm.

»Ich arbeite dran«, sagte Gabe.

»Köstlich«, sagte Jamie. »Ich konnte nicht mehr warten.« Sie verschlang noch ein Sandwich mit Ei.

Ihre Stimmung schien von einem Augenblick zum anderen umgeschlagen zu sein. Sie ist eine Kämpfernatur, dachte Gabe. Sie wird das jetzt brauchen.

Er setzte sich ihr gegenüber an den Tisch. »Das freut mich.«

»Wer war das am Telefon?«, fragte Jamie. »Jetzt bin ich an der Reihe, neugierig zu sein.«

Gabe lächelte. »Meine Schwester. Sie will, dass ich nach Hause komme.«

»Und, wirst du?«

»Ich bin hier zu Hause.«

»Fühlt es sich wirklich an wie zu Hause?«

»Noch nicht. Aber ich will Bali nicht wegen der Bombenanschläge aufgeben. Diese Insel wird in den nächsten Monaten viel Liebe brauchen.«

»Und du bist hierhergekommen, um noch einmal neu anzufangen?«

»Irgendwie krass, oder?«

Er griff nach der Schale mit Pad Thai und nahm sich eine kleine Portion. Er dachte an Heather und das neue Baby. Ich werde ihr schreiben und gratulieren, dachte er. Er stellte sich vor, wie sehr sie sich freuen würde.

Jamie brach sich ein Stück Roti Prata ab und biss hinein. Er sah ihr beim Essen zu und spürte den Sog des Verlangens.

»Ich habe ganz vergessen, wie gut Essen schmeckt«, sagte sie.

»Ich möchte wetten, du bist keine Frau, die an ihrem Essen herumstochert und sich Sorgen um ihr Gewicht macht.«

»Meinst du?«, sagte sie, während sie in das gebutterte, gegrillte Brot biss.

»Warst du schon immer sportlich?«, fragte er.

»Als Kind habe ich Teamsportarten gehasst. Ich war ein Wildfang, und die Mädchenspiele haben mich nie genug gefordert. Dann ist mein Vater mit mir zum Zelten nach Utah gefahren. Ich war im siebten Himmel. Im Jahr darauf sind wir im Yosemite wandern gegangen, und das war dann alles, was ich für den Rest meines Lebens je tun wollte. Jedes Jahr wartete ich auf die nächste Tour – nur mein Dad und ich und diese ganze Wildnis. Das waren die besten Zeiten meines Lebens.«

Sie wischte mit dem Roti Prata über ihren Teller, saugte alle Säfte von den verschiedenen Gerichten auf und steckte sich das gehaltvolle Brot dann in den Mund. Gabe wollte den Klecks Sauce am Rand ihrer Lippen mit einem Finger entfernen. Er nahm noch einen Bissen von seinem Essen, zwang sich, den Blick von ihr abzuwenden.

»Wann hast du beschlossen, deine Liebe zur Wildnis zu deinem Beruf zu machen?«

»Nach dem College. Alle anderen wollten Jura oder Betriebswirtschaft studieren – ich wollte einen höheren Berg, einen schnelleren Fluss sehen. Irgendein Typ hat mir von einer Firma in Berkeley erzählt, die Leute wie mich dafür bezahlte, dass sie in der ganzen Welt auf Bergen spielten. Als Reiseleiter ist es nicht dasselbe, wie allein zu reisen. Aber es bezahlt die Rechnungen.«

»Du bist ein Adrenalinjunkie.« Gabe lächelte sie an.

Sie wandte den Blick ab. »Ich war es. Jetzt weiß ich nicht mehr, was ich bin.«

»Du bist noch immer dieselbe Person.«

Sie schüttelte den Kopf. »Ich bin mitten in der Nacht aufgewacht und dachte, ich wäre lebendig begraben worden. Ich habe die Decken abgeschüttelt, und ich habe trotzdem keine Luft mehr bekommen.«

»Gestern Nacht war für mich auch schlimm«, sagte er.

Sie sah ihn an. »Ich weiß nicht einmal, was du hier machst.«

»Ich unterrichte an einer Schule in Ubud.«

»Wirklich?«

»Wundert dich das?«

»Ich hätte irgendetwas … ich weiß nicht … Waghalsigeres erwartet.«

»Du meinst, vor einem Klassenzimmer mit lauter Siebenjährigen zu stehen ist nicht waghalsig?«

»Wolltest du kein Journalist mehr sein?«

»Ich konnte nicht.«

Gabe erinnerte sich an ein Gespräch mit seiner Chefin beim *Globe*, Wochen nach Ethans Tod. »Das ist genau das, was du brauchst«, sagte sie zu ihm. Sie saß ihm gegenüber in ihrem Büro mit ausgebreiteten Armen. Woher willst du wissen, was ich brauche?, dachte er. Auf ihrem Schreibtisch stand ein Foto ihrer Familie, drei lächelnde Kinder und eine Bohnenstange von einem Ehemann. Nach dem, was er gehört hatte, sah sie ihre Kinder nur selten.

»Ich brauche eine Pause«, hatte er zu ihr gesagt.

»Wenn du dich wieder in die Arbeit stürzt, wirst du dich erinnern, dass du ein Leben vor Ethan hattest. Du hast deine Arbeit geliebt, Gabe. Gib das jetzt nicht auf.«

Aber er wollte nicht, dass irgendetwas seinem alten Leben, mit Ethan oder vor Ethan, ähnelte. Er war sich selbst so fremd, so unvertraut mit sich, dass er dieses neue, düstere Wesen nicht in alte, bequeme Räume stecken wollte.

»Reichst du mir bitte das Pad Thai?«, fragte Jamie. »Du behältst alles für dich.«

Er reichte Jamie die Schüssel.

»Woher ist das?« Jamie zeigte auf seinen Arm. »Das habe ich mich schon gefragt.«

»Das Tattoo?«

Ein kleiner, grün-gelber Vogel breitete auf seinem Unterarm die Flügel aus.

»Danach siehst du gar nicht aus«, sagte sie.

»Das habe ich mir am ersten Tag machen lassen, als ich

nach Ubud gekommen bin. Ich wollte eine Erinnerung haben.«

»An Flucht?«

»Ich bin lange Zeit weggelaufen. Ich wollte irgendwo landen.«

»Und, bist du?«

»Noch nicht«, sagte Gabe.

Jamie streckte eine Hand aus und berührte seinen Arm, glitt über den Flügel des Vogels.

»Er gefällt mir«, sagte sie, und dann nahm sie ihre Hand fort.

Jamie war schweigsam auf der Fahrt zum Flughafen. Sie wechselte den Radiosender, als Nachrichten von den Bombenanschlägen kamen, und drückte immer wieder auf Knöpfe, auf der Suche nach einem Song, der ihr gefiel. Schließlich schaltete sie es aus.

»Hast du deine Medikamente eingepackt?«, fragte Gabe.

»Ja.«

Er hatte seine eigenen Kleider in Billys Cottage gelassen – er würde noch einmal zurück nach Sanur fahren, nachdem er sie abgesetzt hatte, und eine letzte Nacht dort verbringen, bevor er nach Ubud zurückkehrte. Auch er fühlte sich nicht bereit für die wirkliche Welt.

Auf einmal musste er an Theo und ihr Abendessen im Santo's denken. Er hatte nicht einmal angerufen, um zu erfahren, ob es seinem Freund gut ging. Theo hatte ihn auch nicht angerufen. Niemand kannte die Verhaltensregeln für die Zeit nach einem Bombenanschlag. Beileidskarten? Selbsthilfegruppen?

Er würde Theo später anrufen.

»Wenn du einmal nach San Francisco kommst …«, sagte Jamie und brach dann ab.

Gabe sah sie hoffnungsvoll an.

Sie schüttelte den Kopf. »Ich werde dich nie wiedersehen.«

»Vielleicht doch.«

»Es ist so seltsam«, sagte Jamie. »Ich kenne dich.« Sie sah ihn von der Seite an. »Und ich weiß überhaupt nichts über dich.«

»Wenn du zurück nach Bali kommst …«

»Ausgeschlossen«, sagte sie.

»Dann werde ich nach San Francisco kommen müssen. Wir werden zusammen essen gehen und uns erzählen, wie wir überlebt haben.«

»Was wirst du sagen?«

»Ich werde sagen, dass ich Bali mehr liebe als je zuvor. Dass ich es endlich zu meinem Zuhause gemacht habe. Dass ich einen Terroranschlag gebraucht habe, um mich aus meinem Dämmerzustand zu reißen und mich wieder ins Leben zu stürzen.«

»Ich bin beeindruckt. Du hast es weit gebracht.«

»Man kann träumen.«

Er dachte an einen anderen Traum, einen, in dem Jamie mit ihm auf der Terrasse seines Joglo saß und ein Glas Wein trank, während sie über ihren Tag redeten. Er verscheuchte den Gedanken.

Sie kamen an einem Schild zum Flughafen vorbei, und sie sah in ihren Schoß.

»Und du?«, fragte Gabe. »Was wirst du sagen?«

»Jahre später? Wenn wir uns zum Essen treffen?«

»Ja.«

Sie hielt den Kopf gesenkt. »Ich bin das Aushängeschild für Überlebende von Terroranschlägen geworden. Ich spreche weltweit auf internationalen Konferenzen und sage den Leuten, dass wir uns zusammenschließen müssen, um eine bessere Welt zu schaffen.«

»Wow.«

»Nicht sehr wahrscheinlich, was? Vermutlich arbeite ich in irgendeinem dämlichen Café in Berkeley an der Bar. Ich bin eine Expertin dafür geworden, Muster mit Milchschaum zu machen.«

»Wenigstens stehst du jeden Morgen aus dem Bett auf.«

Sie sah ihn mit einem Anflug von Stolz an. »Ich werde jeden Morgen aus dem Bett aufstehen.«

»Ich weiß.«

Gabe lenkte den Wagen zu einer Absperrung an der Einfahrt zum Flughafen. Während Sicherheitskräfte einen Spiegel unter das Fahrgestell des Wagens schoben, hielt Jamie die Augen geschlossen.

»Machen sie das immer?«, fragte sie mit zusammengebissenen Zähnen.

»Sie treffen bestimmt zusätzliche Sicherheitsvorkehrungen«, beschwichtigte er sie.

Ein Sicherheitsbeamter fragte sie nach ihren Ausweisen. Gabe beantwortete seine Fragen: Ja, ihr Flug ging in einer Stunde; sie war auf dem Weg in die Vereinigten Staaten; ja, er würde sie nur absetzen und gleich wieder abfahren. Ja, er war Einwohner von Bali. Er war amerikanischer Staatsbürger.

Als der Beamte sie durchließ, hörte Gabe Jamie ausatmen.

»Das ist gut«, sagte er. »Wir wollen doch strenge Sicherheitskontrollen.«

»Vielleicht hat es noch eine Drohung gegeben«, sagte sie mit bebender Stimme.

»Nein. Wenn das der Fall wäre, hätten sie den Flughafen geschlossen.«

»Woher willst du das wissen?«, fragte sie.

»Es wird alles gut gehen, Jamie. Ich werde dich nicht einfach absetzen. Ich werde mit dir hineingehen. So weit man mich lassen wird.«

»Das musst du nicht«, sagte sie.

Gabe bewegte sich in der Schlange langsam vorwärts, auf die Einfahrt des Flughafens zu.

»Atme langsam«, sagte er zu ihr.

Sie hielt den Kopf gesenkt.

»Ich werde jetzt auf den Parkplatz einbiegen«, sagte er. »Wir werden zusammen hineingehen.«

Er nahm die erste Parklücke, die er finden konnte, dann stellte er den Motor ab und wandte sich zu ihr.

»Jamie, du schaffst das«, sagte er. »Hier sind so viele Sicherheitskräfte. Es wird nichts passieren.«

Sie sah zum Terminal und dann zurück zu Gabe mit weit aufgerissenen Augen.

»Bist du bereit?«, fragte er.

Sie schüttelte den Kopf.

»Ich lade dein Gepäck aus. Und dann komme ich zurück und helfe dir.«

Sie sagte nichts, daher stieg er aus dem Wagen und nahm

ihren Koffer von der Rückbank. Er kam auf die Beifahrerseite und öffnete ihr die Tür.

»Nimm meinen Arm«, sagte er.

Sie zögerte einen Moment. Dann stand sie auf, hielt sich mit ihrem gesunden Arm an seinem fest. Er konnte spüren, wie sich ihre Hand um seinen Bizeps schloss.

»Vielleicht werden sie mir ja erlauben, dich bis ganz hinein zu begleiten«, sagte Gabe. Er sprach mit leiser, ruhiger Stimme. »Wir schaffen das zusammen.«

Er ging los, auf den Terminal zu, und Jamie hielt mit ihm Schritt. Er wusste, dass sie dasselbe sah wie er: eine riesige Menschenmenge, hauptsächlich westliche Leute, die sich vor dem Terminal versammelt hatte. Er spürte, wie sich ihr Griff um seinen Arm verstärkte.

Sie überquerten die Straße und gingen auf den Eingang zu. Ein paar Fotografen standen vor der Menge. Gabe war schockiert, als ein Blitzlicht aufleuchtete und eine Kamera klickte.

»Stopp!«, brüllte er den jungen Mann mit der Kamera an.

»Waren Sie bei den Bombenanschlägen?«, rief eine Frau neben ihm. Sie hielt einen Notizblock und einen Stift in den Händen. »Werden Sie ein paar Fragen beantworten?«

»Lassen Sie uns in Ruhe«, sagte Gabe. Er legte Jamie einen Arm um die Taille, zog sie nah an sich. »Komm, schnell«, murmelte er, während er sie durch die Menge lotste.

Im Flughafen wurden sie von noch mehr Blitzlichtern geblendet.

»Stopp!«, brüllte Gabe.

Jamie vergrub ihr Gesicht in seinem Arm. Er hörte sie vor Schmerz aufstöhnen, sie musste gegen ihre Wunde gedrückt haben. Er steuerte sie vorsichtig durch das Gedränge, stieß einen der Fotografen mit dem Ellenbogen aus dem Weg.

Hinter dem Heer von Journalisten wimmelte es von Reisenden, fast ausschließlich westliche Leute, und ein lautes Stimmengewirr erfüllte die Halle. Das Chaos war unbeschreiblich: Das Gedränge war zu dicht, die Energie zu aufgeladen. Aus einem knisternden Lautsprecher dröhnten Ansagen auf Indonesisch. Ein paar Leute sprachen lauter, um sich über den Lärm verständlich zu machen, und irgendetwas fiel krachend zu Boden – eine Kamera vielleicht –, sodass ein paar Leute aufschrien.

Jamie drückte sich stöhnend an Gabe. Als er sie für eine kurze Sekunde losließ, spürte er, wie sie ihm entglitt. Als er herumschnellte, um sie aufzufangen, war sie verschwunden. Er rief ihren Namen, aber die Menge schloss sich um ihn, und die ganze Halle war von Lärm erfüllt.

»Platz da!«, brüllte er, während er sich einen Weg durch die Menge bahnte. Er sah zu den Türen, aber er konnte Jamie nirgends entdecken. Er kämpfte sich zur vorderen Wand durch, dann stellte er sich auf einen Stuhl, um einen besseren Überblick zu haben. In allen Richtungen standen Menschen, Kameras blitzten auf, Leute riefen und brüllten. War sie bereits zur Tür hinaus?

Dann sah er sie, weiter hinten an der vorderen Wand, auf dem Boden kauernd. Sie sah aus wie ein Kind, das sich versteckte. Sie hatte den gesunden Arm um ihre Knie geschlungen und den Kopf in den Winkel ihres Gipsverbandes gesteckt.

Er sprang von dem Stuhl und rannte auf sie zu.

»Jamie!«

Sie rollte sich zu einer Kugel zusammen, am ganzen Körper zitternd.

»Wir fahren zurück«, sagte Gabe, eine Hand auf ihrer Schulter.

Sie sah auf. Ihr Gesicht war bleich, und sie bebte.

»Zum Cottage«, sagte er zu ihr. »Bitte. Komm mit.«

Sie stand auf und lehnte sich an ihn. Er schlang einen Arm um sie, und sie bahnten sich einen Weg zum Ausgang und aus dem Terminal.

»Schläfst du?«, flüsterte er.

»Nein«, sagte sie.

»Kann ich mich zu dir setzen?«

»Sehr gern.«

Gabe trat ins Schlafzimmer. Das Zimmer war dunkel, aber im Licht des zunehmenden Mondes konnte er die Umrisse seines Stuhls am Fenster sehen. Er setzte sich. Jamies Körper unter den Decken, ihren Kopf auf dem Kissen, konnte er kaum erkennen. Nur der weiße Verband fing das Licht auf und schien zu schimmern.

»Hast du überhaupt geschlafen?«, fragte er.

»Ein bisschen.«

»Ich kann nicht schlafen«, sagte Gabe.

»Du hast gesagt, es würde leichter werden«, sagte Jamie leise im Dunkeln zu ihm. »Aber es wird alles nur noch schwerer.«

»Vielleicht sind wir noch nicht so weit.«

»Du auch nicht?«

»Ich auch nicht.«

Sie schwiegen einen Moment, und dann flüsterte Jamie: »Es tut mir leid.«

»Nicht doch«, sagte Gabe. »Es war fürchterlich. Dort drinnen war das reinste Chaos.«

»Nein. Das Chaos ist in meinem Kopf. Nicht am Flughafen.«

»Es ist auch in meinem Kopf.«

In der Stille des Raums hörte Gabe einen Gecko über eine Wand huschen.

»Danke«, sagte sie schließlich.

»Wofür?«

»Dass du mir das Gefühl gibst, ein bisschen weniger verrückt zu sein.«

»Oder wir sind beide völlig durchgeknallt.«

»Vermutlich.«

»Hast du deine Mutter angerufen?«

»Ja. Ich habe ihr gesagt, dass ich es in ein paar Tagen wieder versuchen werde.«

»Gut.«

»Was wirst du tun?«, fragte Jamie.

»Wann?«

»Wenn du mich nicht mehr hast, um dir Sorgen zu machen.«

»Ich werde zurück nach Ubud fahren.«

»Ist es dort noch genauso?«

»Nichts ist mehr genauso.«

»Das gefällt mir.«

»Was?«

»Im Dunkeln zu reden. Ich kann dich kaum sehen, wie du dort sitzt.«

»Wir brauchen jetzt etwas Stille in unserem Leben.«

»Als diese Blitzlichter losgingen …«

»Ich weiß.«

»Nachdem die Bomben explodiert sind, war das Licht unglaublich. Alles war weiß. Und dann wurde auf einmal alles schwarz.«

Sie schwieg, und Gabe ließ die Stille das Zimmer ausfüllen.

»Ich war auf dem Weg zum Club, als es passierte. Es war surreal: Ich hatte keine Angst – vielleicht sehen wir zu viele Gewaltfilme –, aber ein, zwei seltsame Momente lang schien es gar nicht gefährlich zu sein. Und dann sah ich Leute aus dem Gebäude flüchten. Sie waren zerfetzt, blutüberströmt. Einem Typen fehlte ein Arm.« Sie hielt inne, um nach Luft zu schnappen. »Ich bin dort hineingerannt, während alle anderen hinausgerannt sind. Ich musste Miguel finden.«

»Die zweite Bombe ging auf der Straße los«, sagte Gabe. »Vermutlich nicht weit von dort, wo du gestanden hattest. Wenn du nicht hineingerannt wärst, wärst du jetzt vielleicht tot.«

Jamie gab keine Antwort. Gabe kämpfte gegen den Drang an, an ihr Bett zu treten, um eine Hand auf ihren Fuß zu legen.

»Und dann diese ganzen Leute, die hinausgerannt sind …« Sie brach ab.

»Die zweite Bombe war noch größer«, sagte er zu ihr.

»Sie wollten, dass die Leute auf die Straße rannten und getötet wurden?«

»Vielleicht.«

»Zur Hölle mit ihnen«, murmelte Jamie. Aber sie klang eher erschöpft als wütend.

Gabe wartete.

»Ich habe versucht, Miguel zu finden«, sagte sie schließlich, »aber überall lagen Leute im Sterben. Ich konnte sie nicht liegen lassen. Ich konnte nicht einfach an ihnen vorbeirennen.«

»Du hast vielen Menschen das Leben gerettet.«

»Vielleicht, wenn ich ihn schneller gefunden hätte …«

»Du hättest ihn vermutlich nicht retten können.«

»Er war siebenundzwanzig Jahre alt. Er war schön. Er wollte nächstes Jahr den Kilimandscharo besteigen. Er wollte …«

»Er wollte dich.«

»Er hätte eine andere gefunden, die er hätte lieben können.«

Gabe dachte an Jamies Schultern, sonnengebräunt und glatt. Er wollte mit den Fingern über ihre Haut gleiten. Als er an Miguel dachte, hasste er sich für einen Moment.

»Es tut mir leid«, sagte er.

»Bis jetzt war Finn die Einzige in meinem Leben, die gestorben ist.«

»Dein riesiger Hund.«

»Ja. Ich vermisse sie noch immer. Eine meiner Großmütter starb, bevor ich geboren wurde. Alle anderen leben noch. Ich weiß nichts über den Tod.«

»Und jetzt weißt du zu viel.«

»Das ergibt doch keinen Sinn. Ich habe kein Recht, hier in diesem hübschen kleinen Zimmer zu liegen.«

»Du hast jedes Recht …«

»Warum? Wie kannst du das sagen? Warum hast du mich gerettet und nicht irgendjemand anderen? Jemand anders ist gestorben, weil du zu meiner Stimme gerannt bist. Wenn du mich nicht dort herausgetragen und weggebracht hättest, hättest du noch zehn Leben retten können. Ich bin am Leben, und sie sind alle tot.«

»Jamie …«

Gabe saß lange Zeit im Dunkeln da. Er hörte, wie ihr Atem sich beruhigte, und bald darauf war sie eingeschlafen. Er saß noch immer da. Als er irgendwann mitten in der Nacht aus dem Fenster sah, sah er ein Tier auf dem Tisch im Balé hocken. War es eine Katze? Es hatte die Nase in eine Schüssel gesteckt und tat sich an den Resten ihres Mittagessens gütlich. Gabe stellte sich eine Dinnerparty von Tieren vor, die den Balé mit ihrem Grunzen und Schnauben erfüllten. Am Morgen würde das Essen verschwunden sein. Der Ort würde chaotisch aussehen. Und wenn Gabe und Jamie aufwachten, würden sie wieder von Neuem anfangen.

»Sie sind ja noch hier«, sagte die Frau in der Apotheke.

»Ich lebe hier«, sagte Gabe noch einmal zu ihr. »Ich reise nicht ab.«

»Geht es Ihrer Bekannten besser?«, fragte die Frau.

»Sie hat es nicht leicht«, sagte er. »Ich brauche mehr Verbandsstoff und Klebeband für sie.«

Die Frau wandte sich ab und ging in ein Hinterzimmer. Gabe konnte sehen, wie sie nach einem Karton auf einem fast leeren Regal griff.

»Unsere Kinder haben Angst«, sagte die Frau, als sie wiederkam. »Ich habe ein kleines Mädchen, das jede Nacht weint. Ein Junge in ihrer Klasse hat bei den Bombenanschlägen seinen Vater verloren. Sie denkt, dass ich eines Tages nicht mehr von der Arbeit nach Hause kommen werde, dass jeder durch eine Bombe sterben wird.«

»Mein Sohn«, sagte Gabe, und der Klang seiner Worte hallte durch die Luft. »Mein Sohn hat einmal einen Autounfall gesehen, wo ein Mann auf der Straße lag. Er war vermutlich tot. Meine Frau war im Auto – ich selbst war in der Arbeit. Danach fragte mich mein Sohn fast ein Jahr lang jeden Abend, ob ich sterben würde.«

»Was haben Sie zu ihm gesagt?«

Gabe dachte an den zitronenartigen Geruch von Ethans Haar, als er sich vorbeugte, um ihm einen Gutenachtkuss zu geben. Die Erinnerung durchzuckte ihn schmerzhaft; sie war so echt, als hätte er erst vor wenigen Augenblicken seine Nase in den blonden Haaren seines Sohns vergraben.

»Ich habe ihm gesagt: ›Ich bin hier. Ich bin bei dir. Ich bin am Leben.‹«

»Hat das geklappt?«

»Bis zum nächsten Tag.«

»Mein Mann denkt, dass wir schuld an den Terroranschlägen sind. Ich denke, wir haben nichts Unrechtes getan.«

»Das haben wir auch nicht«, sagte er zu ihr.

»Warum leiden wir dann?«

Gabe zückte sein Geld und reichte ihr ein paar Scheine.

»Entschuldigung«, sagte sie. »Ich rede zu viel.«

»Schon gut«, sagte er zu ihr. »Ich war früher ein sehr verschlossener Mann. Aber auf einmal habe ich auch das Bedürfnis, mit jedem zu reden.«

Die Frau lächelte. Bei ihrem Lächeln zeigten sich zwei

Grübchen, und sie sah aus wie ein schüchternes Schulmädchen.

»Kommen Sie bald einmal wieder, und reden Sie mit mir.«

»Werde ich machen.«

Draußen auf der Straße sah Gabe sich um. Es war fast Mittag, Jamie war heute Morgen noch nicht aus ihrem Zimmer gekommen. Er würde etwas zum Mittagessen kaufen und dann zurück zum Cottage gehen. Er würde auf einen leichteren Tag hoffen.

Er ging die Hauptstraße von Sanur hinunter und fand ein Restaurant, das geöffnet hatte. Tische waren auf dem Gehsteig aufgestellt, aber sie waren alle leer. Er ging durch die Tür und trat an die Bar.

»Kann ich ein paar Sandwiches zum Mitnehmen bestellen?«, fragte er den Barmann.

Der junge Mann mit langen blonden Dreadlocks kippte ein Schnapsglas mit irgendetwas – Tequila? – hinunter. Er sah aus, als hätte er sich die ganze Nacht um die Ohren geschlagen und würde jetzt seinen Kater kurieren.

»Wir machen zu. Hier ist niemand, Mann.«

»Ich bin hier.«

»Was tun Sie denn hier?«, fragte der Junge, wobei er Gabe zum ersten Mal in die Augen sah.

»Ich hätte gern zwei Sandwiches. Was immer Sie haben.«

»Ich gehe zurück zu einer Party, von der ich nie hätte weggehen sollen. Scheiße, Mann, hier ist absolut nichts los.«

Der Junge zog eine Flasche Tequila unter der Bar hervor. Er schenkte Gabe ein Glas ein und sich selbst noch einmal nach.

»Prost, Bruder«, sagte er und schob Gabe das Glas über den Tresen zu. Dann wandte er sich ab und ging schwankend auf die Küche zu.

Gabe ließ den Blick durch das leere Restaurant schweifen, dann nahm er das Glas und leerte den Tequila mit einem raschen Schluck.

Er verspürte einen Anflug von Wut auf den Barmann; weil er betrunken war? Weil er eine Party feierte, während der Rest von Bali litt? Er griff nach der Tequilaflasche und schenkte sich noch ein Glas ein.

Draußen auf der Straße ging eine Balinesin vorbei, einen Ballen Sarongs über den Armen. Sie musste den Versuch aufgegeben haben, sie am Strand zu verkaufen. Sie ging mit gesenktem Kopf und langsamen, schweren Schritten. Gabe stellte sich vor, wie ihr die heiße Sonne auf den Rücken brannte, wie der meterlange Stoff sie nach unten drückte.

»Cool«, sagte der Barmann.

Gabe drehte sich zur Bar um. Seine Augen konnten sich nicht an die Dunkelheit gewöhnen, nachdem sie ins Licht gestarrt hatten, er konnte den Jungen nicht vor sich sehen.

»Was haben Sie gefunden?«, fragte er.

»Schinkensandwiches. Der Koch sagt, die gehen aufs Haus. Es ist Ihr Glückstag.«

»Heute ist niemands Glückstag«, sagte Gabe. Er fokussierte den Blick, und jetzt konnte er sehen, dass der Junge vor ihm grinste.

»So ein Mist, das mit den Bomben, was?«, sagte der Junge.

Gabe holte einmal tief Luft. »Warum sind Sie auf Bali?«

»Zum Surfen, Mann. Warum denn sonst?«

»Gehen Sie heute surfen?«

»Klar, verdammt.«

»Sie kannten wohl niemanden bei den Bombenanschlägen, oder?«

»Nö. Meine Kumpel hängen nicht in solchen Läden ab. Da gehen nur Schlampen hin. Nicht der größte Verlust für die Gesellschaft, falls Sie wissen, was ich meine.«

Gabe schlug mit der Faust zu. Er tat es, ohne zu überlegen. Seine Faust traf den Jungen auf die Nase, und der Junge taumelte nach hinten, bis er gegen die Wand stieß. »Was zum Teufel?«

Gabe verließ das Restaurant, ließ die Sandwiches liegen.

Er fand Jamie auf der Veranda. Sie lächelte ihn an, als er den Weg hochkam.

»Ich habe dir ein Friedensangebot gemacht.« Sie zeigte auf den Tisch vor sich. Sie hatte verschiedene Kräcker, Dipsauce und Käse aufgedeckt. »Ich habe die Vorratskammer deines Freundes geplündert.«

»Schön.« Gabe erwiderte ihr Lächeln.

»Ich habe sogar ein bisschen Wein stibitzt«, sagte sie.

»Der wird sich sehr gut mit meinem Tequila vertragen«, erwiderte er, während er sich neben ihr in den Korbstuhl setzte.

»Du hattest einen Morgen-Tequila?«

»Und dann habe ich einem Typen mit der Faust ins Gesicht geschlagen.«

»Der sanftmütige Reporter aus Boston?«

»Ich brauche etwas Essen zu meinem Alkoholfrühstück«, sagte Gabe, während er sich über die Auswahl auf dem Tisch hermachte. Er konnte Jamies Blick auf sich spüren, während er aß. Sie reichte ihm ein Glas Rosé. Er nahm einen Schluck und seufzte.

»Ein besserer Start in den Tag«, sagte er.

»Du nimmst meine Entschuldigung an?«

»Du hast keinen Grund, dich zu entschuldigen.«

»Warum hast du den Typen geschlagen?«

»Weil er surfen gehen wollte.«

Jamie nickte. »Ich denke, ich sollte heute aufpassen, was ich sage.«

»Du hast nichts zu befürchten, denke ich«, sagte er.

»Aber sicher bist du dir nicht.«

»Ich bin mir sicher. Ich könnte niemals eine Frau mit einem gebrochenen Arm schlagen.«

Sie stießen an.

»Geht es dir heute besser?«, fragte Gabe.

»Ich werde heute nicht zum Flughafen fahren. Daher dachte ich, ich könnte mir meine ganze Verrücktheit für morgen aufheben. Ich habe meinen neuen Flug gebucht.«

Gabe nickte. Dann hatten sie diesen Tag. Ein Geschenk.

»Ich bin zum Strand gegangen«, sagte sie. »Während du fort warst.«

Gabe spürte eine irrationale Angst in seiner Brust aufsteigen – aber hier war sie und saß neben ihm. Sie hatte sich nicht ins Meer gestürzt. Sie war nicht meilenweit gelaufen und nicht mehr zurückgekommen.

»Ich habe eine Weile mit einer Frau geredet«, sagte sie.

»Einer Touristin?«

»Nein. Einer Balinesin. Sie hat mir erzählt, dass sie jeden Tag im Meer schwimmt, um sich fit zu halten. Sie war alt – ich könnte nicht sagen, wie alt – und sehr kräftig. Sie lebt in der Stadt und verkauft jeden Morgen Essen auf dem Markt. Sie passt auf ihre dreijährige Enkelin auf, während sie arbeitet, bis ihr Sohn von seiner Nachtschicht in einem Hotel in Kuta nach Hause kommt.«

»Gesprächige Frau«, bemerkte Gabe.

»Sie war bei der Reinigungszeremonie«, sagte Jamie. »Der, zu der wir auch gegangen sind. Sie sagte, es sei eine Tragödie, aber jetzt würden all diese jungen Leute ins nächste Leben übergehen können.«

»Sie kann sich glücklich schätzen«, sagte er, »dass sie an Reinkarnation glaubt.« Es wäre so viel leichter, dachte er, sich vorzustellen, dass Ethan irgendwo das nächste gute Leben lebte. Aber wenn er an den Tod seines Sohns dachte, dann stellte er ihn sich als das Ende von allem vor, was wundervoll war.

»Ich stecke in diesem Leben fest«, sagte Jamie. »Ich bekomme nicht die Chance, als balinesische Prinzessin wiedergeboren zu werden.«

Gabe lächelte. »Das Leben als Prinzessin würde dir gar nicht gefallen.«

»Meinst du?«

Er schüttelte den Kopf. »Du wirst dieses Leben leben.«

Gabe stellte sich vor, wie sich Jamie auf der Couch ihres Chefs in Berkeley ausstreckte. Er stellte sich ihren Chef als einen rauen, älteren Typen vor, der auf der anderen Seite des Zimmers saß, ein schiefes Grinsen im Gesicht. Er würde Jamie den neuen Katalog für aufregende Abenteuer in der Welt zuwerfen. Such dir eines aus, was immer du willst, würde er zu ihr sagen. Ja, würde sie sagen und mit dem Finger auf eine Seite zeigen. Das hier.

Am frühen Abend saß Gabe auf der Veranda und las in seinem Roman über Liebe und Lust in Hollywood, als Jamie aus dem Haus kam und sich neben ihn stellte.

Sie trug die Seidenhose, die er in ihren Koffer gepackt hatte, und der weiche Stoff schmiegte sich an ihre schmalen Hüften. Sie hatte sich ein rotes Tuch um ihren Gipsverband geschlungen.

»Toll siehst du aus«, sagte er.

»Bis auf mein Gesicht.«

Gabe stand auf. Er berührte ihr Kinn. »Du wirst geheimnisvoll und sexy und ein bisschen gefährlich aussehen mit einer Narbe im Gesicht.«

»Ich kann's kaum erwarten«, sagte Jamie. Sie schenkte ihm den Anflug eines Lächelns. Und dann wich sie einen Schritt zurück, sodass seine Hand für einen Moment in der Luft schwebte, bevor er sie sinken ließ.

»Was machen die Schmerzen?«, fragte Gabe.

»Im Moment geht es«, sagte sie. »Ich werde eine Tablette nehmen, wenn wir zurückkommen.«

»Von wo?«

»Abendessen.«

»Abendessen?«

»Ich lade dich in ein Restaurant ein.«

»Wirklich?«

»Gibt es hier in der Nähe eines?«, fragte sie.

»Ein kurzes Stück den Strandweg hinunter.«

»Dann lass uns gleich gehen, bevor ich es mir anders überlege.«

Gabe bot ihr seinen Ellenbogen, und sie hakte sich mit ihrem gesunden Arm bei ihm unter. Sie gingen über den

Rasen zu der roten Tür; er mochte das Gefühl ihres Unterarms, der auf seinem ruhte.

Er sperrte die Tür auf und öffnete sie, ließ Jamie den Vortritt.

»Wow«, sagte sie.

Der Himmel war rosa gestreift, als hätte ein eigenwilliges Kind einen Markierstift genommen und über den blauen Himmel gezogen. Das Rosa verlief kreuz und quer über den Himmel, bevor es im dunkleren Blau des Meeres verschwand.

Der weiße Sandstrand erstreckte sich meilenweit in beide Richtungen. Weiter unten gab es Hotels mit Liegestühlen und Restaurants und Booten, die man mieten konnte, aber hier, vor ihrem Cottage, gab es nur den glatten Sand, ein paar Palmen und das endlose blaue Meer.

Sie standen eine Weile da und sahen zu, wie sich die sanften Wellen am Strand brachen. Gabe nahm den würzigen Duft ihres Parfüms wahr, und er atmete tief ein. Die Farben des Himmels wurden tiefer; das Meer verdunkelte sich.

»Welche Richtung?«, brach Jamie schließlich den Bann.

Er drehte sie zum mittleren Bereich des Strandes von Sanur um.

»Alles okay?«, fragte er, als er hörte, wie Jamie nach Luft schnappte.

»Ja«, sagte sie. »Vom Gehen scheint mir der Kopf ein bisschen zu kribbeln.«

»Vielleicht ist das hier zu ehrgeizig«, sagte Gabe.

»*Ehrgeizig* hieß früher, drei Gipfel an einem Tag zu erklimmen. Jetzt heißt es, fünfzig Meter weit langsam zu kriechen.«

»Nächsten Monat wirst du wieder auf Gipfel stürmen.«

»Das bezweifle ich«, sagte sie.

Gabe sah sie an. »Es gibt keinen Grund, weshalb du das alles nicht wieder tun können solltest.«

»Ich glaube nicht, dass ich das alles wieder tun will.«

»Warum nicht?«, fragte er.

»Die Welt ist jetzt eine andere«, sagte sie schlicht.

»Nein«, sagte Gabe etwas lauter als beabsichtigt. »Du musst wieder zurück in die Welt.«

»So wie man wieder aufs Pferd steigen muss, nachdem man abgeworfen wurde?« Ihre Stimme hatte einen gehässigen Unterton.

»Sonst gewinnen die Terroristen«, sagte er.

»Sie haben schon gewonnen«, murmelte sie.

»Nein, das haben sie nicht.«

»Du hoffst immer auf etwas Besseres, oder?«, fragte Jamie, während sie ihn ansah.

»Was soll man denn sonst tun?«, entgegnete er.

Er dachte an diese täglichen Spaziergänge in Boston, nachdem Ethan gestorben war – eine lange Schleife, die ihn auf einer Seite des Charles River hinunterführte, über den Fluss und auf der anderen Seite wieder hoch –, auf denen er sich jede Erinnerung an das kurze Leben seines Sohns immer wieder durch den Kopf gehen ließ. Aber am Ende des Tages war er noch immer allein. Die Erinnerung brachte das Kind nicht wieder nach Hause. Dann, eines Tages, waren seine Stiefel verschlissen. An einem zeigte sich ein Riss neben der großen Zehe, an dem anderen war die Sohle durchgelaufen. So einfach war das. Ich kann nicht mehr im Kreis gehen, dachte er. Ich muss vorwärts gehen.

Es musste etwas wie Hoffnung geben, sonst würden er und Jamie dieses Haus niemals verlassen.

Ein balinesischer Junge kam auf dem Weg auf sie zugerannt, machte Motorengeräusche, als wäre er ein Flugzeug, das eine Startbahn hinunterrollte. Kurz bevor er an ihnen vorbeischoss, blieb er abrupt stehen und starrte Jamie an. Fast unbewusst hob er die Hand und berührte sein eigenes Gesicht.

»Hallo«, sagte Jamie.

»Hallo«, sagte der Junge.

Und dann sagte er in einem Sprechgesang: »Hallo hallo hallo hallo«, bevor er wieder weiterlief.

»Ich bin ein Freak«, sagte sie.

»Du bist am Leben«, sagte Gabe zu ihr.

Sie gingen noch ein kleines Stück weiter, bis sie zu La Taverna kamen, einem Hotel mit einem Freiluftrestaurant am Rande des Strandes.

Das Restaurant sah festlich aus mit Laternen, die an Drähten von Baum zu Baum hingen. Ein blaues Licht schimmerte in der Mitte jeder Laterne. In einer Ecke stand ein Balé mit einem kunstvollen Wandteppich an der Rückwand. Am anderen Ende des Restaurants spielte eine Band; Gabe konnte drei indonesische Männer mit Gitarren sehen, aber die Musik klang eher wie Latino-Salsa.

»Einen Tisch für zwei Personen?«, fragte ein Balinese. Er starrte Jamie an.

»Ja, bitte«, sagte Gabe zu ihm. »Unter dem Baum dort drüben, wenn es geht.« Er deutete auf einen Tisch, der in der Ecke versteckt war.

»Gern«, sagte der Mann.

Er führte sie durch das Labyrinth freier Tische zu dem, den Gabe ausgewählt hatte.

»Ich bin mit der Speisekarte und der Weinkarte gleich wieder da«, sagte der Mann, nachdem er Jamie den Stuhl zurückgeschoben hatte.

Als er sich entfernte, sagte sie: »Ich mache allen Angst. Sie wissen, dass ich bei den Bombenanschlägen war.«

»Du siehst gut aus so«, sagte Gabe.

»Niemand wird mich fragen, oder?«

»Niemand wird dich fragen«, beeilte er sich zu sagen.

»Ich werde nie erfahren, wie Bali wirklich ist.« Sie sah ihn an.

»In ein paar Jahren wirst du vielleicht …«

Sie schüttelte den Kopf. »Das hier ist Bali. Dieses Restaurant an diesem Strand mit diesem Mann. Mehr als das brauche ich nicht.«

»Bali ist viel mehr als das hier.«

»Wenn ich mein Bali so klein belassen kann, dann werde ich es vielleicht nicht so sehr hassen.«

»Ich hoffe, du wirst eines Tages wiederkommen. Gib Bali eine zweite Chance.«

Ein anderer Kellner kam, ein junger Balinese mit einem breiten Grinsen. »Willkommen im La Taverna«, sagte er, und dann sah er Jamies Gesicht, und sein Lächeln schwand.

»Danke«, sagte Gabe.

Der Kellner hatte sich die Speisekarten an die Brust gedrückt. Er starrte Jamie noch immer an, die den Blick auf den Tisch vor sich heftete.

»Ja, ja«, sagte der Kellner, als er sich endlich losriss. Er reichte ihnen die Speisekarten und gab Gabe die Weinkarte.

»Ich komme noch einmal wieder, um Ihre Bestellung aufzunehmen.« Er flüchtete.

»Willst du lieber zurück zum Cottage?«, fragte Gabe sanft.

»Nein«, sagte Jamie leise. »Ich will hier sitzen und zu Abend essen. Ich will nicht verschwinden. Ich will, dass der Rest der Welt verschwindet.«

»Ein Großteil der Welt ist tatsächlich verschwunden. Ich habe Sanur noch nie so leer gesehen.«

»Lass uns der Musik zuhören«, sagte sie, um einen fröhlichen Ton bemüht. »Lass uns so tun, als wären wir im Begriff, auf die Tanzfläche zu gehen und das Tanzbein zu schwingen.«

»Elizabeth Taylor hat hier getanzt«, sagte Gabe.

»Wirklich?«

»Sanur war früher ein Reiseziel für den Jetset. In den Sechzigern waren John Lennon und Yoko hier. Und John Wayne. Dieses Hotel war ein beliebter Treffpunkt. Offenbar hat jeder mit dem Partner von jedem geschlafen. Es war eine wilde Zeit. Sagt man zumindest.«

»Das kann ich mir gar nicht vorstellen. Jetzt ist es so verschlafen.«

»Kuta und Seminyak haben ihm den Rang abgelaufen. Aber damals war das der Ort, an dem das Leben tobte. Der Besitzer hat mir erzählt, dass einmal jemand durch Sophia Lorens Fenster eingestiegen ist und nackt im Bett auf sie gewartet hat.«

»Dann bin ich jetzt Audrey Hepburn. Und wer bist du?«

»Dann muss ich Cary Grant sein.«

»Und wir haben unsere Liebespartner zu Hause gelassen. Ich drehe irgendetwas in Australien und bin übers Wochenende kurz nach Bali geflogen. Ich habe den Tag damit verbracht, mich auf dem Rücken im Meer treiben zu lassen. Und dann bin ich in mein kleines Schwarzes geschlüpft und hinunter ins Restaurant gerauscht.«

»Ich habe hier gesessen und einen Manhattan getrunken«, sagte Gabe. »Ich habe aufgeblickt und mir gedacht: Das muss Audrey sein. Ich habe sie seit einer Ewigkeit nicht gesehen. Ich habe in Nizza gedreht, und ich bin nur für eine Woche nach Bali gekommen, um vor meiner besitzergreifenden Freundin zu flüchten. Ich habe deinen Blick aufgefangen und bin aufgestanden. Du bist herübergekommen mit deinem sexy Gang, und du hast gesagt …«

»Na, so eine Überraschung, Cary. Ich hatte keine Ahnung, dass du hier bist.«

»Bitte iss mit mir zu Abend. Es sei denn, du wartest auf jemanden?«

»Ich muss auf dich gewartet haben.«

»Dieses hinreißende Kleid – ich kann den Blick gar nicht von dir abwenden.«

Jamie fing seinen Blick auf, und ihre Miene veränderte sich. Sie klappte die Speisekarte auf und studierte die Seiten. Gabe streckte eine Hand aus und berührte ihre Schulter.

»Es geht mir gut«, beeilte sie sich zu sagen. »Wirklich.«

»Was ist passiert?«

»Für eine Sekunde hatte ich alles vergessen. Für eine Sekunde dachte ich, ich wäre nur ein Mädchen in einem Strandrestaurant, das sich mit einem interessanten Typen amüsiert.«

Der Kellner räusperte sich, und sie sahen beide verblüfft auf.

»Ihre Bestellung?«, fragte er.

»Ich nehme den gebratenen Thunfisch«, sagte Jamie. »Und einen Martini.«

»Für mich dasselbe«, sagte Gabe.

»Sehr gern.« Der Kellner wollte eben schon gehen, dann wandte er sich noch einmal um. »Sind Sie Gäste des Hotels?«

»Nein«, sagte Gabe. »Wir sind nur zum Essen hier.«

»Ich war in der Nacht der Bombenanschläge bei einem Meditationstreffen«, sagte der Kellner etwas verlegen. »Wir waren Hunderte im Auditorium. Alle in einer Schweigemeditation. Dann hörten wir eine Explosion, und der Saal erbebte. Der Leiter sah auf und sagte: ›Etwas Schreckliches ist passiert.‹«

»Was haben Sie getan?«, fragte Gabe.

»Er hat uns gesagt, wir sollten uns wieder unserer Meditation zuwenden. Aber ich konnte keinen klaren Kopf mehr bekommen. Ich wusste nicht einmal, was für schreckliche Dinge passieren könnten. Und jetzt weiß ich es.«

»Wir alle wissen es«, sagte Gabe.

Der Kellner warf wieder einen Blick auf Jamie, aber sie schwieg.

»Ich bringe Ihnen Ihre Getränke.« Er entfernte sich.

Die Band spielte die letzten pulsierenden Rhythmen ihres Latino-Salsas, und der Bandleader nahm das Mikrofon in die Hand. »Und jetzt etwas anderes.« Sie gingen zu einer richtig schlechten Version von Stevie Wonders »You Are the Sunshine of My Life« über.

»Sag ihnen, sie sollen aufhören«, sagte Jamie, und sie lachten beide.

»Audrey und Cary wären entsetzt.«

»Sie würden die Tanzfläche verlassen.«

»Sie würden sich versprechen, nächstes Mal ihre eigene Band einfliegen zu lassen.«

Der Bandleader sang völlig falsch in einem schmachtenden, näselnden Ton.

»Audrey und Cary würden bei einem solchen Essen eine weitaus bessere Musik für sich spielen lassen.«

Auf einmal zuckte ein Blitz und erhellte den Horizont. Donner grollte am Himmel.

»Das ist schon besser«, sagte Gabe.

Und im nächsten Augenblick riss der Himmel auf, und dicke Regentropfen prasselten auf sie hinunter.

»Zum Balé!«, rief Gabe über das Getöse des Wolkenbruchs.

Er half Jamie hoch und hielt ihren gesunden Arm, während sie zu dem Tisch unter dem Reetdach rannten. Bis sie Schutz gefunden hatten, waren sie beide durchnässt.

»Wow«, sagte Jamie. »Das ist vielleicht ein Regen.«

Sie sahen dem Wolkenbruch ein paar Minuten schweigend zu; Jamie schlang die Arme um sich. Die Regenwand war so dicht, dass sie kaum die Tische vor ihnen sehen konnten. Wieder riss ein Blitz den Himmel auf, gefolgt von einem Donnerschlag.

Und dann hörte alles auf, ebenso plötzlich, wie es begonnen hatte. Dampf stieg wie Rauchschwaden vom Boden auf.

»Das hätte Audrey gefallen«, sagte Jamie. »Sehr dramatisch. Filmreif.«

»Wohin ist die Band verschwunden? War das eine Art Strafe für das lausige Lied?«

Sie lachte. »Sie verstecken sich an der Bar.«

»Sieh mich an«, sagte Gabe.

Sie wandte sich zu ihm um.

Er berührte die Seite ihres Gesichts. »Der Verband ist nass. Ich werde ihn wechseln, wenn wir zurückkommen.«

Sie legte eine Hand auf seine. »Danke«, sagte sie, und dann ließ sie die Hand sinken und wandte das Gesicht von ihm ab.

Gabe hob unwillkürlich ihr Haar im Nacken an. Es war eine so schlichte Geste, und doch fühlte es sich an, als würde er sie ausziehen. Er sah ein einziges Muttermal in einem Meer aus sonnengebräunter, glatter Haut. Fast ohne zu atmen, glitt er über die Landschaft ihres Nackens. Sie wich nicht zurück.

»Nasse Martinis.« Der Kellner stand wieder vor ihnen. »Und trockene Handtücher.«

Er reichte jedem von ihnen ein Handtuch und stellte die Martinis vor ihnen auf den Tisch.

Gabe nahm sein Handtuch und wollte es an Jamies Gesicht drücken.

»Nein«, sagte sie leise. »Ich mache das schon.«

Er legte das Handtuch auf den Tisch.

»Als ich das letzte Mal essen gegangen bin, war ich mit Miguel zusammen«, sagte Jamie leise. »Es scheint eine Ewigkeit her zu sein.«

Gabe verspürte einen Anflug von Schuldgefühlen. Er wischte sich rasch das Gesicht mit dem Handtuch ab. »Wohin seid ihr gegangen?«

»Irgendeine Spelunke in Kuta. Seine letzte Mahlzeit. Er hatte etwas Besseres verdient.«

Gabe nickte und wartete.

»Er hatte eine Freundin verdient, die Ja sagt«, sagte Jamie.

Sie aßen im Balé, obwohl es nicht mehr regnete. Die Band spielte wieder Latino-Tanzmusik, und während Jamie und Gabe am Tisch saßen, schweigsam und nicht mehr hungrig, wirbelten Audrey und Cary über die Tanzfläche, anmutig und atemberaubend schön.

Mitten in der Nacht hörte Gabe, wie Jamie seinen Namen rief. Er ging zu ihrem Türrahmen und wartete, nicht sicher, ob er es nur geträumt hatte. Aber dann hörte er seinen Namen wieder, diesmal geflüstert.

Er öffnete die Tür und wartete darauf, dass sich seine Augen an die Dunkelheit gewöhnten.

»Kannst du dich für eine Minute zu mir setzen?«, fragte sie. Ihre Stimme klang zitternd, sie musste wieder einen Albtraum gehabt haben.

»Natürlich.« Er ging auf den Stuhl am Fenster zu.

»Nein. Hier.« Jamie klopfte auf ihr Bett. »Dort ist es zu weit weg.«

Er trug Boxershorts, er hatte seine Jeans nicht angezogen. Aber sie schlief halb, und im Zimmer war es fast dunkel, daher hockte er sich zu ihr auf die Bettkante. Sie rollte sich auf die Seite, um ihn anzusehen.

»Hast du geschlafen?«, fragte sie leise.

»Ich bin mir nicht sicher«, sagte er. »Ich bin immer wieder aus irgendwelchen Träumen aufgewacht. Es kommt mir schon jetzt vor, als ob es eine lange Nacht gewesen ist.«

»Wie spät ist es?«

»Zwei. Halb drei vielleicht.«

»Wovon hast du geträumt?«

»Vom Meer«, sagte Gabe. »Ich bin aus großer Höhe ins Meer gestürzt. Ich musste aufwachen, bevor ich im Wasser aufschlug.«

»Ich habe dich gerettet«, sagte Jamie.

Er lächelte. »Ja. Du hast mich gerettet.«

Sie schwiegen einen Moment.

»Ich habe aufgehört, die Schmerztabletten zu nehmen«, sagte sie zu ihm.

»Hast du noch Schmerzen?«

»Ja.«

»Dann solltest du eine nehmen.«

»Auf dem Rückflug. Im Moment will ich nicht benebelt sein.«

»Vielleicht ist das der Grund, weshalb du nicht schlafen kannst«, sagte er. »Du hast Schmerzen.«

»Nein«, sagte Jamie. »Ich kann deinetwegen nicht schlafen.«

Gabe sah zum Fenster. Er konnte die Silhouette eines Baums erkennen, der sich im Wind bog. Schließlich wandte er sich wieder ihr zu. Sie lag auf der Seite, die Bettdecke bis zur Taille hochgezogen. Sie trug das Hemd, das Gabe in der Stadt für sie gekauft hatte: BALI BABY.

Er streckte eine Hand aus und strich ihr das Haar aus dem Gesicht, glitt mit den Fingern über die Kante ihres Kiefers. Als er ihren Nacken berührte, schloss sie die Augen.

Er legte sich aufs Bett, ihr zugewandt.

Sie schlug die Augen auf und sah ihn an. Er konnte so viel in ihren Augen sehen: ihre Bedürftigkeit, ihre Schuldgefühle, ihre Dankbarkeit. Er berührte ihre Lippen, als wollte er sagen: Sag nichts. Sieh mich nur an.

Sie legte eine Hand auf seine und presste seine Finger sanft an ihre Lippen. Dann führte sie ihre Hand an seinen Mund und glitt mit einem Finger über seine Lippen.

Er strich mit einer Hand über ihr Hemd, über ihre Brüste, ihren Bauch, und als er das Hemd anhob, um die Haut darunter zu berühren, stieß sie einen Laut aus, den er nie zuvor gehört hatte, irgendeine Mischung aus Verlangen und Schmerz.

»Soll ich aufhören?«, fragte er.

»Zieh mir dieses Hemd aus«, sagte sie atemlos.

Er lächelte. Er knöpfte es auf und streifte es vorsichtig über ihren Gips.

Sie rollte sich auf den Rücken. Seine Augen hatten sich an die Dunkelheit gewöhnt, und im Mondlicht konnte er sehen, dass ihre Brüste voll und rund waren, so braun gebrannt, dass er wusste, dass sie irgendwo auf der Welt nackt in der Sonne gelegen haben musste. Als er mit den Fingern darüberglitt, öffnete sie die Lippen und atmete tief durch.

»Bitte«, sagte sie mit leiser, sanfter Stimme. »Berühre mich.«

Er beugte sich vor und küsste jede Brustwarze und hob dann den Kopf, um ihr Gesicht zu küssen.

Sie zuckte zusammen, und er wich zurück.

»Entschuldige«, sagte er.

»Das ist es wert«, sagte sie lächelnd. Aber sie legte eine Hand über ihren Verband, und eine Furche zeigte sich zwischen ihren Brauen.

»Bist du sicher?«, fragte er.

»Ja.«

Er bedeckte ihren Oberkörper mit Küssen, bis hinunter zu ihrem Bauch, und dann wich er zurück, um eine Tätowierung zu lesen, die weit unter ihrem Bauchnabel eingeritzt war. *Take me higher*, stand da in eleganter Kursivschrift.

»Wie alt warst du, als du das hast machen lassen?«, fragte er grinsend.

»Es war an meinem achtzehnten Geburtstag.«

»Bezieht es sich auf Drogen, Sex oder Berge?«

»Ja, ja und ja«, sagte sie zu ihm.

»Du bist ja ein schönes Früchtchen«, sagte er, und dann glitt er mit der Zunge über die Schrift.

»Es klappt«, murmelte sie.

Er zog die Decke herunter und starrte sie an. Sie hatte blaue Flecken an den Beinen. Eine Erinnerung durchzuckte ihn: wie er in dem brennenden Club die Trümmer von ihr weggeräumt hatte. Er legte eine Hand ganz sanft auf ihren Oberschenkel.

»Ich will dir nicht wehtun«, flüsterte er.

»Das wirst du nicht. Mit dir fühle ich mich …« Sie brach ab.

Er sah zu ihr hoch.

»… wie alles«, beendete sie den Satz.

Er legte sich wieder neben sie. »Genauso fühle ich mich auch mit dir«, sagte er, und dann nahm er sie in seine Arme.

Sie liebten sich langsam, vorsichtig, legten sich um ihren sperrigen Gips. Gabe berührte sie, als würde er alles entdecken, was er noch nicht über sie wusste. Und als sie sich nach ihm ausstreckte und ihn an sich zog, sagte er: »Langsam. Lass dir Zeit.«

»Du bringst mich um«, sagte sie, aber sie lächelte.

Ihre Körper fanden in einen Rhythmus, den Gabe nicht zu beherrschen versuchte, er bewegte sich mit ihr und setzte sich auf sie, und dann setzte sie sich auf ihn, und als sie kamen, hörten sie nicht auf, einander zu umschlingen.

»Langsam«, neckte Jamie ihn, als er sie begierig an sich zog.

»Jeder Tag war so lang«, sagte er in ihr Ohr.

»Ja«, flüsterte sie, und dann kletterte sie wieder auf ihn.

Gabe lächelte, sobald er sich zu regen begann. Die Augen noch immer geschlossen, erinnerte er sich an einen Moment mitten in der Nacht. Er war aufgewacht und hatte sich im Bett aufgesetzt, um Jamie anzustarren. Sie schlief, den gebrochenen Arm über dem Kopf ausgestreckt, als würde der Gipsverband sie nicht länger schützen. Zum ersten Mal seit den Bombenanschlägen sah sie friedlich aus. Es gab keine Furchen zwischen ihren Augen, keine Schreie, die ihr in der Kehle stecken blieben.

Gabe hatte ihr beim Schlafen zugesehen, während er mit einem Finger über die Konturen ihrer Hüfte glitt.

Er beugte sich hinunter und küsste ihren Hüftknochen. Er war vollkommen. Keine Prellung, keine Schwellung, keine Schnittwunden oder aufgeschürften Stellen. Er ließ seine Lippen dort ruhen.

Und dann kuschelte er sich an sie und schlief wieder ein.

Jetzt tastete seine Hand nach der Bettkante – keine Jamie. Er schlug die Augen auf. Die Sonne war aufgegangen und erfüllte das Zimmer mit einem weichen grünlichen Licht.

»Jamie?«

Er sah zum Badezimmer. Die Tür war geschlossen. Er legte

den Kopf wieder aufs Kissen. Bald würde er sie zum Flughafen fahren. Zuerst würde er ihr das Frühstück machen, und sie würden Kaffee trinken, draußen im Balé sitzen. Vielleicht würden sie sich noch einmal lieben. Er würde ihr von den Atemübungen erzählen, die er nach Ethans Tod gelernt hatte, als die Panikattacken ihn mitten in der Nacht aus dem Schlaf rissen. Er würde sie nicht bitten zu bleiben; sie musste nach Hause fahren. Aber er würde sie bald in San Francisco besuchen.

»Jamie?«

Er setzte sich im Bett auf. Er sah kein Licht unter der Tür. War sie in der Küche?

Er ging zur Badezimmertür und klopfte leicht an. Als keine Antwort kam, öffnete er die Tür und spähte hinein.

Leer.

Das war der Augenblick, als er sah, dass ihre wenigen Toilettenartikel fehlten. Die Ablage war sauber abgewischt.

Er sah zurück ins Schlafzimmer. Der Koffer, der auf einer Bank am Fußende des Betts gelegen hatte, war verschwunden.

Er stürzte ins Wohnzimmer. »Jamie!«

Aber das Zimmer war leer, die Türen zum Garten aufgerissen. Er rannte zur Tür und suchte in allen Richtungen. Sie entspannte sich nicht in ihrem Stuhl auf der Veranda; sie saß nicht bei einer Tasse Kaffee im Balé und wartete auf ihn.

Sein Wagen, dachte er. Er würde die Straßen abfahren und nach ihr suchen.

Er fand seine Jeans und sein T-Shirt, zog sich rasch an, streifte sich das T-Shirt in der Eile verkehrt herum über. Er suchte nach seinen Wagenschlüsseln, doch sie steckten nicht in seiner Jeanstasche. Er warf einen Blick auf den Küchentresen. Sie lagen auf einer Nachricht.

Er zwang sich, sie in die Hand zu nehmen.

Jamie hatte unter ihre Zeichnung des Gartens geschrieben.

Gabe. Es tut mir so leid. Ich bin heute Morgen sehr früh aufgewacht und musste an Miguel denken. Ich hätte an ihn denken sollen, als ich mitten in der Nacht nach dir gerufen habe. Es war falsch, mich an dich zu wenden, wenn ich noch immer um ihn trauere.

Ich werde mir ein Taxi zum Flughafen nehmen. Miguel hatte etwas Besseres verdient und du auch.

Danke für alles.

Sie hatte die Nachricht nicht unterzeichnet.

Gabe fuhr nach Norden in Richtung Ubud. Er hatte Billys Haus geputzt, hatte die Bettwäsche in die Waschmaschine gestopft, die Handtücher daneben auf dem Boden liegen lassen. Er hatte eine Nachricht für Billys Putzfrau geschrieben, in der er sich dafür bedankte, dass sie die restliche Arbeit erledigte. Er hatte etwas Geld zu der Nachricht gelegt.

Er hatte Lena bereits angerufen, um ihr zu sagen, dass er in einer Stunde in der Arbeit sein würde. Sie hatte ihm gesagt, er solle sich keine Sorgen machen – es kämen so wenige Kinder, dass ein Lehrer sich um alle kümmern konnte –, aber er bestand darauf.

»Ich muss arbeiten«, sagte er zu ihr.

»Das verstehe ich«, sagte sie.

Was passiert als Nächstes, fragte er sich, während er auf die Berge von Bali zufuhr. Er spürte, wie sich das Gewicht von allem, was in dieser Woche passiert war, schwer auf ihn senkte.

Es begann zu regnen, und er stellte die Scheibenwischer auf die höchste Stufe ein. Bald konnte er zwischen den Regenmassen, die auf die Windschutzscheibe trommelten, kaum noch etwas erkennen. Er fuhr an den Straßenrand und sah zu, wie das Wasser die Reisfelder überschwemmte. Ein Mann fuhr auf einem Fahrrad über einen Weg zwischen den Feldern, während ihm der Regen vom Hut strömte.

Du fährst weiter, dachte er.

Und so bog er einen Augenblick später wieder auf die Straße ein. Und dann fuhr er weiter, tiefer nach Bali hinein.

Dritter Teil

2003

»Geh nicht weg von mir«, sagt Jamie. »Bitte.«

Gabe hat sich noch nicht abgewandt, aber irgendwie weiß sie, dass sie ihn verlieren wird. Nach einem langen Jahr und so vielen Meilen darf sie das nicht zulassen. Auch sie verspürt einen Drang zu fliehen – ihn zu sehen löst eine Flut von Emotionen aus, die ihr zu groß erscheint, um sie einzudämmen. Seine grünen Augen erkennen sie prompt, und sie hat Angst vor dem, was passieren wird, wenn sie seinen Blick erwidert.

Habe ich mir die Geschichte jener Woche nur ausgedacht?, denkt Jamie. Wie viel von der Liebe ist ausgedacht?

»Gib mir eine Chance«, sagt sie. »Lass mich erklären, warum ich gegangen bin.«

Gabe senkt den Blick. »Ich weiß, warum du gegangen bist«, sagt er leise.

Ein Motorrad fährt auf sie zu und kommt dann zum Stehen. Sobald Jamie aufsieht, sagt der junge Mann auf dem Motorrad: »Transport?« Sie schüttelt den Kopf. Sie will, dass der Rest der Welt verschwindet. Bis auf Gabe. Sie braucht ihn mit einer Besessenheit, die sie selbst verblüfft.

»Können wir ein Stück gehen?«, fragt sie. Gib mir Zeit,

will sie ihn anflehen. Lass mich dich noch ein bisschen länger ansehen. Ich muss dich wieder kennen lernen.

»Jamie«, sagt Gabe, und sein Ton sagt ihr schon jetzt: nein. Und dann verändert sich sein Gesichtsausdruck – was der Schock des Erkennens gewesen sein könnte, verwandelt sich in etwas wie Wut. Seine Miene verdüstert sich.

»Ich will dich nicht sehen«, sagt er zu ihr. »Ich kann nicht ...« Er bricht unvermittelt ab und wendet das Gesicht von ihr ab.

Es ist, als ob er es nicht ertragen kann, sie anzusehen. Hat er Angst, er könnte einknicken, wenn er ihr eine Chance gibt? Dann muss er ihr eine Chance geben. Ein Sturm flehender Bitten erhebt sich in ihr, keine davon stark genug, um ihn zum Bleiben zu überreden.

»Es tut mir leid«, murmelt er. Und dann entfernt er sich.

Sie will ihm nachlaufen, ihn beim Arm nehmen und aufhalten. Sie will ihn an sich ziehen und ihren Körper an seinen pressen. Erinnere dich an mich.

Aber er erinnert sich ja an sie. Er erinnert sich, dass er am Morgen aufgewacht ist und sie verschwunden war.

Sie lehnt sich gegen den Baum, presst den Rücken gegen die harte Rinde. Sie ballt die Faust gegen den Schmerz in ihrer Brust.

Dreh dich um, fleht sie im Stillen. Komm zurück zu mir.

Aber er geht weiter die Straße hinunter, fort von ihr. Ein Mann kommt auf Gabe zu, der stehen bleibt, und die beiden geben sich die Hand. Sie sind zu weit entfernt, als dass Jamie hören könnte, was sie sagen. Sie kann Gabes Gesichtsausdruck nicht sehen, aber sein Freund lächelt breit. Jamie sehnt sich danach, Gabes Lächeln zu sehen, selbst wenn es nicht ihr gilt. Sie erinnert sich, wie er im Schlaf gelächelt hat, als sie an jenem letzten Morgen aus dem Bett geschlüpft ist. Er hatte ihren Namen gemurmelt, während sie leise ihren Koffer von der Bank nahm und auf Zehenspitzen aus dem Zimmer schlich.

Jetzt klopft er seinem Freund auf die Schulter, und dann, ohne sich noch einmal umzudrehen, biegt er um die Ecke und ist verschwunden. Jamie lehnt den Kopf gegen den Baum und schließt die Augen.

Das ganze letzte Jahr hat sie jedes mögliche Szenario in Gedanken durchgespielt: Er würde ihr zuhören, er würde toben, er würde weinen, er würde sie hassen oder sie lieben.

Aber nie war er einfach fortgegangen.

Sie findet Nyoman an der Ecke in der Nähe seines Hauses, wo er mit einem anderen Mann steht. Als sie näher kommt, drehen sich die beiden Männer zu ihr um.

»Transport, Miss?«, fragt der andere Mann. »Hübscher Wagen für Sie.«

Nyoman senkt den Kopf.

»Nein danke«, sagt sie zu dem Mann.

»Das ist Miss Jamie«, sagt Nyoman zu seinem Freund. »Sie wohnt bei mir für die Gedenkfeier.«

»Willkommen, Freundin von Nyoman!«, sagt der Mann mit einem eifrigen Lächeln.

»Nyoman«, sagt Jamie, während sie zwischen den beiden Männern hin- und hersieht. »Kann ich Sie etwas fragen?«

Er entfernt sich ein paar Schritte von seinem Freund, um ihr etwas Privatsphäre zu geben, und sie ist dankbar dafür.

»Haben Sie heute einen Wagen?«, fragt sie. »Haben Sie jetzt Zeit?«

»Ja«, sagt er. »Wenn ich keinen Job habe, suche ich auf der Straße nach Arbeit. Ich habe den Wagen, wenn ich ihn brauche.«

»Ich würde gern nach …«, sagt sie, und dann bricht sie ab.

»Ich kann Sie fahren«, sagt Nyoman. »Meinem Freund ist es egal. Sie sind mein Gast.«

»Waren Sie beim Ort der Anschläge?«, fragt Jamie.

Nyoman macht den Mund auf, aber er sagt nichts.

»Wenn es zu hart für Sie ist …«

»Ich war oft dort«, sagt er.

»Ich will dorthin fahren«, sagt sie zu ihm. Ihre Stimme bebt, als sie es sagt.

Nyoman schüttelt den Kopf. »Vielleicht wird es zu hart für Sie sein.«

»Ich will dorthin fahren«, sagt sie noch einmal, diesmal mit festerer Stimme.

»Ich werde Sie fahren«, sagt er.

»Können wir jetzt gleich fahren? Bevor ich es mir anders überlege.«

Nyoman geht zurück zu seinem Freund. Er spricht auf Balinesisch mit ihm, und der Mann reicht ihm einen Schlüsselbund. Er geht auf den Wagen vor ihnen zu und öffnet die Beifahrertür, dann hält er inne und sieht zurück zu Jamie.

»Ich bin so weit«, sagt Nyoman.

Die Worte klingen ihr in den Ohren. *Ich bin so weit.* Und doch setzen sich ihre Füße nicht in Bewegung; ihr Körper verharrt stocksteif.

Sie erinnert sich, dass Gabe nur Tage nach den Anschlägen zu dem Ort zurückgefahren ist. »Ich will das niemals sehen«, hatte sie gesagt. Irgendwie weiß sie, dass sie es jetzt sehen muss.

Sie geht zum Wagen und steigt ein.

»Ich habe einen Mann kennen gelernt, der auch seine Frau bei den Bombenanschlägen verloren hat«, sagt Nyoman auf der Fahrt.

Erzähl mir keine Geschichten, damit ich mich besser fühle, denkt Jamie.

»Er hat bald darauf wieder geheiratet. Genau das muss ich auch tun, ich habe zu lange gewartet. Wir müssen Kinder in die Welt setzen. Ich habe keine Kinder. Und daher muss ich, selbst wenn ich keine neue Ehefrau will, eine finden.«

»Das dürfte nicht schwer sein«, sagt Jamie. Sie schenkt ihm ein leises Lächeln.

»Es ist schwer, weil ich meine Frau vermisse.«

»Natürlich«, sagt Jamie. Sie ist verblüfft von seiner Aufrichtigkeit. Sie wirft einen Blick auf ihn, aber er starrt geradeaus, ein dünnes Lächeln im Gesicht.

»Trotzdem. Meine Eltern brauchen Enkelkinder. Meine Nichten und Neffen brauchen Cousins und Cousinen. Ich brauche einen Sohn.«

»Oder eine Tochter.«

»Einen Sohn«, wiederholt er.

»Was ist so schlecht an einer Tochter?«, fragt sie.

»Ein Sohn erbt das Land seines Vaters. Ich muss einen Sohn haben.«

»Frauen können nicht erben?«

»Das müssen sie nicht«, erklärt Nyoman. »Sie werden mit ihrem Ehemann auf dem Land des Ehemanns leben.«

Jamie hat nicht die Energie für einen Streit. Sie hat jeden Streit heute bereits in dem Moment verloren, in dem Gabe von ihr weggegangen ist. Und überhaupt, warum sollte sie sich mit einem Mann streiten, wenn es in Wirklichkeit ein Land, eine Religion, eintausend Jahre Geschichte sind, mit denen sie streiten müsste?

Sie fahren durch so dichten Verkehr, dass es ihr vorkommt, als würden sie zum Ort der Anschläge kriechen. Es geht quälend langsam voran. Die Straßen sind verstopft von abendlichen Pendlern auf Motorrädern, und ein schwerer Sturm liegt in der Luft. Jamie legt eine Hand um ihren Arm, den ein Phantomschmerz quält.

»Dieser Mann, den Sie kennen gelernt haben?«, fragt Jamie.

Nyoman sieht sie von der Seite an mit ausdrucksloser Miene.

»Sie wollten mir eine Geschichte von einem Mann erzählen ...«

»Ja, ja. Ein Mann, der seine Frau bei den Bombenanschlägen verloren hat. So wie ich. Aber dieser Mann, er hat bald darauf wieder geheiratet. Und letzte Woche wurde ein Kind geboren.«

»Ein Sohn?«

»Ein Sohn.«

Jamie blickt aus dem Fenster, vorbei an dem Strom von Motorrädern, und sieht eine Reihe von Geschäften, die Kunst verkaufen. Die Gemälde sind plump, primitiv. Die Leinwände sind gegen die Gebäude gelehnt, und ihre kräftigen, schlichten Farben heischen nach Aufmerksamkeit. Sie sind abscheulich, kaum besser als ein Samtbild von Elvis. Es gibt Bilder von Vögeln und Blumen und balinesischen Frauen mit nackten Brüsten. Klischees allesamt. Jamie verspürt einen Anflug von Wut auf die Künstler, die die Touristen für so dumm halten. Wer würde diese Bilder kaufen?

»Sie hören nicht zu«, sagt Nyoman wie ein geduldiger Lehrer.

»Ich höre zu«, sagt Jamie erschöpft.

»Wenn ein Kind geboren wird, kommt der Priester, um seinen Segen zu geben. Der Priester kann der Familie sagen, wo die Seele des Kindes in ihrem früheren Leben gelebt hat. Der Priester weiß diese Dinge.« Nyoman lächelt, glücklich in seinem Glauben.

»Woher weiß er das?«, fragt sie.

»Er weiß es eben. Er spricht vor einer Einäscherung mit der Seele des Toten und erfährt, was die Seele für ihre Reise braucht. Und bei einer Geburt kennt der Priester die Seele des Kindes. Das Kind ist neu, aber die Seele ist alt.«

»Und Ihr Freund?«

»Der Priester, der für den Segen kam, kannte meinen Freund oder die Familie meines Freundes nicht – sie waren in ein neues Dorf gezogen, nachdem eine Flut ihr altes Zuhause zerstört hatte –, aber er sagte, die Seele des Kindes sei von einer Frau gekommen, die bei einem Feuer ums Leben kam. Sie starb sehr jung.« Nyoman hört auf zu reden und sieht Jamie an. »Verstehen Sie?«

»Das Kind hat die Seele der ersten Ehefrau«, sagt Jamie.

»Natürlich«, sagt Nyoman zu ihr.

Er lächelt und fährt und lächelt und fährt. Der Verkehr

macht ihn nicht nervös oder unruhig. Die Geschichten seines Volkes verwirren ihn nicht. Die Tragödie seiner Frau lähmt ihn nicht.

»Was ist am Ort der Anschläge?«, fragt Jamie. Erst jetzt wird ihr bewusst, dass sie es gar nicht weiß.

»Was meinen Sie?«

»Gibt es dort eine Gedenkstätte? Hat man die Clubs wiederaufgebaut? Ist es genauso wie früher?«

»Sie werden sehen«, sagt Nyoman. Ausnahmsweise lächelt er nicht.

Nyoman parkt den Wagen und führt Jamie zu Fuß von einer Straße zur nächsten. Nichts sieht vertraut aus. Sie sieht Reihen mit Touristenläden, Geschäften, Restaurants. Reklametafeln preisen Markennamen an: Bintang-Bier, Coca-Cola. Es ist noch hell – sie würde die Gegend vielleicht ohnehin nicht wiedererkennen, da sie an jenem Abend erst nach Einbruch der Dunkelheit in Kuta war. Aber das hier sieht so banal aus, so unbedrohlich. Eine Bombe irgendwo hier in der Nähe? Zwei Bomben? Hunderte von Toten?

Sie biegen um eine Ecke, und auf einmal bleibt Nyoman stehen.

»Wir sind da«, sagt er.

Jamie sieht sich um. Eiskalter Schweiß bedeckt ihre Haut.

Aber hier ist nichts.

In einer Straße gibt es eine Eisdiele, in einer anderen eine Bank und ein Bürogebäude.

»Wo?«, fragt sie. Das Wort kommt ihr kaum über die Lippen.

»Hier.« Nyoman zeigt hinter sie.

Sie stehen an einer Ecke, und als Jamie sich umdreht, sieht sie ein riesiges gemeißeltes Kunstwerk an einer Wand. Unter der grimmigen Miene eines Gipsgottes befindet sich eine glänzende schwarze Platte, etwa einen Quadratmeter groß. In Gold eingraviert sind Namen. Reihen mit Namen.

Vor der Wand liegen Blumensträuße, ein paar frisch, ein paar verdorrt und vertrocknet. Ein paar Fotos hängen an der Wand: Eines zeigt eine schöne junge blonde Frau, ein anderes einen Jugendlichen, vermutlich balinesisch.

»War der Club …«

»Das war Paddy's Pub«, sagt Nyoman. Er zeigt auf die andere Straßenseite. »Sari Club«, sagt er.

Ein leerer Raum, eine beginnende Baustelle, befindet sich zwischen den zwei Gebäuden.

»Dann ist das die Gedenkstätte«, sagt Jamie und deutet auf die Wand hinter ihnen.

»Ja.«

Jamie geht auf einen niedrigen Zaun zu, der die Ecke umgibt, die Wand mit Namen einfriedet. Sie ist verdutzt: Warum ist hier ein Zaun? Sollte sie darübersteigen? Darf sie nicht näher herantreten, um die Namen lesen zu können?

Dann sieht sie eine kleine Pforte an einer Ecke. Sie geht hinüber, durchquert die Pforte und tritt vor die Wand.

Sie ist die Einzige hier. Nyoman bleibt an der Ecke stehen, den Blick von der Wand abgewandt. Hat er den Namen seiner Frau schon hundertmal dort gefunden? Oder hält er immer Abstand, so viel, dass sich die Masse von Buchstaben nicht in Wörter, in einen Namen, verwandeln kann?

Jamie tritt nah an die Wand. Sie wird nach einem bestimmten Namen suchen.

Sie sind nach Ländern geordnet: Australien führt die Liste mit einer Spalte nach der anderen an. Dann Indonesien. England. Die Vereinigten Staaten haben sieben Namen. Sie starrt sie an. Natürlich kennt sie sie nicht. Schweden, Deutschland, Niederlande, Frankreich, Dänemark. Guillaume, Daneta, Lise, Natalie, Emma. Sie überfliegt die Liste der Länder. Wo ist Chile?

Und dann finden ihre Augen das Wort und den einen Namen darunter.

MIGUEL AVALOS.

Sie legt die Finger an die Wand, spürt die Rillen jedes einzelnen Buchstabens, als würde sie Brailleschrift lesen. Sie erinnert sich an die Art, wie er sie hinter dem Wasserfall geküsst hat, als sie vom Batur abstiegen; sie erinnert sich, wie sie dachte: Kann ich diesen Mann lieben?

Sie erinnert sich an den süßen Ausdruck seiner Augen, als er sich in dem Restaurant in Kuta über den Tisch vorbeugte und sie bat, ihn zu heiraten.

Ich habe dich enttäuscht, denkt sie. Ich habe dich nicht genug geliebt, um Ja zu sagen. Tage später habe ich einen anderen Mann geliebt. Ich habe dich um das betrogen, was dir hätte gehören sollen.

Sie verspürt ein Engegefühl in der Brust. Sie beugt sich vor und berührt den kalten Marmor mit den Lippen. Sie spürt jeden Buchstaben seines Namens.

Einen Augenblick später richtet sie sich auf. Sie geht zurück zu den Namen der Indonesier. Nyomans Frau. Ati. Elly. Tata. Widayati. Welche von euch hat diesen guten Mann geliebt?

Sie tritt einen Schritt zurück und betrachtet den Wirrwarr von Namen, so vielen Namen. Wen habe ich aus dem Schutt gezogen, nur damit du in meinen Armen stirbst? Wer stand zu nah an der Bar, die so rasch in Flammen aufging, dass niemand mehr Zeit hatte wegzulaufen? Über wen bin ich auf dem Weg nach draußen gestiegen?

Sie lässt sich auf die Knie fallen. Ihr Gesicht ist nass von Tränen.

Auf einmal ist Nyoman neben ihr. Seine Hand legt sich auf ihre Schulter. Sie starren beide lange Zeit auf die Liste.

Am Morgen wacht Jamie auf, und auf einmal weiß sie genau, was sie zu tun hat. Sie duscht, zieht sich an, frühstückt und sagt Nyoman, dass sie in ein paar Stunden zurück sein wird.

Vor der Pforte des Gästehauses begrüßen Bambang und TukTuk sie, als wäre sie wochenlang fort gewesen.

»Sie haben Job für Bambang?«, fragt der Junge, und der Hund umkreist sie beide, als wolle er sie zusammenbinden.

»Tut mir leid, Junge«, sagt Jamie zu ihm. »Heute nicht.« Sie geht den Hügel hoch, der aus der Stadt führt.

»Sie gehen Mr. Gabe in der Schule besuchen!«, sagt Bambang stolz.

Jamie geht weiter.

»Sie in Mr. Gabe verliebt?«, fragt er, während er ihr nachläuft.

»Das geht dich nichts an«, sagt sie leichthin.

»Sie haben keinen Ehemann. Sie haben kein Baby. Mr. Gabe wird Toy Boy sein.«

»Nein«, lacht Jamie. »Ich suche keinen Toy Boy.«

»Was suchen Sie denn?«

»Du bist ein neugieriger kleiner Lümmel.«

»Ich verstehe diese Worte nicht.«

»Ach nein.«

Bambang lächelt.

»Woher kommst du, Bambang?«

»Nirgends.« Er senkt den Kopf, verbirgt seine Augen.

»Wo sind deine Eltern?«

Sie haben die Kuppe des Hügels erreicht. Jamie ist froh, als ihr bewusst wird, dass sie zum ersten Mal seit Tagen nicht erschöpft ist. Sie muss bereit für das sein, was vor ihr liegt, denkt sie.

»Ich bin alt genug«, sagt Bambang. Zwischen seinen Augen ist eine Furche, die sie nie zuvor gesehen hat. »Brauche keine Eltern.«

»Wo sind sie?«

»Zu viele Fragen, Miss Jamie. Sie haben mir gesagt, nicht zu viele Fragen zu stellen.«

»Schläfst du auf der Straße?«, fragt sie.

Wieder wendet er den Blick von ihr ab. »Ich finde Arbeit in Stadt«, sagt er traurig. »Sie haben keine Arbeit für mich.«

Jamie bückt sich und krault TukTuk hinter den Ohren. Der süße Hund reibt sich an ihrem Bein und winselt.

»Mach keinen Ärger«, sagt sie zu dem Hund.

Bambang dreht sich um und läuft die Straße zurück, pfeift TukTuk zu, ihm zu folgen. Der Hund legt den Kopf schräg, sieht Jamie einen letzten Moment flehend an.

»Jetzt geh schon«, sagt sie, und er läuft seinem Herrchen hinterher.

Sie biegt um die Ecke und bleibt vor Gabes Schule stehen. Sie kann das Lachen und Kreischen von Kindern hören – bei diesem ganzen Lärm kann doch sicher niemand lernen.

Auf einmal verstummt jedes Geräusch. Eine unheimliche Stille liegt in der Luft, und dann erheben sich die Stimmen zu einem Lied.

Jamie liest das Schild an der Eingangstür: VOLLMOND-FEIER AM FREITAG, 10–14 UHR. SPIELE UND ERFRISCHUNGEN.

Sieht aus, als ob ich zu einer Party gekommen bin, denkt Jamie. Sie verscheucht ihre Angst vor Menschenmengen. Sie hat nichts zu verlieren.

Sie geht durch die Tür und einen Korridor hinunter, der an leeren Klassenzimmern vorbei zum Garten dahinter führt. Während sie geht, erfüllt das Lied – eine schöne balinesische Melodie – ihr Herz und macht ihr Mut.

»Willkommen, Miss«, sagt ein Junge an der Hintertür. »Fünfzigtausend Rupiah für Lose. Fünfzigtausend Rupiah für Spiele. Einhunderttausend Rupiah für Essen. Alles Geld geht an die Ubud-Gemeindeschule.«

Er spricht zu schnell. Jamie wird von Lärm überwältigt, jetzt, wo das Lied zu Ende ist. Und von überallher laufen Kinder in alle Richtungen.

»Sie haben Tanzaufführung verpasst. So schade, Miss. Jetzt beginnt Markt.«

Er sitzt an einem Tisch; hinter ihm erstreckt sich ein staubiges Feld voller Zelte und Spiele und Buden, auf dem es von Kindern und Eltern und Lehrern wimmelt. Ich werde Gabe niemals finden, denkt Jamie. Ihre Entschlossenheit schmilzt binnen Sekunden dahin.

»Sie sind eine Mutter? Sie haben Kind hier in Schule? Meine Mutter arbeitet in der Küche. Ich bin auch Schüler hier.«

Der Junge hört nicht auf zu reden. Die Sonne brennt auf sie herunter, und Staub beißt ihr in den Augen.

»Wie viel kostet der Eintritt?«, fragt sie.

»Kostenlos!«, ruft er. »Aber so viele Dinge zu tun.«

Bevor er die Gelegenheit hat, sie wieder herunterzurasseln, reicht sie ihm ein paar Rupiah und kauft Tickets für irgendwelche Spiele. Der Junge ist begeistert.

Sie schlendert auf das Feld hinaus. Die meisten Kinder sind sehr klein. Sie kommt an einem Schminkstand vorbei, wo eine Frau einem kleinen Jungen ein schmollendes Clownsgesicht malt. Es gibt eine Wurfbude und eine Dartscheibe – sie könnte auf einem Jahrmarkt zu Hause in den USA sein.

Aber auf der nächsten baufälligen Bühne spielt eine Gruppe von Kindern Gamelanmusik. Sie sind erst zehn oder elf Jahre alt, schätzt sie, und sie sind sehr gut. Stolze Eltern klatschen ihnen Beifall.

Sie kommt an einem hohen Fahnenmast vorbei, mit Flaggen an der Spitze. Ein kleiner Junge versucht an dem Mast hochzuklettern, um sich eine der Flaggen zu holen, aber er rutscht immer wieder ab. Die Menge feuert ihn an, aber schließlich, etwa auf halber Höhe, verlässt ihn die Kraft, und er rutscht wieder hinunter.

Jamie geht weiter. Sie kommt an langen Tischen mit Essen vorbei, hauptsächlich indonesischen Spezialitäten. Sie hat keinen Hunger, sie hat nur einen einzigen Grund, hier zu sein. Wo zum Teufel ist er?

Jubel wird auf der anderen Seite des Feldes laut. Sie sieht eine Gruppe von Kindern bei einem Fußballspiel und einen Mann unter ihnen. Gabe. Sie geht in die Richtung.

Er sieht auf, als sie näher kommt, und hält einen Moment inne. Alles Licht weicht aus seinem Gesicht, als er sie sieht. Seine Augen verengen sich, als wäre er in Gedanken vertieft. Dann trifft ein Ball sein Schienbein, und ein Junge rempelt ihn an. Er rafft den Jungen hoch und zerzaust ihm die Haare. Und einfach so ist er wieder Gabe, nicht irgendein wütender Fremder. Sein Gesicht wird von Wärme erfüllt. Aber sie gilt nicht ihr, sie gilt diesen Jungen, die immer wieder gegen ihn rennen, als wäre das das Ziel des Spiels.

Bleib hier, sagt sie sich. Flieh nicht.

Er spielt mit den Jungen, aber sie kann sehen, dass er abgelenkt ist; die Jungen brüllen ihn immer wieder an, wenn er den Ball nicht trifft. Schließlich sagt er irgendetwas zu dem größten Jungen und läuft vom Feld, auf Jamie zu.

»Ich habe meine Meinung nicht geändert«, sagt er mit kalter Stimme.

Er bleibt ein paar Schritte vor ihr stehen, die Arme vor der Brust verschränkt, als wolle er einen Angriff abblocken.

»Ich bin von weit her gekommen«, sagt Jamie.

»Für die Gedenkfeier«, sagt Gabe.

»Für dich«, sagt sie zu ihm. Sie kann sich nicht länger etwas vormachen.

Er schüttelt den Kopf.

Er tritt auf sie zu, und für eine Sekunde denkt sie, dass er sie in seine Arme schließen wird. Aber er hat den Kopf gesenkt, und seine Stimme ist leise. »Ich bringe dich hinaus«, sagt er.

Er geht weiter, an ihr vorbei und auf das Schulgebäude zu. Sie dreht sich um und geht neben ihm her.

»Das ist nicht fair, Gabe«, sagt sie zu ihm. »Du weißt, wie schwer es letztes Jahr für mich war.«

»Ich mache dir keinen Vorwurf«, sagt er. Er sieht sie nicht an, während er geht. »Es hat nichts mit dir zu tun.«

»Es hat alles mit mir zu tun.«

Wieder schüttelt er den Kopf. »Ich meine nur, dass ich mich diesmal um mich selbst kümmere. Das ist das Beste für mich.«

»Mich abzuweisen?«

»Ja.«

Sie hören lauten Jubel, und als sie aufblicken, sehen sie eine Menschenmenge, die sich um den Fahnenmast versammelt hat. Ein magerer Junge ist bis zur Spitze hochgeklettert, wo er sich eine der Flaggen schnappt. Die Menge johlt und pfeift. Das Gesicht des Jungen glüht vor Triumph; er rutscht an dem Fahnenmast hinunter wie ein glücklicher Affe.

»Mr. Gabe! Er hat's geschafft! Er hat's geschafft!« Ein rothaariges Mädchen stürmt auf Gabe zu und schlingt ihm die Arme um die Beine. Dann weicht sie einen Schritt zurück und starrt mit weit aufgerissenen Augen zu ihm hoch. »Nur drei Jungen haben es geschafft. Alle haben es versucht. Keine Mädchen, Mr. Gabe.«

»Komm schon, Layla. Du schaffst das.«

»Ich habe es zweimal versucht. Es ist zu schwer für mich. Es ist zu schwer für Mädchen, Mr. Gabe.«

Jamie geht auf den Mann zu, der an dem Fahnenmast die Tickets einsammelt.

»Kann ich es versuchen?«, fragt sie.

»Na klar«, sagt der Mann erfreut. »Bis jetzt hat es noch

keiner der Eltern versucht. Sie sind sehr tapfer. Ich wäre so gedemütigt.«

»Das werde ich in ungefähr fünf Minuten vielleicht auch sein«, erwidert Jamie.

Er nimmt ihr Ticket entgegen. Sie blickt nicht zurück, um zu sehen, ob Gabe ihr zusieht. Sie hofft, dass das kleine Mädchen den Blick auf den Mast gerichtet hat.

Jamie umklammert den Mast hoch über sich mit beiden Händen, dann zieht sie sich hoch und schlingt die Beine darum. Er ist glitschiger, als sie erwartet hat. Sie wünscht, sie hätte sich die Zeit genommen, ihre Hände mit der staubigen Erde einzureiben, aber jetzt ist es zu spät dafür. Sie umklammert den Mast fest mit beiden Beinen.

Sie greift wieder hoch über sich, hält sich fest und zieht sich mit den Armen hoch, während sie sich mit den Beinen abstößt. Ich schaffe das, denkt sie.

Der erste Jubelruf wird in der Menge laut.

»Wer ist das?«, fragt jemand.

»Ist sie eine Mom?«

»Lehrerin, glaube ich«, sagt jemand anders.

»Freundin von Mr. Gabe!«, brüllt ein Kind, und alle Kinder jubeln laut auf.

Jamie klettert mit aller Kraft an dem Mast hoch, bis sie ihn zu zwei Dritteln erklommen hat.

Dann braucht sie eine Pause; ihre Arme ermüden zu schnell. Dieses letzte Stück ist das schwerste, und sie braucht ihre Kraft.

Sieht er ihr zu? Sie wird nicht nach unten blicken, um die Menge nach ihm abzusuchen. Vermutlich ist er weggegangen. Und überhaupt, sie tut es nicht für ihn. Sie tut es für die Mädchen. Verdammt, sie könnte im Augenblick selbst ein kleines Erfolgserlebnis in ihrem Leben gebrauchen.

Ihr schlimmer Ellenbogen tut weh, aber sie verdrängt den Schmerz. Diese pure körperliche Anstrengung, das greifbare Ziel, einen Mast hochzuklettern, tut so verdammt gut.

Sie greift mit den Händen wieder höher, umklammert den Mast fester mit den Beinen, um ihre erschöpften Arme zu schonen. Sie ist noch immer zu weit unten, um sich die Flagge zu schnappen. Unter sich hört sie noch mehr Jubelrufe; die Menge muss größer geworden sein.

Wie albern, denkt sie. Wenn ich jetzt scheitere, was habe ich dann bewiesen? Dass ein Erwachsener sich wie ein Erwachsener benehmen sollte? Dass es ein paar Dinge gibt, die Mädchen einfach nicht können?

Sie streckt sich weit nach oben aus, umklammert den Mast, zieht und stemmt sich hoch und hört die Schreie der Menge. Sie hat es geschafft. Die Flagge baumelt nur noch einen halben Meter über ihrem Kopf. Sie wird sie sich schnappen können. Ihr Herz hämmert gegen ihre Rippen.

Sie sieht hinunter auf die Köpfe so vieler Leute. Sie sehen alle zum Himmel mit offenem Mund, während sie brüllen und jubeln. Gabe ist auch da, das Gesicht ebenfalls ihr zugewandt. Er hat den Mund geschlossen, aber seine Mundwinkel heben sich zu einem Lächeln. Sie erinnert sich an dieses Lächeln.

Sie streckt eine Hand aus und schnappt sich die Flagge.

Die Menge johlt.

Sie steckt die Flagge in ihre Gesäßtasche und rutscht an dem Mast hinunter.

Als ihre Füße den Boden erreichen, wird sie von Kindern umringt, die die Arme um sie schlingen. Es sind hauptsächlich kleine Mädchen, aber sogar ein paar Jungen schließen sich der Menge von Bewunderern an. Jamie lacht, und das Geräusch ihres eigenen Lachens verblüfft sie.

Sie reicht die Flagge dem kleinsten Mädchen. »Der Preis gehört dir«, sagt sie zu ihm.

Das Mädchen kreischt und läuft davon, das kleine, rechteckige Stück Stoff umklammernd.

Jamie hält nach Gabe Ausschau. Er steht ganz hinten in der Menge, noch immer lächelnd. Sie geht auf ihn zu.

»Ziemlich eindrucksvoll«, sagt er zu ihr.

»Du wunderst dich?«

Er schüttelt den Kopf. »Ich hatte es nur vergessen«, sagt er.

»Mr. Gabe! Mr. Gabe!«, ruft ein kleiner Junge. »Fußballspiel fängt an!«

»Geh schon«, sagt Jamie zu ihm.

Er hält ihrem Blick einen Moment stand, als hätte er etwas zu sagen. Aber dann wendet er sich ab und läuft auf das Feld zu.

Jamie beobachtet ihn eine Weile, aber er sieht nie in ihre Richtung.

Vielleicht kann ich ihn doch loslassen, denkt sie.

Am frühen Abend, nachdem sie allein in der Stadt gegessen hat, geht Jamie zurück zum Paradise Guest House. Als sie ankommt, geht die Pforte auf, und Dewi, Nyomans aufmüpfige Nichte, taucht mit mürrischer Miene auf.

»Ich hasse Eltern«, sagt sie.

Jamie nickt. »Ich weiß, was du meinst.«

»Sie sagen, keine Party. Ich gehe schwimmen mit Freundinnen. Nicht einmal Jungen. Sie mir glauben nicht.«

»Und dorthin gehst du jetzt?«

»Ja. Ich trotzdem gehe. Sie zu alt, mich aufzuhalten.«

Jamie erinnert sich, wie sie selbst in dem Alter war, und an die hilflosen Versuche ihrer Mutter, Jamies leichtsinniges Verhalten zu zügeln.

»Wo gehst du schwimmen?«

»Wasserfall«, sagt Dewi zu ihr. Dann leuchten ihre Augen auf. »Sie kommen mit!«

»Mit deinen Freundinnen?«

»Ja!« Dewis Gesicht sieht wieder aus wie das eines kleinen Mädchens, trotz der schwarzen Kajalringe um die Augen.

»Warum eigentlich nicht?«, sagt Jamie. »Ich hole meinen Badeanzug.«

Minuten später sitzt sie auf dem Rücksitz von Dewis Motorrad und klammert sich fest, als hinge ihr Leben davon ab. Das Mädchen schlängelt sich durch den Verkehr, zwischen Autos und Fußgängern hindurch, und schießt dann die Landstraßen hinunter. Der Lärm des Motorrads macht eine Unterhaltung unmöglich; Jamie kann nur zusehen, wie Ubud hinter ihnen verschwindet.

Die Sonne geht über den Reisfeldern unter, verwandelt die Welt in ein Samtgrün. Jamie hört auf, sich an Dewis knochige Hüften zu klammern, und macht es sich auf dem Rücksitz des Motorrads bequem. An den Berghängen erstrecken sich endlose terrassenförmige Reisfelder, ein grünes Feld geht in das nächste über.

Dewi biegt von der Hauptstraße ab auf einen Weg, der

mitten durch ein Feld führt. Sie holpern noch eine Weile weiter, und dann kommt das Motorrad zum Stehen.

»Wir da«, sagt Dewi.

»Wo?«, fragt Jamie. Sie sieht sich um.

»Sie mir folgen«, sagt Dewi zu ihr.

Sie steigen von dem Motorrad, und Dewi balanciert es zwischen zwei andere Motorräder. Jamie folgt dem Mädchen den Weg hinunter.

Dewi bahnt ihnen einen Weg durch ein Dickicht aus Bäumen, hält für Jamie ein paar Zweige zur Seite. Ein, zwei Minuten später sind sie vom Dschungel verschluckt.

Fast im selben Augenblick kann Jamie das Rauschen eines Wasserfalls hören. Dewi pfeift laut, und Pfiffe hallen zur Antwort durch die Luft zurück.

»Freundinnen«, sagt sie und sprintet voraus.

Jamie läuft ihr nach. Sie fühlt sich wie ein Kind bei einem Abenteuer, die Aufregung dieses abendlichen, von den Eltern verbotenen Treffens hebt ihre Stimmung. Sie durchqueren eine Lichtung, und dann taucht der Wasserfall in seiner ganzen Pracht vor ihnen auf.

Er ist riesig, eine gewaltige Wasserwand ergießt sich vor ihr krachend in ein Becken. Die Köpfe dreier Mädchen schaukeln im Wasser, und alle wenden sich mit triumphierender Miene zu Dewi um, die ihre Kleider abstreift und ins Wasser springt. Sie trägt einen Bikini, und selbst in der Dämmerung kann Jamie eine Tätowierung auf dem Rücken des Mädchens sehen. Ist es eine Gitarre?

Jamie winkt den Mädchen zu, die sie misstrauisch beäugen.

Dewi schilt die Mädchen auf Indonesisch, und dann winken sie sanftmütig zurück.

»Sie schwimmen!«, befiehlt Dewi von der Mitte des Beckens aus.

Aber in diesem Augenblick klingelt Jamies Handy in ihrer Hosentasche, und sie zuckt zusammen.

»Gleich!«, ruft sie den Mädchen zu.

Als sie ihr Handy aufklappt, sieht sie Larsons Namen. Sie nimmt den Anruf entgegen und geht ein paar Schritte in den Wald, wo es ruhiger ist, um ihn hören zu können.

»Larson!«, brüllt sie.

»Warum schreist du denn so?«, fragt er. Seine Stimme klingt schwach und kratzig.

»Ich bin am Rand eines Wasserfalls. Mit einem Haufen böser balinesischer Mädchen. Ich habe meine Schwestern im Geiste gefunden!«

»Ich habe dich für die Neuseeland-Tour eingeteilt«, sagt er. »Du kannst fahren, sobald du willst.«

Jamie findet einen Felsen, auf den sie sich setzen kann. Inzwischen ist es fast dunkel, und der Wald dämpft das Geräusch des Wasserfalls.

»Du hattest recht«, sagt sie. »Ich bin hier noch nicht fertig.«

»Seit wann hörst du denn auf etwas, was ich dir sage?«, fragt Larson.

»Du klingst fürchterlich«, sagt sie. Sie kann ihn kaum hören.

»Es geht mir nicht so gut.«

»Chemo?«

»Ich glaube nicht. Jetzt sind es die Schmerzen. Starke Schmerzen.«

Sie hört einen Ruf und sieht zurück zum Wasserfall. Die

Mädchen lachen wild. Sie hat das Gefühl, meilenweit entfernt zu sein. Larsons Atem in ihrem Ohr zieht sie nah zu ihm.

»Ich komme nach Hause«, sagt sie zu ihm.

»Nein.«

»Sag nicht Nein.«

»Du liebst die Neuseeland-Tour«, sagt Larson.

»Ich habe Wichtigeres zu tun«, beharrt sie.

Sie wird ihre Zeit mit ihm verbringen, in seinem alten Haus in Berkeley, und tun, was immer sie tun muss, um ihm zu helfen. So schwer es vielleicht auch sein wird – seine letzten Monate oder Wochen –, sie wird versuchen, sie ihm zu erleichtern.

Larson schweigt ein paar Augenblicke. Als Jamie aufblickt, sieht sie einen Himmel, der auf einmal voller Sterne ist.

»Wirst du zu der Gedenkfeier gehen, bevor du nach Hause kommst?«, fragt er.

Er wird sich nicht mit ihr anlegen. Jamie verspürt tiefe Erleichterung. Und sie verspürt tiefe Traurigkeit; es sieht ihm nicht ähnlich, ihr zu erlauben, dass sie sich um ihn kümmert.

»Sie ist am Sonntag«, sagt sie zu ihm. »Ich werde hingehen und dann am Montag nach Hause fliegen.«

»Danke, Legs«, sagt er mit unerträglich sanfter Stimme.

Sie klappt das Telefon zu und steckt es wieder ein. Sie geht zurück zum Wasserfall. Der Vollmond spiegelt sich auf dem Wasser, und die Gesichter der Mädchen sehen fast elektrisiert aus.

»Sie schwimmen!«, ruft Dewi von der Mitte des Teichs.

Jamie streift ihre Kleider ab. Sie steht in ihrem Bikini auf einem Felsen am Rand des Wassers. Sie hört das Rauschen des Wasserfalls, das Kreischen der Mädchen und Larsons Stimme in ihrem Ohr, die ständig flüstert: *Spring schon.*

Später steht sie vor ihrem Cottage. Es ist irgendwann nach Mitternacht, und sie ist erschöpft, aber sie kann nicht schlafen. Sie hat sich zu lange zwischen den Laken gewälzt, sie braucht frische Luft.

Auch in Nyomans Cottage brennt Licht. Wir werden beide heimgesucht, denkt sie.

Jetzt geht die Tür auf, und Nyoman erscheint auf der Schwelle, als hätte sie ihn mit ihren Gedanken an ihn herbeigerufen. Er sieht Jamie an und nickt, offenbar nicht erstaunt, sie dort zu sehen.

»Kann ein Gast dieses Hotels mitten in der Nacht einen Ingwertee bekommen?«, ruft sie.

»Das ist sehr teuer«, sagt Nyoman lächelnd.

Jamie erwidert sein Lächeln. »Setzen Sie es auf meine Rechnung.«

»Ich werde ihn gleich bringen«, sagt Nyoman und verschwindet wieder in seinem Haus.

Jamie sieht zu den anderen Cottages auf dem Grundstück. Die Fenster sind alle dunkel – Nyomans Eltern, seine Großmutter und die Familie seines Bruders schlafen alle.

Sie schlendert zu dem Tisch unter dem Banyanbaum. Der Mond scheint hell genug, um ihr den Weg um die Baumwurzeln zu zeigen, und sie setzt sich ans Ende des Tischs, an ihren üblichen Frühstücksplatz. Die Luft ist verblüffend kühl, nachdem sie erst vor ein paar Minuten in ihrem Cottage im Bett die balinesische Hitze verflucht hat.

Nyoman kommt wieder heraus, eine Teekanne und zwei Tassen in den Händen. Wie immer hebt sein Lächeln ihre Stimmung, und sie ist froh, seine Gesellschaft zu haben.

»Bei den Bombenanschlägen war ein Amerikaner, der mich gerettet hat«, erzählt sie Nyoman, als er sich setzt. »Gestern habe ich ihn gefunden.«

»Er ist noch immer in Bali«, sagt er.

»Ja. Er unterrichtet an einer Schule in der Stadt.«

Er nickt und schlürft seinen Tee.

»Auf einmal bin ich mir nicht mehr sicher, warum ich ihn finden musste«, sagt Jamie.

»Sie mussten etwas anderes in Bali finden«, sagt Nyoman zu ihr. »Nicht diesen Mann.«

»Was denn?«, fragt sie.

»Als meine Frau starb …«, beginnt er, und dann bricht er ab. Im Mondlicht kann sie sehen, wie sich seine Miene verdüstert. »Als meine Frau starb, da habe ich die Orientierung in der Welt verloren. Aber dann habe ich meine Gemeinschaft angesehen und mir gedacht: Wie kann ich verloren sein, wenn alle wissen, wo ich bin? Die Trauer ist etwas sehr Schwieriges. Sie legt sich aufs Herz und macht das Gehen schwer. Jetzt fühle ich mich wieder leicht.«

»Wegen Ihrer Gemeinschaft«, sagt Jamie. Sie versucht es zu verstehen.

»Sie sind nicht verloren«, sagt Nyoman mit fester Stimme. »Sie haben Freunde, die wissen, wo Sie sind. Freunde wie mich.«

»Danke«, sagt sie zu ihm.

»Trinken Sie Ihren Tee, und dann werden Sie schlafen«, sagt er, und sie weiß, dass es stimmt.

Am Sonntagmorgen wartet Jamie lange Zeit, bevor sie aus dem Bett steigt. Heute ist der Jahrestag der Bombenanschläge. Sie will nicht an der Gedenkfeier teilnehmen. Sie hat genug gekämpft auf dieser Reise; sie will nur noch nach Hause.

Aber Nyoman wäre sehr enttäuscht, er ist für sie verantwortlich, und diese Feier bedeutet ihm sehr viel. Daher wird sie ihren erbärmlichen Arsch aus dem Bett bewegen und die feierlichen Kleider anlegen, die er für sie gefunden hat. Morgen kann sie Bali verlassen.

Ihr Handy klingelt. Sie nimmt es sich von ihrem Nachttisch.

»Hi, Mom«, sagt sie. Sie streckt sich wieder aus, das Telefon ans Ohr gedrückt.

»Habe ich dich geweckt?«

»Nein, ich wollte eben duschen.«

»Es ist heute, oder?«

»Ja. Ich fahre bald los.«

»Es wird schwer werden.«

»Ich weiß, Mom.« Jamie setzt sich im Bett auf. Ihre Kleider liegen auf der Kommode für sie bereit.

»Was ist aus deinem Helden geworden? Gabe. Hast du ihn gefunden?«

»Ich glaube, es ist Zeit, nach vorn zu blicken«, sagt Jamie.

»Geht es dir gut?«

»Ja, es geht mir gut.«

»Du klingst traurig.«

»Ich habe ein langes Jahr von Gabe geträumt. Es ist schwer, das loszulassen.«

»Aber dann wirst du vielleicht bereit sein, jemand anderen zu finden«, sagt Rose zu ihr.

»Du hast Glück«, sagt Jamie. »Du hast Lou.« Zu ihrer Verblüffung wird ihr bewusst, dass sie es ernst meint.

Ihre Mutter schweigt einen Moment, bevor sie antwortet, und in der Stille stellt sich Jamie vor, wie Rose und Lou in Palo Alto an ihrem Küchentisch sitzen und Kaffee trinken, die *New York Times* vor sich ausgebreitet. Lou beugt sich über den Tisch vor und küsst Rose auf die Wange.

Sie erinnert sich an einen Morgen, an dem sie neben Gabe im Balé saß und nach der Milch greifen wollte. Als er sie ihr reichte, berührten sich ihre Hände. Es war intimer als Miguels Umarmung, und sie hatte ein schlechtes Gewissen deswegen. Jetzt sehnt sie sich nach dieser Berührung.

»Danke«, sagt Rose. »Ich habe wirklich Glück.«

Sobald sie aufgelegt haben, steigt Jamie aus dem Bett. Sie ist spät dran fürs Frühstück, aber noch hat Nyoman nicht an ihre Tür geklopft. Sie stellt sich unter die Dusche und dreht das Wasser auf.

Eine Stunde später fährt Nyoman mit ihr nach Jimbaran, in den Süden von Bali. Die Feier wird in einem Kulturpark namens GWK abgehalten werden, der nach einer riesigen Skulptur benannt ist, die derzeit dort errichtet wird. Die Skulptur stellt Vishnu dar, den Gott der Erhaltung, der auf dem Rücken des mythischen Vogels Garuda reitet.

Sie erreichen den Park zusammen mit Hunderten anderer Autos und Motorräder. Nyoman parkt den Wagen auf dem

Platz, der für die Sondergäste vorgesehen ist, und als sie aussteigen, sehen sie die riesige Menge vor sich.

»Sie schaffen das schon«, sagt Nyoman.

Jamie stellt sich nah zu ihm, schluckt ihre Angst hinunter. »Gehen wir«, sagt sie, und sie gehen auf das Gedränge zu.

Sie werden in eine gewaltige Gasse aus Kalksteinsäulen namens Lotus-Teich geführt. Das riesige Haupt von Vishnu, aus Kupfer und Messing gefertigt, ragt über ihnen auf. Nyoman erklärt ihr, dass der Rest der Skulptur noch nicht fertiggestellt ist. Alle Leute ziehen in einer Reihe durch die Gasse, als ob sie ein wenig eingeschüchtert von ihrer Umgebung sind. Eine feierliche Stille liegt in der Luft.

Es dauert lange, die Gruppen zu organisieren: Angehörige von Opfern, Überlebende, Journalisten, Regierungsvertreter, religiöse Oberhäupter und die vielen hundert Teilnehmer, Balinesen und westliche Leute, die gekommen sind, um ihre Unterstützung zum Ausdruck zu bringen.

Nyoman findet Dolly, die Organisatorin der Stiftung für die Überlebenden und Witwen, und bittet sie, Jamie zu ihrem Platz zu bringen. Bevor sie gehen, flüstert Nyoman Jamie ins Ohr: »Ich bin bei Ihnen.«

Sie streckt eine Hand aus und rückt die Brille auf seiner Nase zurecht.

»Hier entlang«, sagt Dolly ungeduldig und führt Jamie fort.

Die Sonne brennt auf sie herunter, während Jamie Dolly zu dem Bereich für die Überlebenden folgt, in der Nähe der Bühne, wo sie die Stufen hochsteigt und sich in den Schatten eines großen Baldachins setzt. Die nicht überdachte Tribüne ist voll besetzt, und noch immer strömen Leute auf den riesigen Platz. Die Menge ist so groß, dass Jamie nicht sehen kann, wo sie endet.

Jamie schließt die Augen und beginnt zu zählen. Larson hat ihr einmal gesagt, was sie tun soll, wenn sie mitten in der Nacht von einem Albtraum aufwacht: von zehn rückwärts zählen. Zwischen jeder Zahl tief durchatmen. Wieder von vorn anfangen, wenn sie bei eins angekommen ist. Zehn, durchatmen. Neun, durchatmen. Aber sie kann ihren Atem nicht an die langsamen Zahlen anpassen; er ist eine ganz eigene Kraft.

Irgendjemand stößt gegen ihr Knie, und sie schlägt die Augen auf. Ein junges, nordeuropäisch aussehendes Mädchen setzt sich neben sie auf die harte Bank. Das Mädchen ist Mitte zwanzig. Ihr Gesicht ist von Narben übersät. Ein Brandopfer, denkt Jamie. Die Haut ist transplantiert und zusammengeflickt und genäht worden. Aber die Farben sind falsch; die Haut sieht gesprenkelt und uneben aus.

»Ich heiße Marit«, sagt das Mädchen. Sie lächelt, und ihr Gesicht kämpft mit der Veränderung, bis sie fertig ist – sie ist schön trotz der Narben.

»Ich bin Jamie.«

»Bist du aus Australien?«

»Nein. USA.«

»Ich bin aus Norwegen«, sagt Marit. »Aber ich lebe hier auf Bali. Danke, dass du gekommen bist. Es bedeutet uns sehr viel.«

Jamies Atem verlangsamt sich. Sie spürt, wie sich ihre Schultern entspannen.

Sie denkt an Miguels Eltern und wünscht, sie hätten sich entschlossen, ebenfalls zu dieser Feier zu kommen. Sie hat im Laufe des Jahres ein paarmal mit ihnen telefoniert, aber sie wollten das Land nicht sehen, in dem ihr Sohn gestorben ist.

Musik wallt auf und fesselt jedermanns Aufmerksamkeit, und die Feier beginnt. Es werden Ansprachen auf Indonesisch und auf Englisch gehalten. Ein Kinderchor singt ein beschwörerisches balinesisches Lied. Der australische Premierminister spricht, und ein wortgewandter Engländer erzählt die Geschichte seines Sohns, eines Rugbyspielers, der bei den Bombenanschlägen ums Leben kam. Dann betritt ein Mann das Podium und beginnt stockend zu sprechen.

»Ich war an jenem Abend dort«, sagt er. Er ist hochgewachsen und blond und sehr gut aussehend – was so gar nicht zu seiner bebenden Stimme zu passen scheint. Australischer Akzent. Jamie beugt sich interessiert vor.

»Ich saß an jenem Abend in der Nähe der Clubs beim Abendessen, vor genau einem Jahr. Ich hatte meine Karriere als Journalist an den Nagel gehängt und war ein in die Jahre gekommener Surfertyp geworden. Ich traf mich mit einem Kumpel zum Abendessen – einem anderen hier lebenden Ausländer –, aber eigentlich hoffte ich, später im Sari Club ein paar Mädchen kennen zu lernen. Vor einem Jahr war ich kein sehr ernsthafter Mann.« Seine Stimme wird fester, während er spricht. »Die Bomben erschütterten unser Restaurant. Ein Teil des Balkons stürzte ein. Irgendwie wusste ich, dass es eine Bombe war. Ich weiß nicht, wie oder warum, denn ich habe den Zeitungen damals gewiss keine Beachtung geschenkt, auch wenn ich früher meinen Lebensunterhalt damit verdient hatte, für sie zu schreiben. Und dann tat ich etwas, wofür ich mich schäme. Ich ging weg.« Er bricht ab und wartet, bis er die Fassung wiedergewonnen hat. Die Menge schweigt. »In jener Nacht habe ich nicht geschlafen. Ich habe die ganze Nacht die Sirenen gehört. Ich habe auf die Echos der Schreie gelauscht, die ich hörte, bevor ich wegging. Und am nächsten Morgen wurde ich wieder Journalist. Ich fuhr zum Ort der Bombenanschläge und zum Krankenhaus und redete mit allen, mit denen ich reden konnte. Ich war von Scham getrieben, dem schlechtesten aller Gründe, aber je mehr ich erfuhr, desto mehr änderte sich das. Bald musste ich es wissen, ich musste es verstehen. Als ich meinen Artikel für das *Time*-Magazin schrieb, spürte ich, wie ein kleiner Teil dieser Scham von mir abfiel. Ich konnte der Welt sagen, was hier auf Bali passiert war. Aber das war noch immer nicht genug. Daher gründete ich eine Stiftung für die Verletzten und die Witwen. Ich habe in fast jedem Land der Welt Geld gesammelt.« Er hält einen Augenblick inne und sieht sich um. Jetzt steht er aufrecht da, mit hocherhobenem Kopf. »Aber ich bin kein Held. Ich bin nur ein erbärmlicher Idiot, der jeden Tag versucht hat wiedergutzumachen, was er an jenem Tag vor einem Jahr versäumt hat.« Er lässt für einen Moment den Kopf hängen, und die Menge wartet. »Ich würde gern jemanden auf diese Bühne hier bitten. Er weiß nicht, dass ich das tun werde. Aber ich möchte, dass Sie einen echten Helden kennen lernen. Ich will, dass Sie einen Mann kennen lernen, der an jenem Abend das Richtige getan hat.« Er sieht in die Menge. »Gabe Winters, bitte komm hierher auf die Bühne.«

Jamie beugt sich auf ihrem Platz vor, auf einmal hellwach. Ihr Herz hämmert in ihrer Brust – so viel zu diesen verdammten Atemübungen. Er ist hier? Nervös gleitet sie mit einem Daumen über die Narbe in ihrem Gesicht, als könnte sie sie wegreiben. Sie sucht die Menge ab, hält nach Bewegung Ausschau. Auf einmal steht er neben dem Journalisten auf dem Podium, in einer bärenhaften Umarmung. Als der Mann Gabe loslässt, sieht Jamie sein Gesicht. Er sieht blass und unsicher aus.

»Ich möchte Ihnen gern von diesem Mann erzählen«, sagt der Journalist ins Mikrofon. »An jenem Abend ist er in das brennende Gebäude gerannt. Er hat ein Dutzend Leben gerettet. Die Flammen schlugen immer höher, aber er ist trotzdem immer wieder hineingerannt und hat Leute herausgetragen und in Sicherheit gebracht. Viele von Ihnen …« Der Mann hält einen Augenblick inne und zeigt zu der Tribüne, auf der Jamie sitzt. Gabe dreht sich um und sieht Jamie genau an. Er braucht nicht eine Sekunde, um sie zu finden, er weiß, wo sie ist. Er hält ihrem Blick stand. »Viele von Ihnen wurden von diesem Mann hier gerettet. Er ist der eigentliche Held.«

Der Journalist tritt zur Seite und hält ihm das Mikrofon hin. Gabe wendet den Blick von Jamie ab und hebt die Hände, als wollte er sagen: Muss ich das hier tun?

»Komm schon, Kumpel«, sagt der Journalist leise, aber das Mikrofon fängt seine Stimme ein, und seine aufmunternden Worte hallen durch die Luft.

Gabe nimmt das Mikrofon widerstrebend in die Hand.

Er sieht wieder Jamie an, als würde er nach irgendetwas suchen, und dann auf die Menge vor sich. Er räuspert sich und tritt einen Schritt zurück, verblüfft von dem lauten Geräusch, das durch die Lautsprecheranlage dröhnt.

»Damit habe ich nicht gerechnet«, sagt er leise. »Ich bin mehr als nur ein wenig überrascht.« Er sucht die Menge ab. Als seine Augen Jamies finden, sieht sie, dass er nach Mut sucht. Irgendetwas an seiner Miene wird sanfter. Er weiht sie ein.

Sie nickt. Du schaffst das.

»Danke, Theo. Ich stimme dir nicht zu, aber ich danke dir. Ich denke, wir reagieren alle unterschiedlich. An diesem einen Abend war ich vielleicht ein Held, aber du hast in dem Jahr seitdem heldenhafte Dinge getan. Und dafür sind wir dir alle dankbar.«

Die Menge applaudiert lange Zeit. Als der Lärm verebbt, scheint es, als würde Gabe das Mikrofon verlassen, aber dann tritt er noch einmal darauf zu.

»Ich will noch eine andere Heldin erwähnen«, sagt er, während er blinzelnd in die Menge sieht. »Als ich an jenem Abend in das Gebäude rannte, war dort bereits eine junge Frau und leistete heldenhafte Arbeit. Sie lief in den Club, um einen Freund zu finden, nachdem die Bombe explodiert war, und obwohl dieser Freund starb, machte sie weiter und brachte viele Leute in Sicherheit. Und selbst als ein Teil der Decke über ihr einstürzte und sie verletzte, hörte sie nicht auf. Sie half weiter anderen Leuten. Das war außerordentlich tapfer.« Er sieht Jamie genau an. »Diese Frau gibt nie auf.« Er schenkt ihr ein verschmitztes Lächeln. »Jamie Hyde, würdest du bitte aufstehen.«

Jamies Herz scheint stehen zu bleiben. Sie kann nicht aufstehen – sie wird in Ohnmacht fallen. Ihre Beine haben keine Kraft; ihr Kopf dreht sich. Die junge Frau neben ihr streckt eine Hand nach ihrer aus und ergreift sie. Jamie holt einmal Luft und steht dann auf. Ihre Knie schwanken. Sie sieht in das Kaleidoskop aus Gesichtern und hört lauten Jubel aufbranden. Das Geräusch erfüllt sie, und sie richtet sich höher auf. Sie sieht zu Gabe, und jetzt nickt er, als wollte er sagen: Ich bin bei dir.

Nimm es in dich auf, sagt sie sich. Alles. Es fühlt sich größer an als alles, was sie je in ihrem Leben erfahren hat. Irgendwo dort draußen klatscht Nyoman für sie in die Hände. Sie stellt sich vor, dass Larson, ihre Mutter, Lou, ihr Vater in Connecticut – ihr eigener balinesischer Familiensitz – sie in diesem Jubel halten. Sie denkt an Miguel, und fast kann sie seine Stimme in ihren Ohren hören. Du hast getan, was du konntest, flüstert er ihr zu.

Sie setzt sich, und die junge Frau drückt ihre Hand.

»Danke«, sagt Marit.

Der Mann vor ihr dreht sich um. »Danke«, sagt er.

Irgendjemand klopft ihr von hinten auf die Schulter, beugt sich vor und flüstert ihr ins Ohr: »Danke.«

Das Gamelanorchester beginnt zu spielen, und die Menge verstummt. Jamie sieht zur Bühne; Gabe ist verschwunden. Ein Mann spielt ein Lied, das so schön ist, dass es ihr die Tränen in die Augen treibt. Die junge Frau neben ihr lässt ihre Hand nicht los.

»Das habe ich nicht gewusst«, sagt Nyoman, als er Jamie nach der Gedenkfeier findet. »Ich danke Ihnen für das, was Sie getan haben.«

»Ich will Gabe finden«, sagt Jamie. »Werden Sie mir dabei helfen?«

»Natürlich«, sagt Nyoman. »Ich habe eben gesehen, wie

Mr. Theo mit Miss Dolly gesprochen hat. Wir können ihn fragen.«

Sie kämpfen sich durch das Gedränge. Auf halbem Weg durch das Amphitheater ruft Jamie: »Ich sehe ihn!«

Es ist der hochgewachsene Australier, den sie sieht; sein blonder Schopf überragt eine Gruppe balinesischer Frauen. Sie bahnen sich einen Weg zu ihm.

Als sie näher kommt, bemerkt Jamie, dass die Frauen alle völlig hingerissen sind – sie flirten mit dem gut aussehenden Mann. Und er geht glatt auf ihr Flirten ein. Jamie muss laut rufen, um seine Aufmerksamkeit zu bekommen.

»Entschuldigung!«, sagt sie laut.

Er sieht sie an, und seine Miene hellt sich auf, als er sie erkennt. Er tritt durch die Gruppe von Frauen und schließt Jamie in seine Arme. Sie wird verschluckt von seiner kräftigen Umarmung.

»Danke«, sagt er und tritt einen Schritt zurück, um sie anzusehen. »Ich habe von vielen der Überlebenden Geschichten über Sie gehört.«

»Ich danke *Ihnen*«, sagt sie. »Ich weiß von Nyoman, wie viel Ihre Stiftung bewirkt hat.«

Der Mann schüttelt Nyoman kräftig die Hand.

»Eine wundervolle Feier, Mr. Theo«, sagt Nyoman.

»Wissen Sie, wo ich Gabe finden kann?«, fragt Jamie.

Theo sieht sich um. Er ist mit seiner Größe im Vorteil, er sucht die Menge in alle Richtungen ab. »So wie ich ihn kenne, hat er sich so schnell wie möglich aus dem Staub gemacht.«

»Haben Sie seine Telefonnummer? Die, die ich habe, funktioniert nicht mehr.«

Theo greift in seine Hosentasche und zückt sein Handy. Er findet die Nummer und nennt sie Jamie, und sie schreibt sie auf.

»Danke«, sagt sie zu ihm. »Für alles.«

»Kann ich Sie zu einem Drink einladen?«, fragt er. »Zum Essen?«

Sie lächelt. »Ich reise morgen ab.«

»Dann heute Abend?«

»Es tut mir leid«, sagt sie.

»Werden Sie wiederkommen?«, fragt er. »Nach Bali?«

»Vielleicht«, sagt sie zu ihm. Und zum ersten Mal ist es keine Lüge.

TukTuk sitzt auf der anderen Straßenseite des Paradise Guest House, allein. Jamie sieht die Straße hinauf und hinunter, späht in das diesige Morgenlicht, hält nach Bambang Ausschau.

Sie hat den Hund noch nie ohne den Jungen gesehen oder den Jungen ohne den Hund.

TukTuk trottet herüber und stellt sich neben sie, lehnt sich an ihr Knie, als könne er sich nun endlich ausruhen.

»Wo ist dein Kumpel?«, fragt Jamie.

Der schwarze Hund schnauft nur.

»Du hast ihn verloren? Das gibt's doch nicht.«

Jamie sucht wieder die Straße ab.

»Na schön, dann bleib für eine Weile bei mir. Er wird schon wieder auftauchen.«

Sie geht in die Stadt mit dem Hund an ihrer Seite. Sie will ein paar Souvenirs kaufen, da sie heute Abend abreist. Eine Halskette für ihre Mutter; Perlenarmbänder für sich selbst.

Vielleicht wird sie bei Isabels Yogastudio vorbeischauen und sich verabschieden.

Sie fühlt sich seltsam zufrieden heute Morgen. Sie hat keine Mission mehr. Weißen Ritter gefunden und verloren. Sie hat Gabes Nummer gestern Abend viele Male angerufen, aber er ist nie ans Telefon gegangen. Das muss er auch nicht – sie glaubt, dass er ihr verziehen hat. Es war töricht von ihr zu denken, dass das, was in jenen Tagen nach den Bombenanschlägen passiert ist, irgendetwas mit Liebe zu tun hatte.

Wenigstens liebt Bali sie. Sie genießt die Leichtigkeit ihres Schritts, ihre Vorfreude darauf, Schmuckstücke zu kaufen. Sie freut sich sogar über den Hund an ihrer Seite. Ich werde mir einen Hund zulegen, denkt sie fröhlich. Ich brauche wieder einen Hund in meinem Leben.

»Willst du mit mir nach Hause kommen, TukTuk?«, fragt sie.

Der Hund winselt.

»Vermutlich nicht. Warum solltest du ein Verbrecherleben aufgeben?«

Das Wort *Verbrecher* klingt ihr in den Ohren. Bambang muss Ärger bekommen haben, begreift sie auf einmal. Mit einem plötzlichen Schauder stellt sie sich vor, dass er von irgendjemandem, den er zu betrügen versucht hat, zusammengeschlagen wurde, in einem Straßengraben zum Sterben liegen gelassen wurde. Aber der Hund würde niemals von seiner Seite weichen.

»Wo ist er, TukTuk?«

Der Hund sieht zu ihr hoch. Er legt den Kopf auf die Seite.

»Du willst, dass ich von selbst darauf komme, was?« Sie

beugt sich hinunter und streichelt ihm das Fell; er stößt einen winselnden Laut aus, als sei es nur ein erbärmlicher Ersatz für das, was er wirklich will. Er will Bambang. »Hast du Hunger?«, fragt sie ihn.

Er starrt zu ihr hoch mit flehenden, seelenvollen Augen.

»Wir werden mit etwas zu fressen anfangen.«

Sie gehen zum Markt. Jamie betritt einen der Gänge, dann schlendert sie an den Ständen entlang. TukTuk weicht nicht von ihrer Seite.

»Wo sind denn die Lebensmittelstände?«, fragt sie. »Warum folge ich dir nicht einfach, TukTuk? Du musst dieses ganze gute Zeug doch riechen können.«

Aber sie nehmen ein paar falsche Abzweigungen, kommen an bunten Sarongs und Keramiktöpfen, Strohkörben und Perlenschmuck vorbei. Händler rufen ihr zu: »Sie das wollen? Guter Preis! Ich gebe Ihnen besten Preis!« Jamie ignoriert sie alle.

Dann führt der überfüllte Gang in einen Hof, und sie sieht Lebensmittelstände vor sich. Sie fragt sich, ob hier Hunde in der Nähe von Lebensmitteln überhaupt erlaubt sind, aber da sind noch andere Streuner, die den Boden nach allem absuchen, was die Leute fallen lassen.

Sie tritt an einen Stand und deutet auf ein Gericht mit Fleisch und Reis. Die alte Frau wickelt das Essen in eine kegelförmige Wachspapiertüte und reicht es ihr. Jamie bezahlt. Sie wird den Hund nicht vor den Augen der Frau damit füttern – sie ist sich sicher, dass sie damit den Zorn aller aufmerksamen Augen auf sich ziehen würde. Daher führt sie TukTuk fort von dem Markt, und sie bleiben in einer kleinen Gasse stehen.

»Frühstück«, sagt sie zu ihm.

Der Hund setzt sich hin und wartet. Sie wickelt das Essen aus der Papiertüte und hält es ihm hin. Er nimmt einen kleinen Bissen Fleisch und reißt ihr dann alles aus der Hand, läuft damit weg, wirft es auf den Boden und verschlingt es mit dem Rücken zu ihr. Sie lächelt, während sie ihm zusieht.

»Das hast du gebraucht, stimmt's?«

Als er fertig ist, trottet er zu ihr zurück, und natürlich, er winselt nicht mehr.

»Meine Arbeit ist noch nicht erledigt, Süßer«, sagt Jamie zu ihm. »Wo zum Teufel steckt dein Junge?«

Sie gehen auf die Hauptstraße hinaus und beginnen, durch die Stadt zu schlendern. Jamie nimmt an, dass der Hund Bambang zuerst finden wird. Aber warum hat er dann vor ihrem Gästehaus gewartet? Hatte er die Suche bereits aufgegeben?

Sie kennt keine Menschenseele, die sie fragen könnte: Haben Sie diesen kleinen Jungen gesehen, der raubt, stiehlt, betrügt?

Yoga-Lady! Er hat von seiner Yoga-Lady gesprochen, die ihm geholfen hat. Es war nicht Isabel, aber das wäre ein guter Ausgangspunkt.

»Gehen wir, TukTuk. Wir haben seine Fährte aufgenommen.«

Sie gehen los zu Isabels Yogastudio, ein zehnminütiger Weg die Hauptstraße der Stadt hinunter. Als sie dort ankommen, sieht Jamie, dass der Kurs gleich beginnt.

»Warte hier«, sagt sie zu TukTuk. Sie läuft hinein und findet Isabel, die vorn im Raum ihre Matte ausrollt.

»Jamie! Du nimmst eine Stunde?«, fragt Isabel.

»Ich brauche Hilfe. Kennst du einen Jungen namens Bambang?«

In dem Augenblick, in dem Isabel den Kopf schüttelt, rufen zwei Frauen gleichzeitig: »Ich kenne Bambang.«

Jamie dreht sich zu den Kursteilnehmerinnen um. Die meisten sind dabei, ihre Matten und Decken und Blöcke und Bänder zurechtzulegen. Eine macht einen Kopfstand. Aber zwei junge Frauen, auf unterschiedlichen Seiten des Raums, kommen auf sie zu.

»Sein Hund ist heute Morgen bei mir aufgetaucht«, sagt Jamie zu ihnen.

»TukTuk«, sagt eine der Frauen.

»Genau. Dieser Hund ist immer bei Bambang. Ich habe das Gefühl, dass ihm irgendetwas zugestoßen ist.«

»Versuchen Sie es im Gefängnis«, sagt die andere Frau. »Dort ist er ungefähr einmal im Monat. Sie versuchen ihn von der Straße zu holen, und sie glauben, dass sie ihm Angst machen. Aber ihm macht gar nichts Angst.«

»Hat er euch übers Ohr gehauen?«, fragt Jamie, auf einmal neugierig.

Beide Frauen lächeln. »Wen kümmert das denn?«, sagt eine von ihnen. »Er ist ein süßer Junge.«

»Wo ist das Gefängnis denn?«, fragt Jamie.

Isabel beschreibt ihr den Weg, und bis Jamie wieder hinausstürzt, sitzen die meisten Frauen im Schneidersitz auf ihren Matten mit geschlossenen Augen und durchgedrücktem Rücken.

»Komm mit«, fordert sie TukTuk unnötigerweise auf. Der Hund trottet ihr hinterher.

Sie findet das Gefängnis problemlos. TukTuk hält draußen Wache, während sie durch die eindrucksvolle Pforte hineingeht. Drinnen steht sie in einem großen, offenen Raum mit vielen Tischen, die meisten davon leer.

Schließlich findet Jamie einen Mann, der ihre Frage beantworten kann. Ja, ein Junge namens Bambang wurde gestern festgenommen. Ihm wird vorgeworfen, im Monkey Forest Hotel den Koffer eines Touristen gestohlen zu haben. Ja, er sitzt noch immer im Gefängnis. Nein, sie kann ihn nicht besuchen.

Der Mann – ein hagerer Polizist, offenbar so jung, dass er sich noch nicht rasieren muss – beäugt Jamie eingehend. Er wartet auf ein Bestechungsgeld, denkt sie.

»Gibt es hier eine Toilette, die ich benutzen kann?«, fragt sie.

Er deutet auf einen langen, dunklen Korridor.

Sie benutzt die leere Toilette, um einen Zwanziger aus ihrer Brieftasche zu nehmen, dann rollt sie den Geldschein so zusammen, dass er in ihre hohle Hand passt. Ihr Herz hämmert schnell. Sie hat keine Ahnung, ob das klappen wird oder ob man sie wegen versuchter Bestechung festnehmen wird. Vielleicht wird sie Bambang besuchen können, indem sie die Zelle neben seiner bezieht. Das wird TukTuk viel nützen, denkt sie. Außerdem muss sie ein Flugzeug erreichen.

Sie geht zurück zu dem Polizisten, der sich inzwischen über einen Tisch gebeugt hat und mit einem hübschen balinesischen Mädchen redet.

»Entschuldigung«, sagt Jamie.

Der Polizist dreht sich zu ihr um. Er scheint nicht überrascht.

»Ich möchte Sie bitten, Bambang etwas auszurichten«, sagt sie zu ihm. »Können Sie ihm sagen, dass Jamie sich um TukTuk kümmert?«

Der Polizist zuckt die Schultern.

»Ich wäre Ihnen sehr verbunden«, sagt Jamie und streckt die Hand aus.

Der Polizist gibt ihr die Hand, und das Geld verschwindet zwischen seinen Fingern. Er wendet sich ab und entfernt sich.

Jamie wartet einen Moment. Sie ist sich nicht sicher, worauf sie wartet. Ihre eigene Festnahme? Bambangs Auftauchen? Aber nichts passiert, und schließlich verlässt sie das Gefängnis und steht im grellen Licht der Sonne. Es ist noch früh am Morgen und schon jetzt drückend heiß. Sie denkt sehnsuchtsvoll an ihren Flug heute Abend.

TukTuk drückt die Nase an ihr Bein; sie hat ihn ignoriert.

»Tut mir leid, Kumpel. Ich habe mein Bestes getan.«

Aber auf einmal jault der Hund lange und laut auf. Und dann springt er hoch in die Luft und landet in den Armen von Bambang, der sich auf die Knie fallen lässt und mit ihm ringt. Beide, Junge und Hund, kreischen vor Freude.

Jamie lacht, während sie ihrem Wiedersehen zusieht, auf einmal sicher, dass sie sich, sobald sie zurück nach Kalifornien kommt, selbst einen TukTuk zulegen wird. Larson liebt Hunde, und wenn sie sich eine Weile um ihn kümmert, könnte sie ein bisschen moralische Unterstützung gebrauchen. Später wird sie weniger reisen müssen, aber vielleicht ist jetzt die Zeit für sie, vor Ort zu bleiben. Sie könnte versuchen, sich um den geschäftlichen Teil zu kümmern, um das Zeug, auf das sich Larson so gut versteht. Sie kann herausfinden, ob ihr diese Art Arbeit gefällt.

Es ist viel zum Nachdenken, aber sie wird es langsam angehen. Hund, Larson, Zuhause. Ein neues Leben.

Schließlich löst sich Bambang aus der Balgerei und verneigt sich vor Jamie, die Handflächen aneinandergelegt, die Daumen an die Brust gedrückt.

»Ich Ihnen danke von ganzem Herzen«, sagt er feierlich.

»Hör auf, die Touristen zu bestehlen«, sagt sie zu ihm.

»Es war Tourist mit drei Koffer«, sagt Bambang. »Ich habe nur kleinsten von drei genommen.«

Jamie schüttelt den Kopf, aber sie kann sich das Lächeln nicht verbeißen. Er ist ein so untypischer Dieb, dieser verwahrloste Junge, der so entwaffnend ehrlich und verschlagen zugleich ist.

»Wie Sie mich haben gefunden?«, fragt er.

»Deine Yoga-Ladys kümmern sich gut um dich«, sagt sie zu ihm.

Er blickt verwirrt.

»Und TukTuk hat mir gesagt, dass du vermisst wirst«, ergänzt sie.

Bambang bückt sich rasch für ein erneutes Liebesfest mit seinem Hund.

»Ich muss packen«, sagt Jamie zu ihm. »Ich reise heute ab.«

»Ich gehe mit Ihnen«, sagt er. »Ich Sie beschütze vor Taschendieben.«

»Das ist ja eine Erleichterung«, sagt sie lächelnd zu ihm.

Sie gehen auf die Hauptstraße, und TukTuk zwängt sich zwischen sie beide. Er stößt gegen ihre Beine, während er zwischen ihnen umherspringt.

»Warum Sie abreisen?«, fragt Bambang. »Es ist zu früh zu gehen.«

»Ich bin so weit«, sagt Jamie.

»Ich Sie werde vermissen«, sagt er sehr ernst zu ihr.

Jamie sieht ihn an. »Wo sind deine Eltern?«, fragt sie noch einmal.

»Mutter sterben«, sagt er zu ihr.

»Das tut mir leid«, sagt sie. Sie wundert sich nicht. Er ist ein Junge, der auf der Suche nach einer Mutter ist. Sie hat das Gefühl, dass er im Grunde nicht mehr will als jemanden, der ihm eine warme Mahlzeit gibt und ihm ein Bad einlässt.

»Wo ist dein Vater?«, fragt sie.

Sie gehen am Königspalast vorbei; die Busse stehen in einer Reihe da, und japanische Touristen warten geduldig auf ihren Reiseleiter, während sie sich mit Schirmen vor der Sonne schützen. Jamie ist sich nicht sicher, ob Bambang ihre Frage ignoriert oder potenzielle Opfer ins Visier nimmt.

»Bambang?«, sagt sie schließlich.

»Mein Vater fort.«

»Fort?«

»Ja.«

»Wo? Java?«

»Gefängnis«, sagt er rasch.

Vielleicht hat Bambang sein Gewerbe von seinem Vater gelernt, nach guter indonesischer Tradition. Väter bringen ihren Söhnen bei, Bauer oder Bildhauer oder Weber oder Maler zu sein. Warum nicht auch Dieb?

»Schon lange?«, fragt sie.

»Lange Zeit«, sagt er. »Vielleicht ganze Zeit.«

Kein Dieb, denkt Jamie. Wenn ich diesen Jungen für einen Zwanziger freikaufen kann, dann muss man schon etwas richtig Schlimmes angestellt haben, um lebenslänglich im Gefängnis zu bleiben.

»Hast du irgendwelche Verwandten hier auf Bali?«, fragt sie.

»Keine Verwandten«, sagt Bambang.

Sie gehen ein paar Minuten schweigend; irgendwie ist ihre gute Stimmung verflogen. Ich muss diesen Jungen nicht retten, sagt sich Jamie. Es wird in seiner Zukunft noch andere Yoga-Ladys für ihn geben.

Aber Bambang streckt eine Hand aus, um ihre Schulter zu berühren.

»Wenn ich Ihnen Geschichte erzähle, Sie werden Bambang hassen«, sagt er. Seine Miene ist grimmig, jetzt kann sie das Gefängnis an ihm riechen.

»Ich werde dich nicht hassen«, sagt sie ernst. Er scheint eine Weile darüber nachzugrübeln.

»Folgen Sie Bambang«, sagt er und biegt in eine Seitenstraße ab.

Ein Trick, denkt sie. Aber sie verscheucht den Gedanken; er hat keinen Grund mehr, sie auszutricksen.

Sie gehen eine steile Straße hoch. TukTuk läuft voraus, dann zurück, umkreist sie, treibt sie zu einem schnelleren Tempo an. Bambang schweigt mit gesenktem Kopf. Jamie wartet darauf, dass er seine Geschichte erzählt.

Auf der Kuppe des Hügels ist ein Weg, der in den Wald führt. Jamie überlegt einen Augenblick: Ist das sicher? Dann verwirft sie den Gedanken. Sie wundert sich, als ihr bewusst wird, dass sie Bambang vertraut.

TukTuk springt vor ihnen her, als würde er sie willkommen heißen. Natürlich, hier ist er zu Hause. Nicht sehr tief im Wald hat Bambang einen Holzverschlag errichtet, kaum mehr als ein paar zusammengenagelte Bretter. Er hat eines der Bretter grün gestrichen, aber dann ist ihm offenbar die Farbe ausgegangen. Sie sieht Reste eines Lagerfeuers, und ein geschwärzter Topf steht neben der Asche auf dem Boden.

Jamie äugt in die Öffnung des Unterschlupfs: Eine gewebte Palmenmatte bedeckt den ganzen Raum.

»Hübsch«, sagt sie.

Bambang strahlt sie stolz an. »Ich noch nie zeige Haus«, sagt er zu ihr.

»Ich fühle mich geehrt.«

»Sie mir helfen.«

TukTuk stupst ihre Hand an, und sie streichelt das Fell auf seinem Kopf.

»Sie trinken Tee?«, fragt Bambang.

»Nein danke.«

Er deutet auf einen Felsen vor der Hütte. »Sie hier sitzen«, sagt er.

Jamie klettert auf den Felsen und setzt sich im Schneidersitz hin. Bambang setzt sich neben sie.

Sie sehen über die Häuserdächer von Ubud. Ein Mangobaum wirft Schatten, und auf ihrem Hochsitz fühlen sie sich seltsam erhoben über das Land, als würden sie schweben. Hier gefällt es mir, denkt Jamie. Und dann wird es ihr klar: Ich mag Bali.

Sie kann die Reisfelder sehen, die die Stadt in allen Richtungen umgeben. Sie ist eine Mischung aus alten und neuen Gebäuden – ein Dorf, das dabei ist, eine Stadt zu werden. Aus dem Garten unter ihnen kann sie Frangipani riechen.

Sie verspürt eine Art Freude, selbst in diesem verrückten Augenblick. Hier sitzt sie mit einem Straßenkind, einem kleinen Betrügerjungen.

»Mein Vater, er nicht guter Mann«, sagt Bambang. Er starrt über die Häuserdächer, hält den Rücken so aufrecht wie die Yoga-Ladys auf ihren Matten.

»Was hat er angestellt?«

»Mein Vater zorniger Mann. Er verliert sehr leicht Beherrschung, selbst bei kleinen Dingen.« Er hört auf zu reden, und TukTuk kommt an seine Seite. Bambang legt dem Hund eine Hand auf den Kopf. »Eines Tages, meine Mutter und ich sitzen in Küche und spielen Spiel mit kleiner Schwester. Wir lachen, es ist gute Zeit in unserem Haus. Mein Vater kommt nach Hause, und er ist wütend, schreit meine Mutter immer an. Er ihr sagt, dass kein Geld da ist und dass ich arbeiten kann, dass ich zu alt bin, um Mamas verwöhnter Junge in Schule und zu Hause zu sein. Meine Mutter sagt Nein, dass ich sehr schlau bin und zur Schule gehen werde. Mein Vater schlägt sie, hart, und sie fällt und schlägt mit dem Kopf gegen den Herd. Da ist so viel Blut, und sie bewegt sich nicht. Ich bringe meine kleine Schwester weg, damit sie es nicht sehen kann.«

Der Junge wartet ein paar Augenblicke. Als seine Hand aufhört, TukTuks Kopf zu streicheln, stupst der Hund mit der Nase Bambangs Bein an. Jamies Körper zittert, als ob ihr auf einmal sehr kalt ist.

»Die Polizei kommt zu uns nach Hause. Mein Vater sagt der Polizei, dass meine Mutter in Ohnmacht gefallen ist und sich den Kopf angeschlagen hat. Ich habe gesagt, nein, mein Vater hat sie geschlagen. Er hat sie getötet.«

Bambang sieht Jamie an. Sie kann seine Angst sogar jetzt sehen. Sie nickt, außer Stande, etwas zu sagen.

»Mein Vater geht in Gefängnis. Wenn nicht für immer ist, wird er kommen, um mich zu finden. Er wird mich auch töten.«

»Mein Gott«, sagt Jamie leise.

»Vielleicht bin ich schlechter Mann, der meinen Vater in Gefängnis gebracht hat.«

»Bambang«, sagt sie. »Du bist kein schlechter Mann. Du hast das Richtige getan.«

»Er ist mein Vater«, beharrt Bambang.

»Das stimmt. Und er hat deine Mutter getötet.«

Bambang senkt den Kopf. »Am nächsten Tag, ich will von dort weggehen. Ich habe Onkel – Bruder meiner Mutter –, der mich in Flugzeug nach Bali setzt. Ich will nicht Freund in Bali. Ich will nicht sagen: ›Mein Vater hat meine Mutter getötet. Ich habe ihn in Gefängnis gebracht.‹«

Er hört auf zu reden. Jamie sieht Rauch von einem der Felder auf der anderen Seite der Stadt aufsteigen. Sie hat gehört, dass die Balinesen noch immer ihren Müll verbrennen trotz Warnungen der Regierung, dass es schädlich ist. Aber aus der Ferne ist es ein hübscher Anblick, und der Rauch ringelt sich in den Himmel, greift nach den Wolken.

Sie legt einen Arm um Bambang, und er lehnt sich an sie.

»Du hast nichts Unrechtes getan«, sagt sie zu ihm.

Jamie packt den letzten Gegenstand in ihren Koffer und schließt ihn. Sie wird den Strohhut für einen von Nyomans Verwandten dalassen; sie legt ihn auf die Mitte des Betts. Sie hört ein Rascheln und dreht sich um.

Gabe steht im Türrahmen ihres Cottages. »Ihr Gepäck, Miss?«

Jamie starrt ihn verwirrt an. Für einen Moment wird sie in der Zeit zurückversetzt. Er ist wieder der Mann, den sie vor einem Jahr kennen gelernt hat. Es ist, als ob sie ihn wieder kennt, den Blick seiner Augen, die Art seines Lächelns. Sie kennt die Hand, die jetzt nach ihrem Koffer greift.

»Was tust du denn hier?«

»Ihr Taxi zum Flughafen ist da.«

Jamie schüttelt den Kopf. Der Mann, der vor ein paar Tagen von ihr weggegangen ist, war ein Fremder. Er hat mit einer Stimme zu ihr gesprochen, die sie nie zuvor gehört hatte. Diese Stimme jetzt – sie ist vertraut. Sie erinnert sich, wie er ihr im Dunkeln ihres Zimmers in dem Strandcottage eine Geschichte erzählt hat und wie sie dachte: Wie wäre es, diesen Mann zu küssen?

»Taxi?«, fragt sie. »Wovon redest du denn?«

»Dieses Taxi kommt in Verbindung mit einer geführten Tour. Wir fahren jetzt los, sehen uns ein bisschen was von Bali an, und dann bringe ich dich zum Flughafen.«

»Wer hat dir gesagt …«

»Soll ich das Gepäck nehmen?« Er deutet auf ihren Koffer.

»Ja. Nein! Warum bist du hier?«

Gabe lehnt sich gegen den Türrahmen. Sie erinnert sich an diese Art, wie er den Kopf schräg legt.

»Ich habe gehört, dass du abreist.« Seine Stimme ist jetzt leiser. Er hält einen Augenblick inne, sieht auf seine Füße. »Ich will ein bisschen Zeit mit dir verbringen, bevor du fährst.«

»Das freut mich.« Jamie holt einmal tief Luft. Sie stellt sich vor, eine Hand auszustrecken, um seine Lippen zu berühren.

»Lass dich von mir zum Flughafen fahren«, sagt er.

»Gabe. Wer hat dir gesagt, dass ich heute abreise?«

»Ein indonesischer Junge. Er hat mich in der Schule gefunden.«

Jamie lächelt. »Dieser kleine Quertreiber.«

»Schöne Freunde machst du dir auf Bali«, sagt Gabe.

»Nur die besten.«

»Und der Typ, der dieses Gästehaus führt, er hat mich ins Kreuzverhör genommen, als wäre er dein Vater.«

Jamies Lächeln wird noch breiter. »Noch ein Freund«, sagt sie.

»Eher ein bewaffneter Wachmann.«

»Diesmal mag ich Bali«, sagt Jamie zu ihm.

Gabe nickt. »Wirst du dich von mir fahren lassen?«

»Ja.«

Er nimmt ihren Koffer und trägt ihn zu seinem Wagen. Als er gegangen ist, lehnt sich Jamie gegen den Türrahmen und sieht in den Garten hinaus. Nyoman erscheint im Fenster seines Cottages mit gesenktem Kopf. Sie verspürt einen Schwall zu vieler Emotionen. Es ist, als ob sie gleichzeitig Lebewohl und Hallo sagt.

Sie hört jemanden rufen, und dann sieht sie Dewi wie wild von der Tür des Cottages ihrer Großeltern winken.

»Komm her!«, ruft Jamie.

Das Mädchen läuft auf sie zu. In ihrem Haar sind leuchtend blaue Strähnen. Auf dem heutigen T-Shirt steht: SHUT UP AND KISS ME.

»Hallo, du«, sagt Jamie.

»Ich komme mit Ihnen«, sagt Dewi, ein verschlagenes Lächeln im Gesicht.

»In die USA?«

»Kalifornien. Ich werde California Girl sein.« Das Mädchen wippt hin und her, als würde es einen Go-go-Tanz aufführen.

»Du siehst eher nach New York als nach Kalifornien aus.«

»New York!«, ruft Dewi.

»Eines Tages«, sagt Jamie. »Du machst die Schule fertig und überredest deinen Onkel, mit dir zu Besuch zu mir zu kommen.«

»Wirklich?«

»Wirst du mir eine E-Mail schreiben?«, fragt Jamie.

»Ja!« Dewi läuft hinüber zu Nyomans Cottage. Jamie sieht ihr lachend zu. Sie kommt mit einem Block und einem Stift zurück. Jamie schreibt ihre E-Mail-Adresse auf.

»Machen Sie Foto von mir?«, fragt Dewi.

Jamie holt ihre Kamera aus ihrem Rucksack. Dewi tritt einen Schritt zurück und posiert für die Kamera, als wäre sie in Hollywood ausgebildet worden. Sie reckt eine Schulter vor und legt den Kopf schräg, lässt sich eine blaue Haarsträhne ins Auge fallen. Sie schenkt ihr ein verführerisches Lächeln.

»Sieh dich einer an«, sagt Jamie pfeifend.

Dewi macht einen Luftsprung. »Stellen Sie Bild ins Internet. Ich werde entdeckt von amerikanischem Filmregisseur.«

»Ausgeschlossen«, sagt Jamie. »Dein Onkel würde mich umbringen.« Sie beugt sich vor und küsst das Mädchen auf die Wange.

Dewi läuft zum Cottage ihrer Großeltern. Bevor sie darin verschwindet, dreht sie sich um und winkt Jamie ein letztes Mal zu.

»Wer ist das denn?«, fragt Gabe. Er kommt den Weg zu ihrem Cottage hoch.

»Noch eine Freundin«, sagt sie zu ihm.

»Du warst ja umtriebig.«

»Sehr.«

»Kann ich noch irgendetwas tragen?«

Jamie schüttelt den Kopf. »Ich muss mich von meinem Gastgeber verabschieden. Du solltest besser im Wagen warten wie ein braver Taxifahrer, sonst wird er dich vielleicht noch aus der Stadt jagen.«

Gabe salutiert und macht kehrt. Jamie wirft einen letzten Blick in ihr Cottage. Sie erinnert sich an ihre erste Nacht hier. Es ist erst sechs Tage her, aber es kommt ihr viel länger vor. Es stimmt sie ein bisschen traurig, von hier wegzugehen.

Als sie sich umdreht, steht Nyoman vor ihr.

»Ich wollte eben kommen, um …«

»Sie haben einen Mann hier …«

»Ich weiß.«

Sie stehen einen Augenblick verlegen da.

»Ich danke Ihnen …«

»Sie werden …«

Sie beginnen beide gleichzeitig zu sprechen und hören wieder auf. Jamie lacht.

»Ich zuerst.«

»Sie zuerst«, sagt Nyoman.

»Danke.«

»Ich sage dieselben Worte«, sagt er zu ihr. »Die Worte sind nicht groß genug.«

»Ich weiß, was Sie meinen.«

»Der Mann ist der, der Sie nach den Bombenanschlägen gerettet hat.«

»Ja«, sagt Jamie. »Er wird mich zum Flughafen fahren.«

»Ich würde Sie fahren …«

»Ich weiß. Danke.«

»Sie kommen eines Tages wieder.«

»Ich werde eines Tages wiederkommen.«

Jamie legt die Arme um Nyoman. Er steht eine Sekunde steif da, dann schlingt er die Arme um sie.

Als sie einen Schritt zurücktritt, sieht sie die Traurigkeit in seiner Miene.

»Ein Foto«, sagt sie. »Mit einem Lächeln.«

Er stellt sich sehr aufrecht hin und schenkt ihr sein strahlendes Lächeln. Durch den Sucher sieht sie, dass seine Brille schief sitzt. Sie schießt das Foto.

»Wohin fahren wir?«, fragt Jamie.

Gabe fährt über unbekannte Straßen durch die Landschaft. Sie überqueren einen Fluss, wo ein paar Frauen ihre Kinder unter einem kleinen Wasserfall baden. Das Wasser glänzt auf ihren braunen Körpern.

»Das hängt davon ab, wie viel Zeit wir haben«, sagt Gabe zu ihr. »Wann geht dein Flug?«

»Um neun.«

»Wir haben Zeit«, sagt er.

»Wofür?«

»Das wirst du dann schon sehen.«

»Danke«, sagt sie.

»Wofür?«

»Für das, was du bei der Gedenkfeier getan hast. Ich war tief gerührt.«

Er zuckt die Schultern. »Ich dachte, wenn ich diese ganze Aufmerksamkeit über mich ergehen lassen muss, dann solltest du das auch.« Er lächelt.

»Es war nicht leicht«, sagt Jamie. »Ich wäre fast ohnmächtig geworden, aber ich dachte, das würde nicht sehr heldenhaft aussehen.«

»Es war eine gute Feier«, sagt Gabe. »Lange Zeit wollte ich nicht hingehen. Ich dachte, es wäre zu früh. Aber es war gut für Bali.«

»Und für dich?«

»Ja, und für mich.« Er lächelt.

»Jetzt hast du mich ein Jahr lang gehasst«, sagt Jamie leise.

Er sieht sie an; sein Lächeln ist verschwunden. »Du hast mich verletzt«, sagt er ernst. »Ich habe verstanden, warum du gegangen bist. Aber ich hatte dir mein Herz geöffnet.«

Jamie will eine Hand nach ihm ausstrecken, aber sie lässt die Hände gefaltet im Schoß. Sie wird nicht sagen: Ich habe dir auch mein Herz geöffnet. Er redet von der Vergangenheit, nicht von der Gegenwart.

Außerdem muss sie einen Flug erreichen.

Schließlich sagt sie: »Es tut mir leid, Gabe.«

Er nickt. Sie will mit einem Finger über seinen Kiefer gleiten. Sie wendet den Blick ab.

Die Reisfelder erstrecken sich wie ein dichter Teppich über den Hügeln. Sie erinnert sich, wie sie vor ein paar

Abenden unter dem Wasserfall geschwommen ist, an die kalte Nachtluft auf ihrem Körper, während sie und Dewi durch den Wald zurückliefen, um das Motorrad zu finden, an den Singsang der fremden Stimmen der Mädchen, während sie miteinander plauderten. Ich bin immer eine Touristin gewesen, eine Außenstehende. Was würde passieren, wenn ich an einen Ort gehören würde? Jetzt, während sie durch die balinesische Landschaft fahren, denkt sie an Berkeley, an einen Spaziergang in den Hügeln mit ihrem Zeichenblock. Ich habe nie ein Bild von zu Hause gezeichnet, denkt sie.

Als sie lange geschwiegen hat, berührt Gabe ihr Knie. Sie sieht, wie seine Hand einen Moment neben ihr in der Luft schwebt, bevor er die Finger wieder ums Lenkrad legt.

»Bitte«, sagt er sanft. »Erzähl mir von dir.«

Sie nickt. »Es war nicht leicht für mich. Für ein paar Wochen war ich eine einzige Katastrophe.«

»Bist du zurück zu deiner Mutter gefahren?«

»Ja. Aber ich habe es gehasst, dass sie sich um mich kümmerte. Es ist seltsam: Es war so leicht für mich, als du dich um mich gekümmert hast.«

»Ich denke, du hattest keine andere Wahl«, sagt Gabe mit einem ironischen Lächeln. »Wenn du gekonnt hättest, hättest du nach dem ersten Tag Reißaus genommen.«

Jamie erinnert sich, wie sie eines Morgens nach den Bombenanschlägen im Bett lag und auf die Stille des Strandcottages lauschte. Er ist gegangen, dachte sie. Er ist zurück zu seinem Haus in den Bergen gefahren, zu seinen Schulkindern, zu einem Leben mit gesunden Menschen. Und dann hörte sie die Haustür aufgehen. Gabe kam in ihr Zimmer, und er brachte den Geruch des Meeres mit sich. Ich werde das überstehen, hatte sie gedacht.

»Du irrst dich«, sagt sie jetzt zu ihm. »Ich wusste vielleicht nicht sehr viel darüber, wie ich zulassen sollte, dass sich jemand um mich kümmert – ich hatte nicht viel Übung darin –, aber ich wollte dich dort haben.«

Gabe sieht sie an, und sein Lächeln schwindet. Sie versucht seine Miene zu lesen: Er scheint nach irgendetwas zu suchen, was er nicht finden kann. Ich bin hier, will sie sagen.

»Bist du zu deinem Job zurückgekehrt?«, fragt er.

Jamie erzählt ihm davon, wie aufopferungsvoll sich ihre Mutter um sie gekümmert hat, von den Fahrten zum Krankenhaus und zu Arztpraxen, um ihre Wunden behandeln zu lassen, den langen Nächten, in denen keine von ihnen schlief.

»Ich hatte Angst, dass ich das Haus meiner Mutter vielleicht nie wieder verlassen würde«, sagt Jamie. »Nach einem Monat wusste ich, dass ich es verlassen *musste*. Ich bin zurück nach Berkeley gezogen und habe meinen Chef um den ersten Tourauftrag gebeten, den er für mich finden konnte. Ich war nicht bereit dafür. Aber ich musste mich beschäftigen.«

Gabe streckt eine Hand aus und steckt ihr das Haar hinters Ohr. Es ist eine so sanfte Geste, und doch spürt sie sie tief in ihrem Inneren. Dann gleitet er mit einem Finger über ihre Narbe.

»Sie ist gut verheilt«, sagt er. »Du bist gut verheilt.«

»Nicht sofort«, sagt sie zu ihm. »Ich habe mir eingeredet, ich würde es schaffen. Ungefähr so, wie jemand sich dazu überredet, eine Hängebrücke Dutzende von Metern über einem reißenden Fluss zu überqueren, habe ich mich wieder zum Leben überredet. Es hat geklappt. Manchmal.«

Sie schweigt eine Weile, erschöpft von ihrem Wortschwall. Sie sind gefahren und gefahren, die Landschaft ein steter Strom terrassenförmiger Reisfelder vor einem wolkenlosen Himmel.

Jamie beobachtet, wie ein junges Mädchen auf einem Fahrrad über das Feld fährt. Ein Junge verfolgt sie auf seinem Fahrrad; sie kann die triumphierenden Rufe des Mädchens hören. Fang mich, denkt sie.

»Wohin fahren wir?«, fragt Jamie.

»Wir sind gleich da«, sagt Gabe zu ihr.

Sie fahren in eine unbekannte Stadt. Jamie denkt: Er irrt sich. Ich will nicht noch eine Stadt, einen Tempel oder eine Touristenattraktion besichtigen.

Aber dann kurbelt sie das Fenster herunter, und sie kann das Meer riechen.

»Ist das der Ort, wo …«

»Ja«, sagt er zu ihr.

Er biegt in eine kleine Straße ein und fährt bis zum Ende, wo er den Wagen parkt. Sie steigen beide aus und folgen dem Geräusch der Wellen.

Ein Weg führt zwischen zwei Geschäften hindurch, und dann liegt das Meer vor ihnen, ruhig und blau und gewaltig. Sie gehen auf einen kleinen Weg, der am Strand entlang verläuft; Jamie kann sehen, dass er sich in beide Richtungen erstreckt.

»Daran kann ich mich erinnern«, sagt sie.

»Dieser Weg führt in die Stadt«, sagt Gabe und zeigt nach

links, »und dieser Weg führt zu dem Strandcottage, in dem wir gewohnt haben.«

»Lass uns zu diesem Restaurant gehen …«

»La Taverna«, sagt Gabe.

»Ja.«

Jamie erinnert sich an jedes Detail des Restaurants. Sie erinnert sich, wie sie im Regen zu dem Tisch im Balé gerannt sind; diesmal wählen sie bei klarem Himmel einen Tisch unter einem Sonnenschirm. Sie erinnert sich an den Kellner, der ihnen von der Meditationssitzung erzählte, die von der Bombe unterbrochen wurde. Sie erinnert sich an ihre Fantasie von Audrey und Cary, ihre Doppelgänger für ein paar Takte auf der Tanzfläche. Diesmal gibt es keine Band, nur eine Aufnahme eines beliebten balinesischen Lieds, bei dem Jamie an Wasserfälle denken muss.

»Und du?«, fragt sie, sobald sie Platz genommen haben. »Wie war es für dich, nach den Bombenanschlägen zu deinem Leben zurückzukehren?«

Sie trinken beide Weißwein. Ihr Tisch hat Meerblick, und da es mitten am Tag ist, können sie die Handvoll Touristen sehen, die tapfer genug waren, nach Bali zu kommen. Es ist anders als der fast leere Strand in den Tagen nach den Bombenanschlägen. Jetzt schwimmen Leute im seichten Wasser; andere sitzen in Liegestühlen auf dem Sand, lesen oder schlafen. Eine blonde Frau und ihr kleiner Sohn bauen einen riesigen Berg im Sand, und während Jamie zusieht, wird der Berg zu einer Schildkröte. Ein steter Strom von Leuten zieht über den Weg zwischen dem Restaurant und dem Strand – viele davon kleine balinesische Kinder, in Grüppchen oder paarweise. Ein jugendliches Paar hält Händchen und berührt sich beim Gehen mit den Schultern.

»Ich habe mich in dich verliebt«, sagt Gabe so plötzlich, dass Jamie die Luft wegbleibt. »Zuerst dachte ich, es sei nur die gemeinsame Erfahrung, niemand anders konnte schließlich begreifen, was wir durchgemacht hatten. Aber nein, es warst du. Das wusste ich in jener letzten Nacht, in der wir uns liebten.«

Jamie erinnert sich an das Lächeln in seinem Gesicht, während er schlief.

»Und dann bin ich abgehauen«, sagt sie leise.

Er nickt. »Ich wusste nicht, wie ich verlieren konnte, was ich eben erst gefunden hatte. Nichts in der Welt war mir vertraut bis auf dich. Und du warst verschwunden.«

»Gabe, es tut mir so leid.« Sie will eine Hand ausstrecken und ihre Finger auf seine Lippen drücken. Sag nicht mehr. Ich verstehe dich.

Der Kellner bringt ihnen ein Thunfisch-Carpaccio und einen Orangen-Minze-Salat. Sie warten, bis er ihnen Wein nachgeschenkt hat und gegangen ist.

»Nachdem du gegangen warst, bin ich zurück nach Ubud gefahren«, sagt Gabe. »Ich bin zu meinem Klassenzimmer zurückgekehrt. Ich habe mein Leben nach dieser Woche voller gelebt. Aber als ich dich neulich vor meiner Schule sah, war ich erstaunt. Ich hatte mir diesen Moment so oft vorgestellt, und in meinen ganzen Fantasien habe ich eher wie Cary Grant reagiert als wie Gabe Winters.« Er schenkt Jamie ein Lächeln. »Gabe Winters ist weggegangen.«

»Dann ist es Cary Grant, der jetzt hier sitzt?«

Er schüttelt den Kopf. »Auf dem Schulfest vor ein paar

Tagen habe ich mich in das Mädchen oben auf dem Fahnenmast verliebt.« Seine Miene hellt sich auf. »Das bin ich.«

Sie hält seinem Blick einen Moment stand. Sie sollte wissen, was sie sagen sollte. Aber vielleicht sind schon zu viele Worte gefallen. Sie denkt an Dewis T-Shirt: SHUT UP AND KISS ME. Jetzt hat sie ein albernes Lächeln im Gesicht, und sie will nicht versuchen, es zu erklären. Sie sieht aufs Wasser hinaus.

Der Junge hat seine Sandschildkröte fertig modelliert und klettert darauf, als wolle er mit ihr aufs Meer hinausreiten. Mit einem Freudenschrei springt er auf und lässt sich dann auf den Sandrücken der Schildkröte fallen. Sie stürzt ein, und die Miene des Jungen verändert sich. Er bricht in Tränen aus.

Jamie sieht zurück zu Gabe. Er wartet auf etwas.

»Ich habe lange Zeit versucht, mir dein Leben vorzustellen«, sagt sie.

»Es ist ein ruhiges Leben«, sagt er.

Sie nimmt einen Schluck Wein, dann sieht sie auf das Essen auf ihren Tellern. Es ist schön angerichtet, und doch kann sie sich nicht vorstellen, auch nur einen Bissen zu nehmen.

»Warst du glücklich?«, fragt sie.

»Manchmal. Ich liebe meine Arbeit. Und ich liebe mein Joglo am Berghang. Es passt mir, wie es ein gutes Haus sollte.«

»Klingt nett.«

Der Kellner kommt an ihren Tisch. »Ist alles in Ordnung?«

»Ja«, sagen sie beide und greifen nach ihren Gabeln. Jamie

nimmt einen Bissen Thunfisch, Gabe greift nach dem Orangensalat. Der Kellner geht weiter zu einem anderen Tisch.

»Wir kennen uns nicht einmal«, sagt sie, auf einmal schüchtern.

»Wir wissen viel voneinander«, sagt er.

»Ich dachte, du lebst vielleicht in Paris mit einer schönen Freundin zusammen.«

»Wir wussten, was passieren würde, wenn wir zusammen in einem Restaurant sitzen.«

»Ich brauche Wein.« Jamie greift nach ihrem Glas.

»Ich brauche Essen«, sagt Gabe lachend. »Können wir es uns teilen?«

Sie pickt nach seinem Orangensalat und er nach ihrem Thunfisch – ihre Gabeln stoßen zusammen.

»Entschuldigung«, sagen sie beide gleichzeitig.

»Ich mache das«, sagt Gabe. »Ich habe als Jugendlicher ungefähr drei Monate als Kellner gejobbt. Ich sollte das hinkriegen.«

Er vertauscht die Teller, und sie essen beide schweigend.

»Soll ich sie noch einmal vertauschen?«, fragt er nach einer Weile.

»Nein«, sagt Jamie. »Du hast verloren.« Sie verschlingt die Orangen.

Gabe legt eine Hand auf ihre.

»Warum bist du nach der Gedenkfeier nicht zu mir gekommen?«, fragt sie.

»Ich habe überall nach dir gesucht. Ich dachte, vielleicht bist du gleich wieder gegangen.«

»Ich habe auch nach dir gesucht. Und dann habe ich deine Nummer von Theo bekommen. Ich habe angerufen …«

»Ich weiß.« Gabe sieht auf seinen Teller. »Ich bin nicht rangegangen. Ich wusste, dass ich selbst vorbeikommen musste. Ich wollte kein schnelles Telefongespräch.«

Der Kellner kommt, um ihre Teller abzuräumen. Er schenkt ihnen Wein nach und geht.

»Es ist ein Uhr nachmittags, und ich bin ein bisschen beschwipst«, flüstert Jamie.

»Ich war nie klarer im Kopf«, sagt Gabe zu ihr.

»Psst. Lass mich eine Sekunde Luft holen.« Sie steht auf und sieht sich um, verspürt auf einmal das Bedürfnis, sich zu bewegen. »Kann ich kurz …?«

»Die Toiletten sind hinter der Bar.« Er zeigt in die Richtung.

»Nein, ich muss die Füße ins Meer stecken«, sagt sie zu ihm.

»Wir können am Strand spazieren gehen, sobald ich bezahlt habe.«

»Ich bin gleich wieder da«, sagt Jamie. »Gib mir ein paar Minuten.«

Sie wendet sich vom Tisch ab. Auf einmal hört sie Lärm: Kinder kreischen von dem Swimmingpool auf der anderen Seite des Restaurants, ein Mann ruft jemandem zu, auf ihn zu warten, Vögel trällern, die Wellen brechen sich krachend auf dem Sand. Sie war so vertieft in ihre intime Welt, dass sie nichts von alledem gehört hat, und jetzt stürzt das alles auf sie ein.

Sie kickt die Schuhe von sich und lässt sie am Tisch stehen.

»Kann ich Ihnen behilflich sein, Miss?« Der Kellner steht neben ihr.

»Nein«, sagt sie.

Sie beginnt, aufs Meer zuzugehen. Sie überquert den Pfad, schlängelt sich zwischen den kleinen Grüppchen von Leuten hindurch. Sie geht zwischen den Liegestühlen und den ausgebreiteten Strandtüchern und der eingestürzten Sandschildkröte hindurch. Die Sonne brennt heiß auf ihre Schultern.

Ein paar ganz kleine Kinder spielen am Rand des Wassers. Ihre Mutter sitzt im Sand, und die Brandung plätschert sanft über ihre Beine und dann wieder aufs Meer hinaus.

Jamie geht an den Kindern vorbei, hebt den Rock hoch. Sie wundert sich, wie warm das Wasser ist – mein Gott, in einer Woche auf Bali war sie nicht ein einziges Mal im Meer. Sie liebt das Meer.

Als ihr das Wasser um die Knie plätschert, bleibt sie stehen. Sie sieht zurück. Gabe sitzt an dem Tisch im Restaurant und sieht ihr zu. Er blickt besorgt. Denkt er, dass sie immer weiterlaufen und nicht mehr zurückkommen wird?

Sie wirft ihm eine Kusshand zu.

Dann dreht sie sich um und taucht unter die hereinbrechende Welle.

Das Wasser umfängt sie, und im nächsten Augenblick spürt sie, wie ihr Herz sich ausdehnt. Sie würde sich gern ausziehen, ihre Bluse und ihr Rock wickeln sich um ihre Haut wie Seetang. Aber sie ist auf Bali, und sie ist kein Teenager mehr. Sie liebt den Impuls, liebt die Freude, die sie durch die nächste und wieder die nächste Welle schleudert.

Als sie in ruhiges Gewässer kommt, stellt sie sich hin. Sie steht bis zu den Schultern im Wasser, und sie dreht sich langsam um. Ein Junge beobachtet sie neugierig, während er Wasser tritt, und sie schenkt ihm ein Lächeln. Er taucht unter Wasser. Als sie sich zum Strand umdreht, sieht sie, dass Gabe an den Rand des Wassers gekommen ist.

»Komm rein!«, ruft sie.

Er lächelt.

»Es ist perfekt«, ruft sie ihm zu.

Er kickt die Schuhe von sich und schlüpft aus seinem Hemd. Er nimmt die Brieftasche aus seiner Hosentasche, steckt sie in sein Hemd und legt beides am Strand ab. Dann läuft er ins Wasser und taucht in die erste Welle.

Als er wieder neben ihr auftaucht, ist sein Gesicht von Freude erfüllt. Er nimmt sie in seine Arme. Sie küsst ihn und schmeckt das Salz und die Sonne und die Süße seiner Lippen.

Jamie ist verblüfft, das Haus genau so vorzufinden, wie sie es in Erinnerung hat: die Verandatüren, die weißen Sofas, die kühlen, dunklen Teakholzböden, die trägen Deckenventilatoren. Sie fühlt sich zum Schlafzimmer hingezogen; sie muss wissen, ob ihr Gedächtnis sie nicht täuscht. Ja, das Bett ist grün; die Wände sind grün. Ihre grüne Höhle. Ja, da ist nichts als ein Bett und eine kleine Teakholzbank. Die Wände sind kahl. Sie musste sich nicht die ganze Einrichtung wegdenken, um es schlicht in Erinnerung zu behalten. Es ist ein schlichtes grünes Zimmer. Ein Zimmer zum Heilen.

Sie haben ihre nassen Kleider in Billys Trockner gesteckt. Jamie hat einen ganzen Koffer voller Kleider, aber Gabe hat nur seine nasse Jeans. Jetzt tragen sie große zitronengelbe Handtücher, die sie sich um ihre Körper gewickelt haben.

Die Entscheidung, das Haus aufzusuchen, wurde nie laut ausgesprochen. Sie schwammen, bis sie genug hatten, warfen ein paar Geldscheine auf den Tisch des Restaurants und stapften den Weg hinunter zu Billys Cottage. Gabe hatte den Schlüssel für die rote Tür. Sie gingen barfuß durch den Garten, und Jamie staunte über die Unmenge von Seerosen in dem Teich. Die Statue der Göttin Lakshmi war von einem Meer von Prunkwinden umgeben. Und eine Bougainvillea hing über das Reetdach des Balé.

»Komm herein«, hatte Gabe gesagt. Als sie sich umwandte, sah sie, dass er alle Verandatüren aufgerissen hatte, sodass das kleine Haus wie ein Teil des Gartens aussah.

Jetzt stehen sie am Eingang zum Schlafzimmer; beide zittern ein wenig, und keiner von ihnen ist bereit zu sagen: Komm herein.

»Ich liebe dieses Cottage«, sagt Jamie.

»Du könntest ein paar Tage bleiben. Billy – der Eigentümer – ist für einen Monat in England. Ich darf hier sein, so viel ich will.«

Sie schüttelt den Kopf. »Wie viel Zeit haben wir, bis wir zum Flughafen müssen?«

»Zwei Stunden«, sagt er.

»Ich dachte, ich würde zu viel Angst davor haben, zu diesem Haus zurückzukehren«, sagt Jamie. »Aber ich habe gar keine Angst.«

»Du hattest Angst davor abzureisen«, sagt Gabe. »Es war ein guter Ort für uns.«

Sie dreht sich zu ihm um, und sie küssen sich wieder, und jetzt ist der salzige Geschmack des Meeres verschwunden.

»Komm ins Bett«, sagt er, als ihr Kuss endet.

»Ja«, sagt sie zu ihm.

Sie lässt das Handtuch auf den Boden fallen und legt sich auf das grüne Laken. Sie ist nackt, und Gabe setzt sich auf die Bettkante und sieht sie an.

»Du bist schön«, sagt er.

»Vernarbt«, sagt sie und zeigt ihm ihren Arm.

Er beugt sich vor und gleitet mit einem Finger über ihren Ellenbogen.

»Die Ärzte mussten den Knochen richten«, erklärt Jamie.

»Das hatte ich schon befürchtet.«

»Das war alles unwichtig.«

Gabe berührt die Narbe in ihrem Gesicht, dann gleitet er mit den Lippen darüber. Er findet eine Narbe an ihrer Schulter und presst seine Lippen auch darauf. »An die kann ich mich gar nicht erinnern.«

»Sie ist neu. Eine Nachbarskatze ist von einem Baum gefallen. Sie ist auf meiner Schulter gelandet. Ich hatte prompt einen Nervenzusammenbruch, der fünf Minuten angehalten hat.«

»Hat die Katze überlebt?«

»Ja. Aber Larson hat nur knapp überlebt. Er war bei mir, als es passiert ist.«

Jamie rollt sich auf die Seite, und Gabe bedeckt ihr Rückgrat mit Küssen.

»Du hast einen schönen Rücken. Wenn diese Katze nicht ihre Krallen in dich geschlagen hätte, wäre er vollkommen.«

»Vollkommenheit ist offenbar nicht mein Ding.«

Er legt sich neben sie. »Du beherrschst die Unvollkommenheit erstaunlich gut«, sagt er.

»Küss mich«, sagt Jamie.

Ihre Körper bewegen sich zusammen. Jamies Hand folgt den Konturen von Gabes Armen, seines Rückens, seiner Schultern. Sie fährt ihm mit den Fingern durchs Haar. Sie holt einmal tief Luft und riecht eine Mischung aus Meer und Sonne und Würze. Sie drückt ihn näher an sich. Sie schmeckt das Salz auf seiner Haut, als sie mit der Zunge über seine Brust gleitet. Sie mag seine Größe, sein Gewicht, als er sich auf sie rollt.

»Gabe«, murmelt sie.

»Wir fangen noch einmal an«, sagt er. Seine Stimme ist so sanft wie ein Versprechen.

»Mein Flug …«

»Psst.«

Sie nehmen sich lange Zeit, um den Körper des anderen wieder zu entdecken. Sie nehmen sich lange Zeit, um zu schmecken und zu riechen und zu spielen, und als sie zusammen kommen, nehmen sie sich noch länger Zeit, um ineinander zu verschmelzen, um ihre Haut aneinanderzupressen, um jeden Zwischenraum zwischen ihnen verschwinden zu lassen.

Sie halten die Augen offen, sie beobachten einander, sie flüstern sich Worte zu. Ja. Bitte. Jetzt.

Später ist es Jamie, die Gabe auf die Stirn küsst und sich aus seiner Umarmung löst. Sie geht leise ins Bad und schließt hinter sich die Tür.

Sie duscht lange Zeit, benutzt Billys Lotions und Sprays, dann zieht sie sich frische Sachen aus ihrem Koffer an. Als sie aus dem Bad kommt, ist Gabe verschwunden.

Ihre Brust schnürt sich zusammen. Was für ein Dummkopf. Er nimmt sich seine Rache.

Gut, denkt sie, obwohl sie weiß, dass es eine Lüge ist. Ich werde mir ein Taxi rufen. Es ist leichter, sich nicht zu verabschieden.

Aber dann kommt er durch die Tür des Schlafzimmers, in Jeans und Hemd, das Haar zurückgekämmt.

»Im Garten gibt es noch eine Dusche«, sagt er.

Sie nimmt ihn in die Arme und hält ihn, obwohl ein Teil von ihr sich schon jetzt verabschiedet.

»Du könntest bleiben«, sagt er.

»Ich kann nicht bleiben.«

Sie sind auf dem Weg zum Flughafen. Gabes Hand ruht auf Jamies Oberschenkel und ihre Hand auf seiner.

Sie fahren an Reklametafeln vorbei, die Villen und Eigentumswohnungen und Resorts anpreisen. Die Straße ist von Geschäften gesäumt, die Teakholzmöbel und steinerne Buddhas und Keramikfliesen verkaufen. Die Sonne steht tief am Himmel, und der Verkehr kriecht langsam vorwärts. Jamie sieht immer wieder auf die Uhr.

»Du hast reichlich Zeit«, sagt Gabe zu ihr.

Das ist das hässliche Bali, denkt sie. Der Fluss ist von Müll verstopft, die Straßen ruiniert von zu viel Bautätigkeit und jedermanns Bedürfnis, Geld daraus zu schlagen. Ein Mann mit einem Holzbein humpelt am Rand der Straße entlang und bettelt um Geld. Als ihr Wagen in der Nähe des Mannes zum Stehen kommt, kann Jamie ihn riechen, und es dauert zu lange, an ihm vorbeizukriechen.

Es ist schwer zu glauben, dass wenige Minuten hinter diesem Chaos das Wunder von Balis Meeresklippen, exotischen Dschungeln und smaragdgrünen Reisfeldern liegt.

»Meine Schwester, Molly, hat kürzlich ein Kind bekommen«, sagt Gabe. »Sie ist vierundvierzig Jahre alt. Gleich nach den Bombenanschlägen hat sie entschieden, dass sie nicht länger auf die große Liebe warten will. Daher ist sie zu einer Samenbank in Boston gegangen und hat sich einen Typen mit guten Genen ausgesucht, und jetzt hat sie dieses unglaubliche Kind. Er sieht ein bisschen aus wie Ethan.«

Jamie wirft einen Blick auf Gabe, aber seine Miene ist fröhlich.

»Das ist gut«, sagt er. »Ich freue mich über dieses Baby. Ich freue mich darüber, wie glücklich Molly ist.«

»Es ist ein bisschen wie eine Reinkarnation«, sagt Jamie. »Eine Chance auf ein zweites Leben. Aber sie bekommt sie, ohne sterben zu müssen.«

»Ich nehme an, das ist die amerikanische Version. Wir wollen eine zweite Chance in diesem Leben. Nicht im nächsten«, sagt Gabe.

»Ich freue mich für deine Schwester«, sagt sie zu ihm.

»Ich habe sie letzten Monat für ein paar Wochen besucht. Wir hatten ein Haus am Cape gemietet. Ich habe ihr versprochen, bald wiederzukommen.« Er drückt eine Hand auf Jamies Schenkel. »Ich kann einen Zwischenstopp in San Francisco einlegen.«

Jamie denkt an zu Hause. Vielleicht wird sie ein eigenes Haus für sich in Berkeley finden. Sie braucht ein Zuhause für den Hund, den sie sich zulegen wird, wenn sie zurückkommt. Sie hat Larson, um den sie sich kümmern wird, aber bald – auch wenn es im Moment unvorstellbar ist – wird er nicht mehr da sein. Sie braucht einen Ort, an den sie gehört.

Und dann füllt eine neue Vision ihren Verstand aus. Sie steht im Türrahmen ihres neuen Hauses – eines winzigen Cottages in den Hügeln, das sie jetzt fast sehen kann, als ob es in ihrer Fantasie vollständig verwirklicht ist. Gabe geht auf einem Weg, der von Wildblumen gesäumt ist, auf sie zu. Auf dem Weg ist nur Platz für ihn, und er verläuft mitten durch eine bunte Farbenpracht. Ihr Hund – der TukTuk verdächtig ähnlich sieht – läuft auf ihn zu, und Gabe bückt sich, um dem Hund das Fell zu streicheln. Als er zu ihr aufsieht, ist sein Gesicht von Licht erfüllt.

Willkommen, sagt sie. Sie ergänzt noch zwei Worte. *Zu Hause. Willkommen zu Hause.*

»Was denkst du?« Gabe sieht sie von der Seite an.

Sie weiß, dass sie sagen soll: *Komm mich besuchen. Bleib eine Weile.* Aber sie kann jetzt nicht die richtigen Worte finden. Sie will mehr von ihm; sie will alles von ihm. Und in ein paar Minuten wird sie ihn verlieren.

»Letztes Jahr haben wir den Abschied verpasst«, sagt Jamie. »Diesmal mache ich mich bereit.«

Schließlich biegt er zum Flughafen ab.

Sie steigen aus und stellen sich neben den Wagen. Leute eilen an ihnen vorbei, rufen nervös: »Auf Wiedersehen!«, »Ich bin spät dran!«, »Danke für alles!« Eine Frau steht schniefend an der Bordsteinkante, während ihre Tochter in den Flughafen stürzt. Eine undeutliche Ansage dröhnt aus einem Lautsprecher. In der Ferne grollt ein Donner.

»Ich könnte den Wagen hierlassen«, sagt Gabe. »Ich könnte in den Flughafen gehen und jetzt gleich ein Ticket nach San Francisco kaufen.«

Er fährt sich mit einer Hand durchs Haar, und Jamie sieht

seine Tätowierung, den Vogel, der nach einem Ort sucht, an dem er landen kann.

»Was hältst du von Hunden?«, fragt sie.

»Ich liebe Hunde«, sagt er lächelnd.

Sie beugt sich vor und presst ihre Lippen auf seine.

Danksagung

Viele Leute haben mir bei meinen Recherchen und beim Schreiben von *Die vergessenen Träume* geholfen. An erster Stelle möchte ich meine fabelhafte Lektorin nennen, Jen Smith. Jen hat unermüdlich an diesem Roman mitgearbeitet und mich von einem Entwurf zum nächsten geführt. Sie macht ihre gute Arbeit mit Intelligenz und Anmut. Ich schätze mich unglaublich glücklich, mit ihr zusammenzuarbeiten.

Meine Agentin, Sally Wofford-Girand, vollbringt Wunder. Sie verkauft Bücher, ausländische Rechte und Filmrechte, und in ihrer Freizeit bietet sie Verständnis, Trost und Ermutigung. Sally, du bist mein Fels in der Brandung.

Manchmal habe ich das Gefühl, die glücklichste Autorin im Verlagswesen zu sein – da Ballantine mich mit offenen Armen empfangen und zu einer von ihnen gemacht hat. Jane von Mehren, du bist ein Superstar.

Danke auch an Gina Wachtel, Leigh Marchant, Cindy Murray, Susan Corcoran, Hannah Elnan, Maggie Oberrender und mein Team von Helden bei Ballantine und Random House.

Viele Leute haben erste Entwürfe dieses Romans gelesen und meinen Figuren und mir geholfen, den Weg im Dunkeln zu finden. Ohne euch alle hätte ich es nicht geschafft. Danke an Elizabeth Stark, Rosemary Graham, Nina Schuyler, Lalita Tademy, Antonya Nelson, Amanda Eyre Ward, Nick Taylor, Melissa Sarver, Boris Fishman, Kelli Fillingim und Neal Rothman.

Ich habe einen Monat auf Bali mit Recherchen für *Die vergessenen Träume* verbracht (der beste Recherchejob, den sich ein Schriftsteller erträumen könnte!). Ich habe so viele Leute kennen gelernt, die ihre Türen geöffnet und mich hereingebeten haben. Vielen, vielen Dank meinen neuen Freunden auf Bali: Sarah Laight, Alice Dill, Wayan Suka, Carolyn Kenwrick, William Ingram, Andrea und Nyoman Phillips, Patrick und Jenny Scott, Janet De Neefe, Daniel Aaron, Patti Bollen, Rupert Skinner in La Taverna, Howard Klein in dem entzückenden Desa Seni Resort und den Frauen vom Bali Book Club. Rucina Ballinger, die seit vielen Jahren auf Bali lebt, hat den Roman gelesen und Ungenauigkeiten über ihr Land und die Leute korrigiert. Vielen Dank dafür, Rucina. Jegliche Fehler in Bezug auf Bali, die Kultur oder die Geschichte sind meine eigenen. Zu Hause hat mich Mindy Goodman von Mountain Travel Sobek an ihrem detaillierten Wissen über Bali und sein Volk teilhaben lassen.

Ich möchte insbesondere der Organisation YKIP (Yayasan Kemanusiaan Ibu Pertiwi) danken, die nach den Bombenanschlägen von 2002 gegründet wurde und den 222 getöteten und 446 verletzten Opfern der beiden Explosionen bis heute Tribut zollt. Sri Damayanti (Ida) hat mich auf Besuchen bei vielen Opfern und Witwen der Terroranschläge von 2002 begleitet. Ich bin diesen bemerkenswerten Überlebenden und Witwen, die mir ihre Geschichten erzählt haben, zu tiefem Dank verpflichtet.

Ich möchte Lily Hamrick für den Titel danken und Vicky Mlyniec für die Donnerstage zum Schreiben im Café.

Ich danke der Stiftung La Napoule für das Geschenk, fünf Wochen zu schreiben. Ich habe *Die vergessenen Träume* zu Ende geschrieben, während ich in Château de La Napoule wohnen durfte.

Zu guter Letzt könnte ich kein Wort schreiben ohne die tägliche Dosis Liebe und Unterstützung von Neal, Gillian und Sophie.